역사연의소설
『서한연의』 연구

역사연의소설
『서한연의』 연구

이홍란 지음

보고사

❈ 머리말

  한자로 역(歷)은 예전에 사람이 겪었던 일을 의미하고 사(史)는 고대에 사건을 기록하는 관리를 말한다. 역사학적인 관점으로 해석하면 역은 사실로서의 역사가 되겠고 사는 기록으로써의 역사를 말한다. 즉, 역사는 예전 일을 기록한 것을 말한다.

  E · H Carr는 역사란 "역사가와 그의 사실들의 지속적인 상호작용의 과정, 현재와 과거의 끊임없는 대화이다."라고 하여 과거는 현재에 비추어질 때에만 이해될 수 있고, 현재 또한 과거에 비춰질 때에만 완전히 이해될 수 있음을 강조하였다. 오늘날 물질문명이 발달한 사회에 살고 있는 우리들이지만 현재의 시각으로 과거를 비춰보고 지난날을 이해하는 것은 극히 필요한 일이다. 이제 역사는 과거의 기억만이 아니라 현재적 의미를 가진 그 무엇이 된다.

  역사소설은 역사와 문학이 결합된 복합물이며 그 장르적 특성상 역사와의 끊임없는 긴장 관계에 놓여있다. 그것은 역사로서의 객관적 사실을 중시해야 하는 동시에 문학으로서의 허구성을 배제할 수 없기 때문에 객관적 사실과 허구가 결합된 특수한 문체로 보아야 한다.

  역사소설이라는 명칭은 중국 원나라 말, 명나라 초부터 등장하기 시작하여 명·청시기 창작의 최고봉에 달하여 많은 독자들의 관심을 불러일으켰다. 중국의 백화소설 중에서 역사소설이 가장 먼저 조선에 전래되었으며, 오늘날 『삼국지연의』는 남녀노소 누구나 모르는 사람이 없을 만큼 대중적인 소설로 거듭나고 있다.

『서한연의』는 한국에서 『초한지』라는 명칭으로 더 익숙하게 알려져 있으며, 『삼국지연의』 버금가는 작품으로 선조 이전에 유입되어 '삼척동자도 항우를 모르는 사람이 없다'고 할 만큼 누구나 좋아하는 작품이 되었다. 『서한연의』에서 파생된 수많은 작품들은 국가라는 경계를 허물고 역사와 문학이라는 범주만이 아닌 일상생활에서도 즐길 수 있는 이야깃거리가 되어 공감대를 형성하였다. 수용 양상을 보면, 선조 이전에 조선으로 유입되어 국·한문 필사본, 방각본, 구활자본 등 다양한 형태로 유통되었고, 현대에 와서도 소설, 역사서, 만화, 處世書로 재생산되면서 끊임없는 인기를 과시하고 있다.

이 책에서는 『서한연의』가 시공을 초월해 각광을 받는 이유에 대해 試論的으로 따져보고, 중국에서의 발전과정과 한국에서의 확산 양상을 통시적으로 살펴봄과 동시에 역사연의소설의 발전과정에 대해 짚어보는 계기로 만들고자 한다.

역사연의소설이라는 문학 장르에 관심을 갖게 된 것은 숭실대학교 대학원에서 박사과정을 수료하면서부터였고, 이 책을 쓰기까지 물심양면으로 지지를 아끼지 않으셨던 장경남 지도교수님께 큰 절을 올린다. 또한 박사학위 논문심사를 맡아주셨던 권순긍, 조규익, 박재연, 김현양 교수님과 한국에서 생활하는 동안 많은 도움을 주셨던 동국대학교 정연정 교수님께 감사의 인사를 드린다.

끝으로 출판을 맡아주신 출판사 사장님과 학문의 길에 등대가 되어주신 류은종 교수님께 감사를 드리고 박사과정 재학 중에 있는 후배들에게도 격려의 말을 전한다.

2014년 11월 26일

저자 이홍란 씀.

�֎ 차례

▎제4장
『西漢演義』의 현대적 계승 양상과 문학사적 의의 / 209

▎제5장
결론 / 219

제1장 서론

　역사소설이라는 명칭은 元末明初부터 등장하기 시작하여 明·淸시기에 일대 성황을 누리면서 많은 독자들의 관심을 불러일으켰다. 문헌 기록상 중국의 백화소설은 조선 중기부터 유입되기 시작하였는데, 그 중에서도 역사소설은 가장 먼저 조선에 전래되어 읽혔고, 그 후 영·정조시기까지 지속적으로 전래되었다.

　역사소설의 개념과 정의, 세부적인 특징에 대하여 국내에서는 이미 많은 논의가 이루어졌다. 그러나 명칭에서 보다시피 역사소설은 역사와 문학이라는 두 분야가 하나로 결합된 장르이므로 단정적으로 정의를 내리기엔 결코 쉽지 않다. 국어사전에서는 "역사소설이란 역사적인 사건이나 인물을 소재로 한 소설"이라고 말하고 있다.[1] 정주동[2]은 역사소설에 대하여 "지나간 역사 중에서 두드러진 인물이나 사건을 소재로 한 작품을 말하는 것"이라고 정의를 내렸다. 즉 국내의 역사소설은 광의적인 의미에서 역사적인 인물이나 사건을 바탕으로 허구를 가미한 문학 장르라고 볼 수 있다.

---

　1) 국립국어원 표준국어대사전에는 역사소설이란 "역사적인 사건이나 인물을 소재로 한 소설이며 김동인의 『운현궁의 봄』, 박종화의 『금삼의 피』 따위가 있다"고 쓰여 있다.
　2) 정주동, 『고대소설론』, 형설출판사, 1966, 292쪽.

역사연의소설은 흔히 장편역사소설의 일종으로 보지만, 중국에서 발생한 장르인 만큼 국내의 역사소설과 차이가 있다. 역사연의소설은 한 사건이나 인물이 아닌 왕조의 흥망성쇠를 중심으로 이야기를 구성한다. 따라서 여러 왕조 혹은 한 왕조에 관한 이야기를 서술하며 주로 '興廢爭戰之事'를 소재로 한다. 주인공을 설정할 때도, '王侯將相'이나 영웅과 같이 전형화 된 인물을 소재로 하며, 평범한 서민들의 일상생활까지 이야기가 미치지 않는다. 형식은 대부분 章回體의 장편소설로 되어 있다.

齊裕焜[3]은 역사연의소설의 발전을 세 단계로 나누어 정리하였다. 첫 번째는 明初로부터 萬曆前期까지 약 220년간으로 성숙기이고, 두 번째는 明萬曆前期로부터 淸順治까지 약 70년간으로 번성기이며, 세 번째는 淸康熙元年으로부터 乾隆末年으로 약 120년간으로 쇠퇴기라고 하였다.

『西漢演義』는 明代 萬曆 40年(1612)에 창작되었기에 명말청초의 작품이다. 중국 명대에『三國志演義』와 함께 연의류 소설들이 대폭 창작·간행되었는데,『西漢演義』도 그 창작열풍 속에서 8권 101則의 장편으로 구성되었다.『西漢演義』는 춘추말기에서 시작하여 진나라 시황의 죽음과 진나라의 멸망, 漢王 유방이 초패왕 항우를 물리치고 한나라를 건국한 이야기, 한나라 건국 직후, 유방이 죽고 呂后가 집권하여 功臣들을 죽이고 漢惠帝를 왕으로 세우는 이야기로 구성되어 있으며 약 100여 년의 일을 기술하고 있다.

연의소설의 초기 형태는 이미 오래전에 元代의 平話에서 찾아볼

---

3) 齊裕焜,『中國歷史小說通史』, 江蘇敎育出版社, 2000, 25쪽. 明初부터 萬曆前期까지는 역사연의소설의 형식적인 규범이 형성된 시기라고 말하고 있다.

수 있었다. 至治년간(1321~1323)에 연의소설의 형태와 흡사한 5종의 평화들이 간행되었는데 각각『武王伐紂平話』·『七國春秋平話』·『秦幷六國平話』·『前漢書平話』·『三國志平話』등이며 이들을 일컬어 『全相平話五種』이라고 한다. 이러한 평화와 민간의 문예를 집대성하여 후기의 『三國志演義』·『隋唐演義』·『西漢演義』·『西周演義』· 『殘唐五代演義』등 연의소설의 창작이 이루어지게 되었다.

초한고사는 이미 오래전부터 한·중 양국에 널리 알려져 감계의 대상이 되었다. 이형대는4) "고려시대 이래로 사대부의 의론류나 시문에서, 또는 국정을 논의하는 정치 마당에서도 초한고사의 인용은 항다반이었을 정도로 상식적 차원의 이야기였다."고 말하였다. 天台山人 金台俊도『朝鮮小說史』에서 明代 소설과 국내소설과의 영향관계를 중요하게 여겨 한 章으로 다루고, 다음과 같이 말하였다.

> 「兩漢演義」는『漢書』를,『당서연의』[일명 說唐衍義]는『당서』를 부연하여 白話로 쓴 것이다. 그 중에도『西漢演義』는 가장 인상 깊게 애독되어 일찍 「초한가」를 부르며 楚漢將棋를 놀며 鴻門宴을 排演하여 삼척동자도 樊噲, 항우를 모르는 사람이 없다. 그 일부분씩 적출해서 「초패왕실기」, 「장자방전」, 농암노인이 발선한 「유악귀감」 등과 같은 것이 번역되었다.5)

---

4) 이형대, 「초한고사 소재 시조의 창작 동인과 시적인식」, 『한국시가연구』제3집, 한국시가학회, 1998, 380쪽. 이형대는 초한고사의 영향에 대하여 "조선후기에도 이러한 사정은 달라지지 않았다. 초한고사와 같은 역사 인물의 이야기는 계층을 막론하고 웬만큼의 문식이 있는 사람이라면 상식화된 것이다. 이를 더욱 증폭시킨 데는『초한연의』의 영향력을 무시할 수 없다."고 말하였다.

5) 김태준 저, 박희병 교주, 『증보조선소설사』, 한길사, 1990, 99~100쪽.

위에서 언급한 '양한연의'는 『西漢演義』와 『東漢演義』를 일컫는 말이다. '양한' 외에도 국내에서는 '초한'이라는 명칭이 사용되었는데, 이야기가 주로 초나라와 한나라의 전쟁을 다루고 있기에, '서한'이라는 국가의 건국보다는 '초한'이라는 명칭을 사용하였다.

『西漢演義』는 한·중 양국 모두에서 지속적인 관심을 받았으며 선조 이전에 조선으로 유입되어 국·한문 필사본, 방각본, 구활자본 등 다양한 형태로 유통되었다. 현대에는 소설, 역사서, 만화, 處世書로 재생산되면서 끊임없는 인기를 과시하고 있다. 중국에서는 이 작품을 소재로 영화, 만화 등이 만들어졌으며, 2005년에는 CCTV에서 방영한 <초한지 강의>가 큰 인기를 끌어 그 열기가 <品三國>에까지 이어졌다.6)

『西漢演義』는 한·중을 아우르는 관심의 대상이었음에도 불구하고 같은 계열의 연의소설에 비하면 연구가 활발히 이루어지지 않고 있다. 중국에서의 연구는 주로 두 가지 부류로 나뉠 수 있는데 첫 번째 부류는 광의적인 차원에서 역사연의소설이 생겨난 경로에 대해 서술하면서 兩漢系列 역사소설이 생겨난 근원과 특징까지 포함한 부류이다. 『西漢演義』를 언급함에 있어서는 주로 前代 문학작품들과의 계승관계를 예로 들어 역사연의소설이 어떻게 생성, 발전되었는지를 다루는 데 초점을 두었다. 이 부류는 『西漢演義』에 대한 개별적인 연구이기보다 여러 연의소설을 두루 포괄하는 일반론적인 연구라 할 수 있다.

---

6) 易中天 지음, 강주영 옮김, 『초한지 강의』, 에버리치홀딩스, 2007. 易中天은 2005년 4월 CCTV 「百家講壇」프로그램을 통해 <초한지 강의>를 했다. 초한전쟁에 등장하는 전형적인 인물들을 분석하였고, 병법, 처세술, 심리전 등에 대해서도 흥미롭게 살펴보았는데, 이는 시청자들의 폭발적인 반응을 얻어 '고전 대중화'의 길을 개척했고, 그 열기가 2006년 「品三國」에까지 이어졌다. 현재 중국 최고의 베스트셀러 작가이자 학술스타로 각광받고 있다.

두 번째 부류는『西漢演義』에 대한 개별적인 연구라고 할 수 있는데 판본 연구가 주를 이룬다. 내용을 분석하여 문학사적 의의를 추출하는 부류의 연구는 극히 적다.[7]

한국에서의 연구 또한 활발히 이루어지지 못하였는데 판본 연구, 전래된 이후 번역의 양상에 대한 연구가 대부분이다.

지금까지 연구된 성과들을 중국과 한국 순으로 검토하면 다음과 같다.

趙景深[8]은『前漢書平話』와『西漢演義』의 계승관계를 밝히는 데 초점을 두었다. 두 작품의 목차에 대한 비교를 통하여『西漢演義』는 확실히『前漢書平話』를 藍本[底本]으로 하여 구성된 것이라고 하였다. 이 연구는 1943년에 이루어졌다는 기록이 있어 초창기의 연구라는 데 의의가 있다.

歐陽健[9]은 양한고사를 소재로 한 초기소설에서부터 漢書와 평화, 『西漢演義』에서『東漢演義』에 이르기까지 그 발전과정을 서술하였다. 양한고사 소재 중에서『漢武故事』,『漢武內傳』,『西京雜記』,『飛燕外傳』등 작품들은 한대의 역사적 사건을 소설화한 최초의 시도들이며, 그들이 후대의 소설이나 희곡에 준 영향에 대해 서술하였다.

齊裕焜[10]은 역사연의소설이라는 문체에 대해 관심을 가지고 개념

---

7) 이외에 專題에 대한 연구들이 있는데 많지는 않다. 曾良의 <張子房悲歌散楚>에서는 "垓河之圍"와 "四面楚歌"의 대목에서 역사적 진실과 예술적 허구를 결합한 辨證關係에 대해 서술하였고, 周騁의 <覇王別姬解>는 이것이 역사적 사실인지 예술인지에 대하여 신문 평론 형식으로 서술된 바 있는데 이들은『西漢演義』중의 한 대목이나 요소에 대한 평론으로 연구 논문이라고 보기 어려우므로 본 연구에서는 중점적으로 다루지 않는다.
8) 趙景深,『中國小說叢考』, 上海古籍出版社, 1980.
9) 歐陽健,『兩漢系列小說』, 遼寧教育出版社, 1992.
10) 齊裕焜,『中國歷史小說通史』, 江蘇教育出版社, 2000.

에 대한 정의로부터 발전과정에 이르기까지 시기별로 나누어 고찰하였다. 연의소설의 발전과정을 萌芽期, 發展期, 成熟期로 나누어 서술하였으며,『西漢演義』를 언급함에 있어서는『全漢志傳』과의 수용관계에 비중을 두고 설명하였다.

紀德君11)은 역사연의소설의 전반적인 흐름에 대해서 비교적 상세하게 고찰하였는데, 變文으로부터 宋元평화, 장회체 소설에 이르기까지의 역사연의소설의 발전과정에 대해 통시적으로 설명하고 역사연의소설에서 보여주는 인물들의 성격특징을 분석하여 중국소설사에서 차지하는 지위와 그 영향에 대해 서술하였다.

이상의 연구들은『西漢演義』에 대한 전면적이고 깊이 있는 연구라기보다는 역사연의소설에 대한 總論이라고 하는 것이 타당하다.『西漢演義』에 대한 개별적인 연구들은 최근에 와서야 본격적으로 진행되기 시작했다.

范麗華12)는 漢初고사를 소재로 한 변문과 元雜劇,『前漢書平話』,『全漢志傳』,『西漢演義』의 영향관계에 대하여 연구하고 작가의식과 예술사적 매력에 대해서도 서술하였는데『西漢演義』의 형성 과정을 폭넓게 고찰한 연구라고 할 수 있다.

汪燕崗13)은『西漢演義』의 판본에 대해 심층적으로 연구하였다. 그는『西漢演義』,『前漢書平話』,『全漢志傳』등 삼자 사이의 관계는

---

11) 紀德君,『中國歷史小說的藝術流變』, 中國社會科學出版社, 2002.

12) 范麗華,『西漢通俗演義研究』, 福建師範大學 碩士學位論文, 2006.

13) 汪燕崗,「『西漢通俗演義』與韓國漢文小說『帷幄龜鑒』」, 文學遺産 4期, 四川師範大學
   文學院, 2006.
   　汪燕崗,「『全漢志傳』與『兩漢開國中興傳志』的成書」, 明淸小說研究 85期, 明淸小說
   研究會, 2007.
   　汪燕崗,「『西漢通俗演義』的成書」, 明淸小說研究 4期, 明淸小說研究會, 2008.

물론이고,『兩漢開國中興傳志』도 연구 대상으로 양한계열의 작품들을 비교, 분석하였다. 그는『西漢演義』가『全漢志傳』을 개편하여 창작하였고,『前漢書平話』와는 문맥이 완전히 다른 점으로 보아 작자가 이 책을 읽지 않았을 가능성을 제기하였는데, 이는『前漢書平話』가 母本 혹은 底本이라는 기존의 논리를 완전히 바꾸어 놓은 셈이다. 또한『西漢演義』가 국내뿐만 아니라 한국에까지 영향을 미쳤다고 언급하면서 그 파생작으로『帷幄龜鑒』을 예로 들었다.

孫亞萍[14]은 양한계열의 역사연의소설의 예술사적 매력을 고찰하였는데,『兩漢開國中興傳志』,『全漢志傳』,『西漢演義』,『東漢十二帝通俗演義』,『東漢演義評』등의 판본과 상호관계에 대해 연구하였고,『西漢演義』의 창작, 서사, 언어 사용 특징에 대한 분석을 통하여『三國志演義』에 비해서는 예술적 매력이 떨어지지만 우수한 작품이라고 평하였다.

이와 같이 중국에서의『西漢演義』의 연구를 소설사적 차원에서 역사연의소설이라는 문체의 생성 및 정립에 관한 연구와 작품론에 대한 연구로 일별해 보았다. 결과적으로 볼 때,『西漢演義』의 성립과 성립 이후 수용 및 전래 양상에 대한 종합적인 논의는 全無한 상황이다.

한국의 경우,『西漢演義』는 17세기에 조선조에 유입된 후, 번안과 재창작에 이르기까지 아주 다양한 유통 양상을 보였으며, 나아가 초한고사의 소재는 시조, 가사, 소설에 이르기까지 재인용되어 다양한 장르의 문학작품으로 재생산되고 있다.『西漢演義』는 한국에서 큰 인기를 끈 소설임에도 불구하고 연구 상황을 살펴보면, 단편적인 유입기록

---

14) 孫亞萍,「兩漢系列歷史演義小說硏究-以『西漢演義』爲主」, 陝西師範大學 碩士學位論文, 2007.

이나 번역의 양상에 대한 연구만 있을 뿐, 본격적으로 연구된 논문은
아주 적다.

민관동[15]은 『西漢演義』의 판본 상황과 국내의 유입, 번역의 양상
에 대해 연구하였다. 『西漢演義』의 발전 양상을 살펴본 후, 그 원류는
송대의 화본소설에서 시작되었고, 『前漢書平話』를 底本으로 창작된
것이라고 하였다. 이재홍[16]은 국립중앙도서관에 소장되어 있는 역사
소설의 번역필사본들인 『츈츄녈국지』, 『셔한연의』, 『동한연의』, 『삼국
디』, 『수상신쥬광복지연의』의 서지사항과 필사 양상, 국어학적 특징
등에 대하여 연구하였다. 우근영[17]은 『西漢演義』의 형성과 국내유입
을 중점적으로 고찰했다. 『西漢演義』의 형성은 唐代의 傳奇, 宋代의
講史話本, 平話에 이어 역사연의소설이라는 과정을 거쳐 이루어졌음
을 밝혔고, 목차들을 비교하여 판본 상황을 살펴보았다. 장경남[18]은
『西漢演義』가 전래된 이후, 국·한문필사본, 방각본, 구활자본, 현대
의 소설에 이르기까지 전반적인 유통의 과정과 향유의 양상에 대해

---

15) 민관동, 『中國古典小說批評資料叢考』, 학고방, 2003.
   민관동, 『중국 고전소설의 전파와 수용』, 아세아문화사, 2007. 이 연구는 국내의 판본
   상황이나 번역 필사본의 특징을 고찰하였다는 데 의의가 있으나 『全漢志傳』의 판본에
   대해 세밀하게 다루지는 않았다. 『前漢書平話』를 『西漢演義』의 母本으로 본 견해는 汪
   燕崗의 "『西漢演義』는 『全漢志傳』을 개편하여 창작하였고, 『前漢書平話』와는 문맥이
   완전히 다른 점으로 보아 작자가 이 책을 읽지 않았다"는 견해와 상충된다.
16) 이재홍, 「國立中央圖書館 所藏 飜譯筆寫本 中國歷史小說 研究」, 연세대학교 박사학
   위논문, 2008. 이 연구에서 민관동의 주장과 마찬가지로 목차를 비교하고 판본 상황을
   정리하여 『西漢演義』의 가장 이른 藍本은 『前漢書平話』라고 하였다.
17) 우근영, 「『西漢演義』연구 : 『西漢演義』의 形成과 國內流入을 中心으로」, 경희대학교
   교육대학원 석사학위논문, 2004. 『全漢志傳』은 12권과 14권 두 개의 판본이 있는데, 작
   자가 서로 다른 것으로 알려져 있다. 熊大木은 12권 판본을 쓴 것으로 알려지고 있는데
   14권 판본을 예로 들어 혼용해 쓰는 오류를 범하였다.
18) 장경남, 「『西漢演義』 傳來와 享有 樣相 研究」, 『어문연구』 39집, 韓國語文敎育硏究
   會, 2011.

고찰하였다. 이 연구는 기존의 판본 상황이나 번역의 양상에서 전혀 언급되지 않았던 한문필사본의 존재양상을 언급한 첫 연구라고 할 수 있다.

다음으로『西漢演義』가 구활자본으로 다양하게 전개된 양상과 의미에 대해 분석한 연구,『西漢演義』의 형성과정에서 돈황의 변문이 가지는 중요성에 대해 인식하고「季布罵陳詞文」과『西漢演義』의 서사구조를 비교분석한 필자[19]의 연구가 있다.

역사연의소설의 생성과 발전으로부터 살펴본『西漢演義』의 판본이나 번역의 양상을 분석한 연구 외에 그 번안작이나 초한고사의 소재를 이용하여 재창작된 작품들에 대한 연구가 있는데 다음과 같다.

이형대[20]는 초한고사 소재의 시조들에 대하여 분석하였고, 김영[21]은 한글필사본「高后傳」의 서지학적 특징과 국어학적 특징을 밝히고,『西漢演義』와의 관계에 대해 설명하였다. 김정은[22]은『西漢演義』의 파생작인『유악귀감』에 대해 분석하였는데, 유악귀감은『西漢演義』의 연장선상에서 생겨난 작품이지만 독창성을 가지고 있다고 주장하였다.

이상에서 살펴본 바와 같이 한국의 경우는『西漢演義』의 국내유입

---

19) 이홍란,「구활자본『초한전』의 존재 양상과 의미」,『우리문학연구』30집, 우리문학연구회, 2010.
　　이홍란,「초한고사 소재의 '變文'과『西漢演義』의 관계」-「季布罵陳詞文」을 중심으로」,『동양문화연구』7집, 영산대학교 동양문화연구원, 2011.
20) 이형대,「楚漢古事 소재 시조의 창작 동인과 시적인식」,『한국시가연구』3집, 한국시가학회, 1998.
21) 김영,「조선 후기 명대 소설 번역 필사본 연구 : 새로 발굴된「셔유긔」,「高后傳」,「슈양의수」,「슈스유문」,「남송연의」를 중심으로」, 한국외국어대학교 박사학위논문, 2007.
22) 김정은,「帷幄龜鑑의 형성과 소설적 형상화」, 동아대학교 석사학위논문, 2004.

시기를 추정한 연구, 판본 상황이나 번역의 양상에 대한 연구, 초한고
사 소재의 시조에 대한 연구, 파생작에 대한 연구로 정리할 수 있다.
판본 상황에 대해 底本이 무엇인지 보다 깊이 있는 연구가 이루어지
지 않았고, 한문필사본의 존재현황도 거의 언급이 되지 않고 있다.

　이 책에서는『西漢演義』가 조선시기에 유입되어 다양하게 유통된
만큼 작품이 시공을 초월해 각광을 받는 이유에 대해 試論적으로 따
져보고, 다음으로 중국에서의 발전과정과 한국에서의 확산 양상을 통
시적으로 살펴봄과 동시에 역사연의소설의 발전과정에 대해 짚어보는
계기로 만들고자 한다.

제2장 『西漢演義』의 敍事源泉과
통시적 전개 양상

1. 서사원천으로서의 사실적 기록 : 『史記』

중국은 역사가 유구하여 歷史典籍들이 아주 풍부하다. 왕조마다 正史가 있을 뿐만 아니라 다량의 野史와 筆記들이 있다. 중국의 고대 역사문헌의 서술방식은 '三大史體'로 나뉘는데 이것들은 아래와 같다.[1]

紀傳體는 역사적인 인물을 중심으로 하여 기록한 것이고, 編年體는 시간의 순서를 중심으로 기록한 것이며, 紀事本末體는 역사적인 사건을 중심으로 기록한 것이다.

편년체역사가 가장 오래된 것으로 『春秋』·『左傳』 등의 문헌은 춘추전국시대의 대표적인 史籍들이다. 宋代에 와서 사마광의 『資治通鑑』이라는 뛰어난 걸작이 출현하였는데, 編年體史籍의 큰 발전을 가져오게 하였다.

기전체도 역사가 유구하나 선진시대에는 단지 萌芽期라고 해도 과언이 아니고, 사마천의 『史記』가 나오고 나서야 역사문헌 중에 그 윤

---

1) 齊裕焜, 앞의 책, 39쪽.

곽을 드러내기 시작하였다.『史記』를 이어『漢書』·『後漢書』·『三國志』가 나왔는데 이들을 일컬어 '前四書'라 부른다. 기전체형식은 대대로 이어져 역사문헌 중에서 압도적 지위를 차지하게 되었다.

紀事本末體는 先秦時代에서 그 萌芽를 찾을 수 있다. 그러나 漢唐시기를 거치면서 점차 발전을 가져와 宋代 袁樞의『通鑑紀事本末』에 와서야 비로소 紀事本末體가 士林의 선두에 서게 되었다.

明代 萬曆 40年(1612)에 甄偉가 창작한『西漢演義』는 명·청시대 역사연의소설 중의 佳作으로 꼽힌다. 그 근원을 따라 거슬러 올라가면 사마천의『史記』와 반고의『漢書』·『後漢書』, 사마광의『資治通鑑』과 같은 正史들이 있다. 이러한 역사전적들은 후대의 문학에 영향을 미쳤는데 특히 역사연의소설이라는 가장 각광받는 소설 장르에 이르기까지 영향을 미쳤다. 역사서 중의 한 부분이라 할지라도 한편의 역사소설을 탄생시킬 만큼 무궁무진한 생명력을 갖고 있으며 다양하고 풍부한 소재는 여타의 문학 장르에도 자양분을 공급했다. 연의소설은 바로 전대의 역사적인 기록을 바탕으로 대량의 민간문예를 흡수하였다. 그 외에 수많은 구비문학과 설화 등 야사도 대량 포함되는바, 수백 년간 전해지는 민간의 얘기꾼들, 저잣거리의 재간꾼, 불우한 서생, 하릴없는 문사 등 사람들의 이야기까지도 참고하여 정리하였다고 보면 된다. 이러한 것들이 역사연의소설이라는 문학적인 장르로 정착되면서 더욱 흥미로운 이야기로 변하게 된다.

『史記』는 '중국 上古의 황제로부터 前漢 武帝까지의 역대 왕조의 사적을 적은 역사책'이다. 중국 정사와 개인의 전기를 모아서 한 시대의 역사를 구성하였는데, 제왕의 전기인 「本紀」는 태고로부터 한의 효무제에 이르는 2,508년 동안 제왕들의 흥망성쇠를 기술한 일종의 정

치사이다. 「世家」는 열국사라고도 할 만한 제후들의 정치사이다. 선진
시대의 제후들과 漢代의 제후들, 그리고 公子들을 다루었다. 「列傳」
은 「本紀」나 「世家」에 등장하는 인물들의 전기로, 일세를 풍미했던
신하들의 사적을 적은 것이다. 『史記』는 기전체의 史書로서 높이 평
가될 뿐만 아니라 문학적인 가치도 높다.

곽말약은 『史記』의 가치에 대해 높이 평가하였는데 "司馬遷의 사
학은 칭찬할 가치가 있다. 그의 『史記』는 중국의 고대 歷史詩이며 혹
은 一部의 歷史小說集이라고 해도 과언이 아니다. 그 중에서 「項羽
本紀」, 「刺客列傳」, 「貨殖列傳」, 「廉頗藺相如列傳」, 「信陵君列傳」
등은 오늘날에 이르기까지 풍부한 생명력을 가지고 있다."[2]라고 하여
그 영향력에 대해 강조하였다.

『西漢演義』의 작자 甄偉가 『史記』를 바라보는 시각은 序文에서
분명하게 나타나고 있다.

> 西漢에는 司馬遷의 『史記』가 있는데 문장은 간단하나 그 속의 의미
> 는 예스러워 오랜 세월 동안 훌륭한 역사서가 되었다.[3]

甄偉는 『史記』의 장점에 대하여 '辭簡義古'[문장은 간단하나 그 의미
가 예스럽다]라고 간략하게 평가를 한다. 『史記』의 언어는 간결하고 함
축되어 있으며 내용 또한 간략한 것이 장점이면서도 단점이기도 하다.
이런 간략과 함축은 원대 이전에 중국 사대부계층의 전통적인 미적

---

2) 齊裕焜, 앞의 책, 24쪽.
3) 崔奉源, 『中國歷代小說序跋譯註』, 을유문화사, 1998, 100~102쪽. "西漢有馬遷史, 辭
   簡義古, 爲千載良史(中略)"

의식에서 비롯되었는데, 그 시기 사람들은 간결하고 함축적인 표현을
선호하였다. 이어서 그는 다음과 같이 평가한다.

세상 사람들이 예부터 지금까지 그것을 암송하고 있는데, 나는 또 무
슨 까닭으로 통속연의를 지었는가? 세속에 통할 수 없다면 그 의의를 설
명할 필요가 없을 것이다. 의의를 설명할 필요가 없다면 이 책 역시 씌어
질 필요가 없었을 것이다. 또 무슨 이유로 楚·漢 20여년의 일을 수만 자
로 부연 설명해서 이 책을 지었는가? 대개『史記』는 진실로 쉽게 알아볼
수가 없다. 내가 통속연의를 지은 것은, 멀리 전하여 후대에 보이기 위함
이 아니라, 역사서의 미진한 부분을 보충하기 위함이다. 한가하게 생활하
다 무료하던 차에 우연이『西漢卷』을 읽게 되었는데, 그 속에 말을 억지
로 끌어다가 그럴듯하게 꾸민 부분이 많고 줄거리가 지리멸렬하고 언어
가 비속하여, 이로써 楚·漢의 이야기를 밝히 드러내기에 부족함을 느끼
게 되었다. 그래서 생략된 부분은 상세하게 설명하고, 역사서를 검토하여
의미를 확대했는데, 한 해가 지나서야 편찬이 완성되었다.4)

甄偉는『史記』를 바라보는 관점을 '辭簡義古', '牽强附會', '支離鄙
俚'라는 간략한 말로 보여주었다. 즉『史記』는 문장이 간단하나 그 속
에 숨겨진 의미가 깊고, 그런가 하면『西漢卷』은 그 속에 말을 억지로
끌어다가 그럴듯하게 꾸민 부분이 많고 줄거리가 지리멸렬하고 언어
가 비속하여 그러한 것들에 대해 불만을 토로하였다.5)『史記』를 토대

---

4) 崔奉源, 같은 책. "天下古今誦之。予又何以通俗爲耶?俗不可通, 則義不必演矣。義不
必演, 則此書亦不必作矣。又何以楚漢二十年事敷演數萬言以爲書耶?蓋遷史誠不可易
也。予爲通俗演義者, 非敢傳遠示後, 補史所未盡也 ; 不過因閑居無聊, 偶閱西漢卷, 見
其間多牽强附會, 支離鄙俚, 未足以發明楚漢故事, 逐因略以致詳, 考史以廣義. 越歲,
編次成書 (中略)"
5) 여기서 '西漢卷'이라고 하는 것은 熊大木의 萬曆 16년에 간행한『全漢志傳』의 西漢부

로 역사를 부연하여 역사연의소설을 쓰는 이유와 목적에 대해 간략하지만 잘 설명하였다. 어떤 부분은 『史記』에 있는 내용 그대로 수용했는가 하면, 어떤 것은 역사적 진실 위에 더욱 섬세하고 풍요롭게 윤색을 가해 생생한 역사의 현장을 핍진하게 체험할 수 있는 역사소설로 재창조하였다.

『史記』 중의 「本紀」, 「列傳」, 「世家」 등에는 초한전쟁을 둘러싼 수많은 인물들의 이야기가 기록되어 있다. 초한고사는 후대에까지 전해져 당대의 변문, 원대의 잡극과 평화에 영향을 미쳤을 뿐 아니라 명·청시대 역사연의소설 『西漢演義』가 창작될 수 있는 기반을 만들어주었다.

『史記』에는 초한시대의 영웅호걸들은 아주 많이 등장하는데, 그 중에서 항우·유방·한신에 대한 내용을 예로 들어 『西漢演義』에 미친 영향과 수용관계에 대해 알아보고자 한다.

우선 『史記』를 토대로 항우의 행적에 대해 살펴보면 다음과 같다.

　　항우는 귀족 집안의 자제로, 조부 項燕은 초나라의 명장이었다. 부친 대에 와서 가세가 기울어, 어릴 적부터 숙부인 項梁을 따랐다. 그는 힘이 장사여서 '力拔山氣蓋世'로 불렸다. 힘은 천하제일이었으나 공부하기를 싫어했고, 병법도 깊이 배우려 하지 않았다.
　　그러나 항우는 뛰어난 용기와 탁월한 능력을 겸비한 희대의 영웅이었다. 진나라 말, 농민봉기가 일어나 사회가 혼란한 틈을 타서 그는 항량의 수하로 들어가 봉기를 일으켰다. 범증은 진승과 오광이 실패한 원인은 스스로 왕이 되고자 하여 민심을 사지 못한 것이라 하였다. 이에 항량은 초나라 왕손을 찾아 왕으로 추대하였다. 후에 진에서는 全軍을 동원하고

분을 일컫는 듯하다.

章邯군을 증원해 초군을 공격해서 定陶에서 초군을 크게 격파시켰는데 항량은 동네 어귀에서 전사했다. 그러자 초왕은 宋義를 上將軍으로 삼고 항우를 魯公에 봉해서 次將으로 삼았다. 항우는 송의의 목을 베고 스스로 군사를 지휘하게 되었다. 이때 사회가 혼란하고 농민봉기가 많이 일어났으나 항우와 유방의 세력이 가장 컸다. 초왕은 항우와 유방에게 먼저 함양을 점령하는 자가 '관중의 왕'이 될 것이라고 하였다. 진 이세 3년 10월, 유방은 관중을, 항우는 함양을 각각 함락시켰다. 유방은 仁義로 사람을 대하고 최대한 군사적인 전쟁을 일으키지 않고 가는 곳마다 환영을 받았기 때문에 함곡관에 더 쉽게 도달할 수 있었다. 그러나 항우는 가는 곳마다 전쟁을 일으켜 그 참상은 눈을 뜨고 볼 수 없었다. 유방이 궁문을 닫아걸고 열어주지 않자 항우는 화가 나서 유방을 죽이기로 계획하고 홍문에서 연회를 열게 된다. 그러나 유방은 장량과 번쾌의 도움으로 무사히 위기를 탈출한다. 진 왕조 전복 전쟁과 초한 전쟁에서 항우는 백전백승이었다. 초한 전쟁 중에서 유방의 신하인 樓煩을 고함 한 번으로 혼비백산하게 한 이야기는 유명한 일화이다.

항우는 귀족출신으로 고귀함과 오만한 성격을 가졌고 누구의 간언토 잘 듣지 않았다. 범증이 유방을 살려두지 말 것을 간곡히 청하였으나 항우는 그 말을 비웃었고, 한신 또한 '남의 가랑이 밑을 기던 소인배'라고 중용하지 않았다.

항우는 스스로 '西楚覇王'이라 칭하고 초왕에게는 '義帝'라는 존칭을 주고, 수도를 팽성으로 정했다. 또한 진 토벌에 가담한 여러 장군, 6국의 옛 왕족, 진의 항복장군 등 18명을 각각 전국 각지에 왕으로 봉하였다. 유방을 漢王으로 삼고 파·촉·漢中 땅의 왕으로 삼았다. 의제는 유방이 먼저 관중을 점령했으므로 그를 왕으로 추대하려고 하였다. 항우는 이에 衡山王 吳芮와 臨江王 共敖를 시켜서 양자강 가운데서 의제를 죽이는데 이는 그가 민심을 잃는 원인이 되었다.

항우는 齊의 전횡을 치기 위해 군사를 발동하였는데, 유방은 이 기회를 타서 팽성을 차지하였다. 분노한 항우는 급히 3만 명의 정병을 거느리고 돌아와 10만 명이나 되는 한의 군대를 격파하고 유방을 포위했다. 유방이 추격을 받는 도중 기후가 급변하여 폭풍이 불어 닥쳤고 초나라 군사가 앞을 분간할 수 없는 틈을 타서 겨우 탈출할 수 있었다. 항우는 이 전쟁에서 여후와 유방의 부친 등 일가족을 인질로 잡았다. 항우는 더 오만해졌다. 漢 3년에 항왕이 자주 습격하자 한은 식량이 부족하였다. 한왕은 陳平의 계략을 채용하여 항왕과 범증 사이를 이간시키도록 계획을 세웠는데, 항우는 이 계략에 빠져 범증을 떠나보내게 된다.

　유방은 紀信으로 하여금 '위장항복'을 시켜 그 틈을 타서 도망한다. 형양 패배 후에 유방을 도와 활약한 사람은 한신이다. 한신의 활약으로 한 군은 세력을 되찾고 오랜 시간에 걸친 초한전쟁은 새로운 전성기를 맞았다. 초한군은 鴻溝를 경계로 천하를 兩分하기로 하였고 유방의 일가족은 송환되었다. 그러나 유방은 약속을 어기고 다시 항우를 배후에서 공격했으며 항우는 垓下에서 포위당한다. 항우는 야간에 포위군이 부르는 초나라 노래를 듣고 개탄하였는데 이것이 '四面楚歌'의 고사이다. 항우는 우미인과 이별가를 부르고 우미인은 자결로 충성을 표한다. 항우도 烏江에서 자결하고 말았다. 이로써 초한전쟁은 막을 내린다.

　이상으로 『史記』에 기록된 항우의 행적을 살펴보았다. 「本紀」는 제왕들의 흥망성쇠를 기술한 일종의 정치사인데, 항우가 「本紀」에 묶여 있는 점은 주목할 만하다. 항우는 '覇王'일뿐, 제왕이 되지 못하였기 때문이다. 사마천은 패왕이었던 항우를 『本紀』에 수록함으로써 한때는 천하를 휘두르고 평정했던 그의 권력을 인정해준 셈이다. 『西漢演義』에서도 항우의 행적은 위의 내용과 거의 일치하고 있다. 역사연의 소설은 역사상의 실재한 사건을 가지고 소설화했기에 『西漢演義』도 초한전쟁의 대소사를 역사적 사실에 의해 서술했음은 자명한 일이다.

「項羽本紀」에서 항우의 출신에 대한 소개를 보면 다음과 같다.6)

　　項籍이라고 하는 者는 하상사람으로, 字는 우이다. 처음으로 이름을 떨쳤을 때, 나이는 겨우 24세였다. 숙부는 項梁이었고, 項梁의 아버지는 초나라 장군 項燕이었는데 진나라 장군 王翦에 의해 살해되었다. 항씨는 대대로 초나라 장군을 지냈고 '項城縣'에 봉해졌기에 이로부터 성이 '項씨'가 되었다. 항적은 어렸을 때, 글을 배우다가 큰 성과가 없어 검술을 배우게 되었는데 또한 제대로 배우지 못하였다. 항량이 화를 내자 항적이 말하기를, "글은 배워서 제 이름만 쓰면 족하다고 생각합니다. 검술은 한사람만 죽일 수 있기에 배우기에 족하지 않습니다. 만 명을 대적하는 것을 배우고 싶습니다."

　　이리하여 항량은 항적에게 병법을 가르치게 되었는데 항적은 크게 기뻐하며, 그 뜻을 대충 이해하고는 또 열심히 배우려 하지 않았다.

「項羽本紀」에서 보면, 항우는 어렸을 때 글공부도 많이 하지 않았을 뿐만 아니라 검술에도 흥미가 없었고 병법도 제대로 배우지 않았다고 서술되어 있다. 항우가 '만 명을 대적하는 것을 배우고 싶다'라고 말한 것으로도 보아 어려서부터 큰 뜻을 품고 있었음을 알 수 있다. 이 도입부의 상황을 『西漢演義』의 해당 내용에서 찾아보면 다음과 같다.

　　소년의 성은 項이고, 명은 籍이고, 자는 羽였다. 초장 項燕의 후예로 下相사람이었다. 항적은 어렸을 때, 글을 배웠지만 이루지 못하고, 검술

---

6) 司馬遷原典, 韓兆琦 譯註, 『史記·本紀』, 中華書局, 2010, 668~669쪽. "項籍者, 下相人也, 字羽. 初起時, 年二十四. 其季父項梁, 梁父卽楚將項燕, 爲秦將王翦所戮者也. 項氏世世爲楚將, 封於項, 故姓項氏. 項籍小時, 學不成書, 去學劍, 又不成. 項梁怒之. 籍曰: "書足以記名姓而已. 劍一人敵, 不足學, 學萬人敵." 於是項梁乃敎籍兵法, 籍大喜, 略知其意, 又不肯竟學"

을 배웠지만 또한 제대로 배우지 않았다. 항량이 대노하여 "무슨 일을 배
우고자 하느냐?"라고 하자 항적은 "글은 성명을 기록할 따름이오, 검은
불과 한 사람을 대적할 따름입니다."라고 하였다. 항량은 "네 이제 무엇
을 배우고자 하느냐?" 항적은 "만인을 대적하는 것을 배우고 싶습니다."
항량은 항적을 심히 기특하게 여겼다.[7]

　두 예문에서 「項羽本紀」와 『西漢演義』의 내용이 거의 비슷함을 알
수 있다. 소설에서도 항우는 어려서부터 글쓰기를 싫어했으며 검술 또
한 배우려 하지 않았다고 되어 있다. 병법에 관심을 보여 배우게 하였
으나 역시 오래가지 못하였다. 『史記』와 소설에서 모두 항우가 귀족
의 후예로 대대로 초나라 장군을 역임한 후손이라는 것을 명시하여,
그의 출신과 내력에 대해 말하고 있다. 도입부의 상황뿐이 아니라 전
쟁 중의 대소사도 역사적 기록을 바탕으로 했다.
　유방의 출신에 대한 소개를 보더라도 위의 상황과 비슷하다. 우선
『史記』를 토대로 유방의 행적에 대해 살펴보면 다음과 같다.

　유방은 강소성의 산골 마을 中陽里에서 태어났다. 부친 태공은 이름
도 없는 미천한 출신이었다. 유방은 어렸을 때, 큰 포부도 가지고 있지
않았으며 커서는 농사일도 거들떠보지도 않았고 주색잡기를 좋아했다.
성인이 된 후, 그는 공무를 맡아 亭長이 되었다. 그때 마침 呂公이라는
인물이 현령과 사이가 좋았는데 그의 관상이 비범한 것을 보고 딸을 시
집보내는데 그녀가 바로 훗날의 呂太后이다.

---

7) 『新刻劍嘯閣批評西漢演義傳』, 8권 8책, 중한번역문헌연구소 소장. (이하의 원문인용은
이 책을 텍스트로 한다.) 小者姓項, 名籍, 字羽, 楚將項燕之後下相人也. 籍出學書書不
成, 學劍劍不會, 良大怒 : "書欲何爲耶?" 籍曰 ; "書記姓名不過低一人而已" 良曰 ;
"爾今欲何學?" 籍曰 ; "吾佃欲學萬人敵也。良甚奇之"(卷一, 「趙高矯詔立胡亥」)

　기원전 209년 진승과 오광이 봉기를 일으키자 패현 사람들도 봉기를 일으켜 패현의 현령을 살해하였다. 마을 사람들은 새로운 지도자로 유방을 추천하였다. 유방은 남의 말을 잘 듣고 생각하는 처세가였다. 유방이 仁義로 사람을 대한다는 소문을 듣고 수하에는 많은 영웅호걸들이 모여들기 시작했다. 秦 2세 황제 2년, 燕·趙·齊·魏 등지에서도 모두가 자립해 스스로 왕이 되었다. 유방은 강소성 下邑을 공격해 함락시키고 항량을 찾아가서 그의 수하에 들어갔다. 얼마 뒤, 항량이 죽자 초왕은 유방을 武安侯로 삼고, 항우를 長安侯로 삼아 관중에 먼저 진입하는 자를 '관중의 왕'으로 삼겠다고 하였다. 유방은 성양, 창읍, 고양 등의 지역을 통과하였다.

　한의 원년 10월 유방은 항우보다 먼저 관중을 점령하였다. 그는 진의 2세 황제를 죽이지 않고, 약법삼장을 반포하여 민심을 샀다. 또한 함곡관을 굳게 수비하여 다른 제후들이 입관할 수 없도록 하였는데 이것 때문에 항우의 노여움을 사서 홍문연회에 참석하게 된다. 다행히 장량과 번쾌의 도움으로 무사히 위기에서 탈출하였다. 항우는 제후들을 분봉할 때, 유방을 한왕으로 봉하며 한중 땅에 내쫓는다. 한중이란 關中에서 秦嶺을 넘는 漢水의 상류로, 현재의 섬서성 남부지역이다. 초왕과의 맹약에 따라 '관중의 왕'이 되어야 했지만 그는 자신보다 세력이 강한 항우에 의해 구석진 땅으로 쫓겨나게 된 것이다. 한중 땅에 들어가면서 항우가 안심하도록 잔도를 불살라버렸으며 군사들을 훈련시켜 병력을 키웠다. 또한 한신을 대장군으로 임명하여 그의 계략을 채택하였는데 먼저 장한을 습격하여 雍땅을 평정하였다. 2년 정월에 그는 옹왕의 아우 章平을 사로잡았고, 2월에는 한의 사직을 세웠으며, 3월에는 임진에서 황하를 건넜다. 항우가 제나라를 평정하러 간 틈을 타서 유방은 팽성을 공격하여 대승리를 거둔다. 유방은 그곳에서 금은보화와 미녀를 차지하고, 매일 밤 주연을 열어 먹고 마시는데 여념이 없었다. 결국 항우와 睢水에서 싸워 대패하여 가족들마저 버리고 겨우 목숨만을 부지한 채 도망치게 된다.

그 후, 한신과 소하의 도움으로 다시 군사를 모아 병력을 키운다. 항우가 형양성을 포위하여 또다시 죽을 위기에 처하게 되지만 신하의 계략으로 위기를 탈출한다. 미녀 2천여 명에게 갑옷을 입혀 동문으로 내보내며 紀信을 가짜 왕으로 변복시켜 짐짓 항복하는 것처럼 꾸며 항우를 속였다. 초·한의 싸움이 승부가 나지 않고 대치상태에 처하게 되자 항우는 유방에게 1대 1로 싸워 승부를 가리자는 제안을 했다. 이에 유방은 항우를 비웃으면서 힘겨룸이 아닌, 지혜겨룸을 하자고 한다. 뿐만 아니라 항우의 10가지 죄상에 대해 낱낱이 열거하며 약을 올려준다. 분노한 항우가 활을 쏘자 화살은 유방의 가슴 정중앙에 꽂혔다. 유방은 깜짝 놀랐으나 그 화살을 뽑아 발등에 꽂아 놓고 항우를 조롱한다.

홍구에서 분계선을 갈라 한나라와 초나라는 천하를 양분하기로 했지만 한신과 장량의 권고로 다시 군사를 돌려 항우를 공략한다. 항우가 垓河에서 자결하자 유방은 승리하여 천하를 얻게 된다.

이상으로 『史記』에 기록된 유방의 행적을 살펴보았다. 『西漢演義』에도 이러한 행적들이 소설화되고 있다. 먼저 두 작품에서 유방의 출생담을 서술한 도입부분을 예로 들어 수용의 양상을 보기로 하자.

高祖는 패현 풍읍 중양리 사람으로 성이 劉氏이고 字는 季이다. 부친은 태공이라 부르고, 모친은 유온이라 하였다. 유온이 큰 못가의 둑에서 휴식하면서 잠이 들었는데, 꿈에 神을 만났다. 당시 우레와 번개가 치면서 사면이 캄캄해졌다. 태공이 달려와 보니 한 마리의 커다란 蛟龍이 유온의 몸에 꿈틀거리고 있었다. 얼마 안지나 유온이 임신하고 高祖를 낳았다. 고조는 사람이었는데, 隆準龍顏이고, 美鬚髥이며, 왼쪽 정강이에 72개의 검은 점이 있었다.[8]

---

8) 『史記·本紀』, 앞의 책, 783~785쪽. "高祖, 沛豊邑中陽里人, 姓劉氏, 字季. 父曰太公,

「高祖本紀」에 나와 있는 유방의 출생담에 대한 도입부분이다. 유방은 항우처럼 대대로 장수를 역임한 명문가족의 후예가 아니고, 태공과 유온이라는 평범한 사람의 소생이었다. 그러나 태어날 때, 배경은 범상치 않았다. 우레가 울고 번개가 치면서 커다란 蛟龍이 유온의 몸을 감싸고 있었다는 내용이다. 유방의 출생담은 중국에서 神物이자 최대권위자의 상징인 용을 등장시켜 신화적 요소를 더해준다.

『西漢演義』에서도 이 대목이 그대로 수용되고 있다.

> 유방의 자는 季이고, 패현 사람이다. 모친이 큰 못가의 제방에서 휴식하면서 잠이 들었는데. 꿈에 神龍을 만났다. 갑자기 우레와 번개가 치면서 사면이 캄캄해졌다. 유방의 부친이 달려와 보니, 커다란 교룡이 모친의 위에서 꿈틀대고 있었다. 그 뒤로 태기가 있어 유방을 낳았다. 유방은 사람인데 隆準龍顔이오, 美鬚髥이라, 왼쪽 정강이에 72개의 점이 있었다.9)

두 작품에서 서술하고 있는 유방의 출생담은 거의 일치한다. 소설에서 꿈에 용과 더불어 交會하여 유방이 태어났다고 한 것은 그럴듯한 허구라고 하겠으나 객관적인 사실만을 다루고 있는 『史記』에서도 그 내용을 다루고 있는 점은 주목할 만하다. 사마천은 유방의 신이한 출생담을 전설이나 신화로 보지 않고 역사적인 사실로 받아들였는데, 그의 입장에서는 통치계급을 수호할 수밖에 없었거나 신이한 출생담을 그대로 믿었을 것으로 짐작된다. 때문에 유방은 비록 미천한 출신이었

母曰劉媼. 其先, 劉媼嘗息於大澤之陂, 夢與神遇。是時雷電晦冥, 太公往視, 則見蛟龍於其上。已而有身, 遂産高祖. 高祖爲人, 隆準而龍顔, 美鬚髥, 左股有七十二黑子"(中略)
9) 『西漢演義』卷一, 「芒碭山劉季斬蛇」 "劉邦字季, 沛縣人也。母媼常休息於大澤堤塘之上, 夢與神龍會, 忽時雷霆晦冥, 邦夫太公往視之, 則見蛟龍見於其上母, 遂有娠後生邦。邦爲人隆準龍顔, 美鬚髥, 左股下有七十二黑子(中略)"

으나 훗날의 황제가 된 것으로부터 그를 옹호하는 입장에서 출생부터
평범하지 않음을 사실화하고자 한 것이다. 즉 유온이라는 평범한 여인
이 蛟龍을 만나 임신하고 유방을 낳게 된다는 신화적인 요소를 등장
시켜 유방이라는 인물이 평범한 사람이 아님을 말해준다. 龍이나 蛟
龍은 중국에서는 왕을 상징하는 神物이다. 유온과 교룡이 서로 만나
는 순간 우레가 치고 사면이 캄캄해졌다는 예사롭지 않은 배경을 밑
바탕에 깔고 신화적인 요소를 도입하여 유방이라는 인물이 범상치 않
은 인물임을 암시하여 준다. 또한 유방의 다리에 '72개의 黑子'가 있다
고 하여 신성성을 최대화한다. 이는 훗날 유방이 큰 인물이 될 것임을
암시하는 구절이기도 하다.

　『西漢演義』가『史記』를 모태로 소설을 만들었다고 하는 것은 익히
알고 있는 사실이고, 이 외의 수많은 사건과 인물들을 예로 들어 증명
할 수 있다. 제왕은 아니지만 서한건국의 과정에 큰 공을 세운 인물로
는 한신을 꼽을 수 있다. 한신의 이야기는「淮陰侯列傳」에서 상세하
게 기록하고 있다.

　　한신은 회음 사람으로 초년에는 아주 가난하여 밥조차 먹을 수 없었
　다. 당시 그는 南昌 亭長[10]의 집에 가서 밥을 얻어먹곤 하였는데, 시간이
　지나자 정장의 부인은 그가 오는 것을 싫어해서 밥을 주지 않았다. 그 후
　에 한신은 다시는 그의 집에 가지 않았다. 한신은 늘 검을 차고 다니기를
　좋아했는데, 시장의 불량배들이 이것을 보고 한신을 골려주려고 하였다.
　한 불량배가 한신을 자신의 가랑이 밑으로 기어나가라고 하자 한신은 꾹
　참고 다리사이로 기어나간다.

───────────

10) 당시 제도는 10리를 亭이라 하고, 10亭을 鄕으로 규정했다. 즉 촌 10개를 합치면 1정이
　　었고, 정 10개를 합치면 1향이었다.

진나라 말에 도처에서 봉기가 일어나자 한신은 처음에는 항량의 수하로 들어갔다. 그 후, 항량이 전사하자 항우에게 소속되었는데, 항우는 그를 "남의 가랑이 밑으로 기어나가던 소인배"라고 업신여기면서 중용하지 않고 執戟郞이라는 작은 벼슬을 주었다. 張良은 한신의 능력이 뛰어남을 알고 검을 파는 사람으로 가장하여 그들 설득시켜 유방에게 귀속하게 한다. 소하와 등공은 한신이 뛰어난 재능을 가진 사람이라 생각하여 奇人이라 하였다. 하지만 유방 역시 한신의 신분이 미천함을 꺼려하며 '治粟都尉'라는 벼슬을 준다. 이에 한신은 자신의 신세를 한탄하며 유방한테서도 도망치게 된다. 소하가 뒤늦게 이 사실을 알고 야밤에 한신을 추격하는데, 이 대목은 '蕭何月夜追韓信'이라는 유명한 일화가 생겨난 근원이며, 원대의 경극에서도 그 내용을 찾아볼 수 있다. 유방은 장량의 서신을 확인하고 나서야 비로소 한신에게 대장군이라는 직위를 내린다. 한신은 대장군으로 임명된 후, 자신의 군사적 재능을 드러냈다. 관중을 평정하고 병사를 거느려 趙, 燕, 齊의 땅을 획득한다. 수많은 싸움 중에서 한신은 백전백승하며 '背水陣韓信破趙', '九里山十面埋伏' 등 유명한 싸움을 이끌었다.

기원전 203년, 한신은 제나라의 72개의 성을 무너뜨린 후, 유방을 협박해 齊王으로 임명받았다. 그리하여 한신은 유방과 항우 다음으로 무시할 수 없는 세력으로 떠오른다. 괴통이라는 신하가 한신에게 반란을 일으켜 천하를 3등분해야 한다고 거듭 청을 올렸지만 그는 받아들이지 않았다. 초나라가 멸망한 후, 유방은 천하를 얻게 되었다. 한신은 서한을 건국한 개국공신이었지만 유방은 한신이 반란을 일으킬까 두려워 회음후로 강등한다. 유방과 한신은 자주 얘기를 나누었는데 그 중에 유명한 일화가 있다. 유방은 한신에게 "내가 출병하면 얼마나 많은 군사를 이끌 수 있겠소?"라고 묻자 한신은 "십만입니다."라고 대답하였다. 유방이 한신은 얼마나 이끌 수 있냐고 묻자, "많을수록 좋겠지요.(多多益善)"라고 대답한다.

한신은 나중에 여후에 의해 미앙궁에서 살해당하게 되는데 고조가 그의 죽음을 안 것은 진희를 토벌하는 전쟁에서 돌아오고 나서였다.

위의 내용은 「淮陰侯列傳」에 기록된 한신의 행적을 요약한 것이다. 한신이 죽은 후, 백성들은 그의 처지에 대해 동정하고 슬퍼하였다. "兎死狗烹"이라는 성어도 한신을 두고 한 말이다.

한신은 처음에는 여러 번 주인을 바꾸었지만, 후에는 천하를 3등분하라는 괴통의 말을 듣지 않고, 유방을 섬긴다. 忠義로 말하자면 한신은 장량에 비할 수 없지만, 병법에 능통하고 뛰어난 용병술을 겸비한 군사가로도 손색이 없다. 한신은 '항우는 匹夫之勇이며 공로에 따라 상을 주는 것이 아니라 그때의 기분에 따라 상을 주는 소심한 사람'이라고 비웃는다. 한신이 불량배들에게 대응하지 않고 참을 수 있은 것은 그에게는 큰 것을 위해서는 작은 수모도 견딜 수 있는 인내심이 있었기 때문이다. 필부는 모욕을 당하면 칼을 빼며 달려들지만 이는 필부의 용기일 뿐이다.

「淮陰侯列傳」에 기록되어 있는 한신의 출신에 대해 구체적으로 살펴보면 다음과 같다.

회음후 한신은 강소성 회음 출신이다. 평민 시절에는 몹시 가난했을 뿐만 아니라 품행도 좋지 않아 누구에게 추천되거나 선택되어 관리가 되지 못하였다. 또 장사로 생계를 꾸릴 능력조차 없어 항상 남에게 빌붙어 먹고 살 수밖에 없었다. 한신은 그 중에서도 회음의 속현인 하향이라는 시골 남창의 정장 집에 자주 기거하며 얻어먹곤 하였다. 몇 개월씩이나 빌붙어 얻어먹게 되자 정장의 아내는 한신을 귀찮게 여겼다. 새벽에 밥을 지어서는 자기 식구들끼리 재빨리 밥을 먹어 버리고 식사 때를 맞추

어 찾아오는 한신에게는 밥을 내놓지 않았다. 한신은 그 뜻을 알고 화를
내고 다시는 그 집에 가지 않았다.

한신이 회음성 밑에서 낚시질을 하고 있었는데 빨래터의 아낙네들 중
한 여인이 한신이 굶주린 것을 알아차리고 그에게 밥을 주었다. 빨래가
모두 끝날 때까지 수십 일 동안이나 한신은 그녀에게서 밥을 얻어먹었
다. 한신은 너무 기뻐서 그녀에게 말하기를 "반드시 성공하여 은혜에 보
답하겠습니다."라고 하였다. 그러자 그녀는 화를 냈다. "사내대장부가 제
손으로 입에 풀칠도 못하는데 불쌍해서 밥을 나눠 주었을 뿐인데 보답
같은 것까지 바라겠소?"

회음의 백정촌 사내 중의 어떤 젊은이가 한신을 모욕하면서 "야, 너는
몸뚱이는 크고 또한 칼을 차고 있지만 실상은 겁쟁이일 뿐이야."라고 하면
서 사람들 앞에서 모욕하면서 그에게 말하였다. "네가 죽는 것을 두려워
하지 않는다면 칼로 나를 찔러보아라, 만일 죽기를 두려워한다면 내 가
랑이 밑으로 기어나가라." 한신은 그를 자세히 보고, 엎드려서 그 사내의
가랑이 밑으로 기어 나갔다.[11]

이 대목에 대한 서술은 『西漢演義』에서 보다 간략하게 소개되어
있다.

처음에 한신이 淮下에서 고기를 낚았는데, 종일토록 밥을 못 얻어먹으
니 빨래터의 아낙네가 한신을 보니 주린 빛이 있음을 보고 밥을 주었다.
한신이 사례하여 말하기를, "내가 훗날 땅을 얻으면 중히 갚을 것이오."

---

11) 『史記 · 列傳』, 5749~5751쪽. 淮陰侯韓信者, 淮陰人也. 始爲布衣時, 貧無行, 不得推
擇爲吏, 又不能治生商賈, 常從人寄食飲, 人多厭之者, 常數從其下鄕南昌亭長寄食, 數
月, 亭長妻患之, 乃晨炊蓐食. 食時信往, 不爲具食。信亦知其意, 怒, 竟絶去。信釣於城
下, 諸母漂, 有一母見信饑, 飯信, 竟漂數十日, 信喜, 謂漂母: "吾必有以重報母。" 母怒
曰: "大丈夫不能自食, 吾哀王孫而進食, 其望報乎!" 淮陰屠中少年有侮信者, 曰: "若
雖長大, 好帶刀劍, 中情怯耳。" 衆辱之曰: "信能死, 刺我 : 不能死, 出我袴下, 浦伏。

라고 하였다. 그러자 그녀는 화를 냈다. "사내대장부가 제 손으로 입에
풀칠도 못하는데 불쌍해서 밥을 나눠 주었을 뿐인데 보답 같은 것까지
바라겠소?"

　　하루는 시장에서 고기를 파는데, 소년들이 모욕하면서, "너는 늘 칼을
차고 다니니 우리를 찌르려 하느냐! 만일 능히 찌르지 못하거든 우리 다
리 아래로 지나가라."

　　신이 머리를 숙이고 다리 아래로 지나갔다.12)

　　한신이 시골 남창의 정장 집에서 늘 밥을 얻어먹곤 하였다는 도입
부는 생략되어 있다. 그러나 한신은 가난했으며, 빨래하는 아낙네한테
서 밥을 얻어먹었다는 이야기는 거의 비슷하게 전개되고 있다. 『西漢
演義』에서는 더 간략하고 함축된 말로 한신의 가난했던 옛 시절에 대
해 설명하고 있다. 『史記』에서 한신의 행적에 대해 설명문처럼 서술
하고 있지만 『西漢演義』에서는 소설의 형태를 갖추어 대화묘사, 상황
묘사, 심리묘사 등을 추가하였다.

　　「本紀」나 「列傳」에 등장하는 인물들의 행적을 두루 살펴보면 『西
漢演義』와 거의 일치한다. 甄偉가 序文에서 밝힌 바와 같이 역사서는
따분하고 알아보기가 힘들어 역사를 부연하여 소설로 만들었던 것이
다. 그러나 소설은 歷史典籍과는 다른 바, 역사기록을 그대로 수용할
수 없었기에 밑바탕이 되는 소재는 『史記』에서 찾고 거기에 다량의
허구를 더하여 역사를 부연하였으며, 환경묘사, 심리묘사, 대화묘사

---

12) 『西漢演義』 卷一, 「章邯劫寨破項梁」, "初時, 韓信釣魚淮下. 終日不得一飯. 漂母見信
有饑色, 以飯與之. 信謝曰:"吾後日得地, 當重報." 母母怒曰:"大丈夫不能自食, 吾哀
王孫而進食,其望報乎!" 一日, 往市賣魚在淮, 有惡少年辱之曰:"汝常佩劍上街能刺我
耶! 如不能刺, 當我胯下." 於是信俛首出胯下."

등 표현기법이 어우러진 통속소설로 만들었다.

따라서 『史記』에서 한 두 구절밖에 되지 않는 간략한 소개를 소설로 풀어썼기 때문에 그 과정에는 과장과 허구의 수법이 많이 사용되었다.

예를 들면 항우가 의제를 죽이는 대목에서 역사서에서는 衡山王 吳芮와 臨江王 共敖를 시켜서 양자강 가운데서 죽이려고 했다고 기록되어 있지만, 『西漢演義』에서는 九江王 英布까지 세 명의 장수한테 명을 내린 것으로 나와 있다. 또 역사기록에는 睢水에서의 싸움에서 초군이 한군 10만 명을 죽여 睢水가 흐르지 못할 정도였다고 기록되어 있는 반면 소설에서는 30만 명이나 된다고 씌어 있으며 판본에 따라서는 50~60만 명이나 된다고 서술한 곳도 있다. 작가가 항우의 잔인무도함을 폭로하기 위하여, 유방의 仁義로움과 대비시켜 서술하고 있음을 알 수 있다. 이 면에서 甄偉는 통치계급을 수호하는 사마천과 같은 입장을 취하였다고 할 수 있다. 사마천은 『史記·高祖本紀』의 첫 단락에서 "항우는 포악했으나 한왕 유방은 성격이 온유하여 인덕을 베풀었다."[13]고 서술하였다.

한군이 형양에서 식량이 떨어져 고난을 겪을 때, 진평의 계략으로 紀信으로 하여금 '위장 항복'을 하는 대목에서도 차이점을 보인다. 역사기록에는 간략하게 서술되어 있지만 소설에서는 기신의 충심을 더 부각시키는 대화와 묘사를 표면에 내세운다. 항우가 기신의 충심에 감동을 받아 벼슬을 주고 옆에 두려 했으나 기신은 항우를 잔인한 군주라고 꾸짖는다. 항복을 받지 못한 항우는 기신을 태워 죽인다. 항우의

---

13) 『史記·本紀』, 앞의 책, 785쪽.

무도하고 포악한 행위는 군주를 향해 시종일관 절개를 지키는 기신의
행동과 대조되어 나타난다.

다음으로 한신이 항량의 수하에 들어간 내용을 역사서에서는 따로 설
명하지 않고 있지만 『西漢演義』에서는 항량이 한신의 용모를 보고 쓰지
않으려 하였지만 범증의 간언으로 집극낭에 두었다는 내용이 있다.

이러한 내용들은 얼핏 보아도 역사기록과 소설의 차이점을 보여주
는 내용이고, 세부적으로 살펴보면 곳곳에서 허구를 찾아볼 수 있다.
그러나 『史記』라는 역사기록을 바탕으로 이야기를 만들었기 때문에
거의 모든 인물들과 중대한 사건들은 『史記』에서 그 근원을 찾아볼
수 있어 두 작품의 수용관계를 입증하는 근거가 된다.

이처럼 『西漢演義』의 작자 甄偉는 『史記』를 모태로 역사적 진실
위에 허구를 더해 생생한 역사의 현장을 핍진하게 체험할 수 있는 역
사연의소설로 재창조하였다. 작품의 주 내용이 초한전쟁이지만 『西漢
演義』라고 題하여 서한의 건국에 주목한 것은 서한시대에 수많은 영
웅호걸들이 배출되었다는 원인도 있겠지만 서한이라는 국가가 중국역
사에서 큰 의미가 있기 때문이라고 생각한다.

漢제국은 중국역사에서도 아주 중요한 시기였다. 그 중에서 서한
시기는 한나라 400여 년 동안 가장 휘황찬란했던 시기이기도 하다. 비
록 진나라가 6국을 병합한 첫 통일 왕조라고는 하지만 지속 기간이 매
우 짧았기에 漢나라야말로 사실상 중국 최초의 통일 왕조라고 하는
것도 이러한 이유 때문이다. 한나라는 무려 400여 년이나 강력한 제국
을 이어나갔고 이후의 역사에 깊은 영향을 미쳤다. 현재 중국인을 漢
人이라고 하는 것도, 중국어를 漢語라고 부르는 것도 한나라를 기준
점으로 삼고 있기 때문이다. 기세등등했던 한나라는 수많은 인재와 영

웅을 배출했고, 한고조 재위기간에는 태평성세가 이어졌다. 바로 이러한 역사적 진실을 더 광범위한 대중들에게 알리기 위해 작자는 『史記』를 밑거름으로 『西漢演義』라는 역사연의소설을 지은 것이다.

2. 허구와 과장의 미학적 결실 : 唐代의 變文

역사연의소설의 발전은 '講史' 話本과 밀접한 관련을 가지고 있다. 중국소설사에서 '화본소설'이라는 것은 이야기꾼들이 구연한 내용 및 형식과 불가분의 관계에 있다는 것이 전제되어 있다. 宋人의 통속소설을 보면 곧 唐末의 권선징악을 주로 한 것과는 약간 다르나, 실은 잡극 가운데의 '說話'로부터 나온 것이라고 노신은 말하고 있다.[14] 설화라고 하는 것은 고금의 驚聽之事를 口說하는 것을 말하며 대개 唐時에도 이미 그런 것이 있었으니 段成式의 『酉陽雜俎』에 나오는 太和 말년에 아우의 생일이었기에 雜劇을 보았다는 구절이 있다.[15]

설화는 비록 설화인이 교묘한 생각을 짜내어 수시로 발설한다고는 하지만 원고가 있어서 의존하는 것이며, 그 원고가 바로 '話本'이다. 즉 설화인이 이야기를 함에 있어서 底本으로 볼 수 있는 것을 화본이라고 한다. 화본은 이야기꾼을 둘러싸고 생계를 이어가기 위한 이들이 공유했던 제한적인 것으로 볼 수 있으나, '화본소설'은 독자를 의식하고 간행

---

14) 魯迅, 『中國小說史略』, 學研社, 1987, 125쪽.

15) 『酉陽雜俎』續集, 卷4「貶誤篇」, "因弟生日觀雜劇, 有市人小說, 呼扁鵲作褊鵲字, 上聲, 予令座客任道昇字正之 (中略)"이 내용은 段成式(?~863)이 동생의 생일을 맞이하여 雜劇을 구경하다가 이야기꾼이 扁字의 聲調를 틀리게 발음하자 이를 바로 잡아 주려 하였다는 기록이다.

한 대중적인 독서물이라고 할 수 있다.16) 『중국소설사의 이해』17) 에
의하면 화본소설의 가장 큰 형식적 특징은 바로 전체 내용이 '入話',
'正話', '篇尾' 등 3단계로 구분되는 것이라고 할 수 있다. 설화는 또한
문체에 의해 "小說", "說公案", "講經", "講史"로 구분하는데 이것을
4家라고 한다.18) 역사연의소설의 발생에 큰 영향을 준 "講史"는 바로
설화의 底本인 화본이고 그 화본의 근원은 唐代의 변문과 직접적인
연관성을 갖고 있다. 변문은 唐代의 민간 강창문학의 주요한 형식으로
敦煌 藏經洞에서 대량의 문서들로 발굴되었다. 여기에는 宗敎典籍,
儒家經史子集 및 일련의 통속문학 필사본들도 있었는데 이들을 '變文'
이라 통칭한다.19) 변문은 漢魏六朝樂府, 小說, 雜賦 등 문학전통의
기초 위에 발전하여 생겨난 신흥문체였다.20)

　이러한 변문이 당대에 이르러 나타난 것은 시대 상황과 무관하지
않다. 중국 역사에 있어서 당대는 변혁기라고 할 수 있다. 사회·경제
적으로는 당시의 均田體制가 많은 모순을 드러냄과 동시에 상업이 점
차로 발전하기 시작한 시기이고, 제도적으로는 과거 제도의 시행으로

---

16) 李時燦, 『傳奇에서 話本으로의 소설문체 변천과정 연구』, 『중국소설논총』 27집, 한중
　　소설학회, 2008, 127쪽.
17) 중국소설연구회, 『중국소설사의 이해』, 학고방, 1994.
18) 羅篠玉, 『宋元講史話本研究』, 복단대학교 박사학위논문, 2005, 41쪽. 4家의 명칭에 대
　　해서는 여러 가지 견해가 있는데, 陳汝衡는 「說書小史」에서 說話四家는 1)銀字儿[烟
　　粉, 靈怪, 傳奇], 2)說公案[朴刀杆棒], 說鐵騎[士馬金鼓之事], 3)說經[演說佛書], 4)講
　　史書[興廢戰爭之事]로 나뉜다고 하였다. 여기서 '銀字儿'라고 하는 것은 小說로 보는
　　것이 보편적인 견해이기 때문에 위의 분류법과 유사하다.
19) 齊裕焜, 앞의 책, 66쪽. 연구에 의하면 變文이라는 것은 또한 '變文', '講經文', '因緣',
　　'詞文', '詩話', '話本', '賦'로 나뉜다. 본 논문에서는 '變文'으로 통칭하고 '變文'과 '辭文'
　　을 언급하려고 한다.
20) 張錫厚, 『敦煌文學』, 上海古籍出版社, 1980, 66쪽.

전대의 문벌귀족들이 관료로 변모되어 가던 과도기이며, 문화적으로
도 유·불·도가 서로를 견제하면서 발전한 시대이다. 균전체제의 모
순으로 인한 良民의 몰락과 部曲의 증대는 사회의 근본 질서를 흔들
기 시작했다. 유·불·도의 성행에 따라 다양한 사상이 싹트고 상업의
발달로 인해 경제력이 향상되면서 과거제도의 시행으로 능력을 갖춘
사람이 관계에 진출하게 되면서 피지배층은 점차 지배 이념에 대한
관념에서 벗어나 기존의 질서를 부정하고 새로운 질서를 요구하게 된
다. 이러한 지배층을 부정하는 비판 의식의 성장은 곧바로 지배층과의
갈등을 초래하게 되는데 당대에 지배층과의 갈등을 잘 반영하고 있는
것이 敦煌講唱文學이다.21)

   변문은 藝人이 노래하면서 이야기 하는 형식으로 문학과 음악을 하
나로 융합시켜 감정을 목소리에 담아 이야기하는 것이 가장 큰 특징
이다. 宋元 이후의 각종 설창문학과 희곡문학의 근원을 거슬러 올라
가면 모두 변문과 밀접한 관계가 있다. 변문의 발견은 후대의 문학에
큰 영향을 주었는데, 역사연의소설의 형성을 알아볼 수 있는 중요한
단서가 되었다. 鄭振鐸은 돈황 변문이 문학사에서 갖는 위상에 대해
서 높이 평가하고 있다.

   "돈황에서 발견된 수많은 중요한 중국문서 중 가장 중요한 것은 변
문이다. 변문이 발견되기 이전까지 우리는 平話가 어떻게 송대에 갑
자기 출현했는가? 諸宮調의 내력은 어떠한가? 명·청대에 성행한 寶
卷·彈詞·鼓詞는 과연 최근에 형성된 것인가 아니면 예전부터 존재
했는가? 등에 대해 전혀 모르고 있었다. 文學史上의 수많은 중요한

---

21) 李靜和,「敦煌本「季布罵陳詞文」研究」, 이화여자대학교 석사학위논문, 1995, 1쪽.

문제가 베일에 가려져 있었던 것이다. 1907년 스타인이 돈황 寶庫를 발굴해 변문이라는 일종의 문체를 발견한 후, 비로소 모든 의문이 서서히 풀리게 되었다. 이로부터 우리는 고대문학과 근대문학을 하나로 연결시킬 수 있게 되었다. 또 宋元話本이 六朝小說 · 唐代傳奇와는 전혀 어떠한 인과관계도 없음을 알게 되었다."[22]

변문은 역사적인 이야기를 원형으로 거기에서 창작의 소재를 취하지만 세속의 민간인을 만족시키기 위한 심미의식과 상품화를 목적으로 하기 때문에 간략하고 무미건조한 역사적 이야기를 그대로 진행할 수는 없었다. 그리하여 역사적인 이야기나 인물이라는 큰 골격을 모태로 대담한 허구나 과장을 더하여 신이한 이야기와 굴곡적인 스토리로 만들어 청중의 호기심을 끌게 하였다. 愛憎의 감정을 분명히 담았고 희극성이 강한 것이 특징이었는데 후세의 강사평화와 역사연의소설에 직접적인 영향을 주었다.[23] 변문에서는 이미 王昭君, 王陵, 季布, 伍子胥變文 등 역사인물들의 이야기를 설창하고 있었다. 그 중에서 漢代의 이야기를 노래하는 변문에는 두 편의 작품이 있는데 「漢將王陵變」과 「季布罵陳詞文」이다. 왕릉과 영포는 『西漢演義』에 등장하는 인물로 『史記 · 陳丞相世家』에 수록되어 있다.

2.1 「漢將王陵變」의 인물형상의 미학성

「漢將王陵變」은 돈황 변문 중에서 가장 완전한 형태로 보존된 변

---

22) 鄭振鐸, 『中國俗文學史』 上卷, 臺北, 商務印書館, 1986, 180쪽.
23) 高岩, 「明代歷史小說對唐代變文的接受」, 『安徽文學』 第8期, 黑龍江綏化學院, 2010, 20~22쪽.

문이며, 일명「漢八年楚滅漢興王陵變」이라고도 한다. 왕릉의 이야기
는「陳丞相世家」에서 최초로 나타나며 그 이후 班固의「漢書·王陵
傳」·「列女傳續傳」에도 기록되어 있는 것으로 보아 이 고사는 당대
변문이 출현하기 전에 이미 사회에서 다양한 문학 양식으로 널리 유
전되고 있었음을 알 수 있다.[24]

「漢將王陵變」은 다른 講史 변문과는 달리 작품의 尾末에 저작시
대와 작자의 이름을 분명하게 밝히고 있는 점이 주목된다. 작품의 尾
末에 "漢八年楚滅漢興王陵變 一鋪, 天福四年八月十六日 孔目官
閻物成寫記"라고 했는데, 여기서 '一鋪'는 一部書라는 뜻이고 鋪는
변문의 내용에 의거하여 그린 그림을 말한다. '孔目'은 문서를 掌管하
는 吏員의 명칭을 가리킨다.[25] 이 기록으로 보아「季布罵陳詞文」과
동일한 시기에 창작이 완료된 것이고, 이야기에 그림이 추가되어 있었
다는 것을 추측할 수 있다.

현존하는「漢將王陵變」에는 모두 다섯 개의 寫本이 있으나 파리에
소장되어 있는 寫本이 세 권으로 나뉘어져 있기 때문에 실제로는 세
개의 寫本이 현존하는 셈이다.「漢將王陵變」의 세 개의 寫本은 英國
所藏本(s.5437), 北京圖書館所藏本, 巴黎國家圖書館 所藏本 등이다.
그러나 파리 所藏本은 p.3627-1, p.3627-2, p.3867의 세 권으로 區分
되어 있는데, 이 세 권은 필적이 서로 비슷하고 내용도 서로 연결되는
점으로 미루어 사실상 한 권의 寫本이라 할 수 있다.[26] 세 권 중에서

---

24) 兪泰揆,「「漢將王陵變」考察」,『충주대 論文集』35집, 한국중문학회, 2000, 282쪽.

25) 雷文治選注,『敦煌變文選注』, 河北敎育出版社, 1991, 15~29쪽.

26) 여기서 'P'는 Pelliot[인명]를 말한다. 프랑스의 동양학자(1878~1945). 중국 돈황의 千佛
洞에서 남북조 시대로부터 송·원대에 이르는 수많은 고문서와 회화를 발견하고 수집하
였다.

p.3627-1의 시작부분에 약간의 殘缺이 있었지만, 編輯者들이 s.5437
을 참조하여 복원하였다.[27]

아래에 『史記·陳丞相世家』의 기록에서 왕릉에 대한 이야기가 어
떻게 생겨났는지 근원을 살펴보고자 한다.

> 王陵이란 사람은 옛 패현 사람으로 처음에는 그 현의 호족이었는데,
> 고조가 미천하였을 때 왕릉을 형처럼 섬겼다. 왕릉은 어려서부터 문장에
> 뛰어났으며, 멋대로 하는 기질이 있었고 바른말 하기를 좋아했다. 고조가
> 패현에서 일어나 (관중으로)들어가 함양에 이르렀을 때, 왕릉 또한 스스
> 로 무리 수천 명을 모아 南陽에 거주하면서 패공을 따르려 하지 않았다.
> 한왕이 군사를 돌려 항적을 공격할 때, 왕릉은 비로소 군사를 한나라에
> 귀속시켰다. 항우는 陵母를 잡아다 군중에 두었다. 왕릉의 使者가 도착
> 하자 陵母를 동쪽을 바라보며 앉게 하고는 왕릉을 불러들여 귀의시키고
> 자 했다. 陵母는 비밀리에 사자를 보내면서 흐느끼며 말했다. "이 늙은이
> 를 위해서 왕릉에게 한왕을 삼가 섬기라고 해 주십시오. 한왕은 장자이
> 니 이 늙은이 때문에 두 마음을 가져서는 안 된다고 하시오. 나는 죽음으
> 로써 당신을 전송하리라."
> 陵母는 드디어 칼을 품고 죽었다. 項王은 노여워하여 陵母를 끓는 물
> 에 삶았다. 왕릉은 마침내 한왕을 수행하여 천하를 평정했다. 왕릉은 雍
> 齒와 사이가 좋았는데 옹치는 高帝의 원수였고, 왕릉도 본래 한왕을 따
> 르려는 뜻이 없었던 까닭에 만년에 봉읍을 받아 安國侯가 된 것이다.[28]

---

27) 俞泰揆, 위의 논문, 284쪽.

28) 『史記. 陳丞相世家』. 王陵者, 故沛人, 始爲縣豪, 高祖微時, 兄事陵。陵少文, 任氣, 好
直言。及高祖起沛, 入至鹹陽, 陵亦自聚黨數千人, 居南陽, 不肯從沛公。及漢王之還攻
項籍, 陵乃以兵屬漢。項羽取陵母置軍中, 陵使至, 則東鄕坐陵母, 欲以招陵。陵母旣私
送使者, 泣曰: "爲老妾語陵, 謹事漢王。漢王, 長者也, 無以老妾故, 持二心。妾以死送
使者。" 遂伏劍而死。項王怒, 烹陵母。陵卒從漢王定天下。以善雍齒, 雍齒, 高帝之仇,
而陵本無意從高帝, 以故晚封, 爲安國侯。

『漢書·張陳王周傳』의 내용도『史記』에 기록된 내용과 비슷하다. 『史記』에는 왕릉이 초나라 진영을 습격한 사실이 나오지 않는다. 항우가 陵母를 잡아 군중에 두었으며, 陵母는 한나라를 위하여 자결하며 이에 화가 난 항우는 죽은 陵母를 끓는 물에 삶았다는 내용이다.

민간예술인들은 이 짤막한 기록에 근거하여 6, 7천 자가 되는 장편 변문으로 만들었다. 왕릉이 초나라 진영을 습격하여 많은 살상자와 부상자를 냈으며 이에 분노한 항우는 陵母를 잡아 항복시키려 한다. 변문에서는 목숨으로 아들과 한나라를 지키려 하는 陵母와 왕릉의 영웅적 기상을 찬양하였다. 陵母의 의로운 행동은 항우의 포악무도한 행위와 대비되어 영웅을 숭상하고 통치자를 비판하는 민간인들의 심미의식이 잘 드러나 있다고 볼 수 있다.

서사 면에서 변문의 주요한 특징은 이야기를 허구성이 강하게 꾸미되 史籍에 기록되어 있는 이야기와의 연결고리를 그럴듯하게 이어주어 사건의 인과관계에 대한 합리성을 부여하여 흥미를 부연하는 것이다.『史記』에 기록되어 있는 이야기만 읽고 나면 독자들은 "項王은 왜 왕릉의 모친을 陣營에 잡아갔으며, 陵母가 검을 품고 자결하였다고 하였는데 옥에 간힌 陵母가 어떻게 검을 얻을 수 있으며 죽게 되었는가?" 하는 의문을 가지게 된다. 변문에서는 바로 이러한 궁금증을 해소시킬 수 있도록 원인을 잘 설명해주어 독자가 더 흥미롭게 이야기에 빠져들도록 한다. 상상력을 대량 발휘하여 스토리를 재구성하며 대량의 허구와 과장의 수법으로 역사이야기를 그럴듯하게 꾸며 사건과 사건사이의 연결고리를 이어주었다.

王陵과 陵母의 이야기를 변문에서 부연한 내용은 다음과 같다.

초·한 군사가 대치하여 싸우면서 큰 전쟁은 72번, 작은 전쟁은 30번이나 있었다. 전쟁마다 서초패왕은 우세했고 유방은 열세에 처하였다. 한군은 매번 전쟁에서 실패하여 군사들의 사기가 꺾이고 유방은 뾰족한 수가 없어 이제는 자신의 머리를 쳐달라고 신하들에게 말한다. 이러한 위기의 상황에서 왕릉과 灌嬰이 자진하여 초나라 군영을 습격하겠다고 나선다. 그들은 야밤에 항우의 진영을 습격하게 되는데 미처 준비를 하지 못한 초나라 군사는 큰 혼란을 겪는다. 이 싸움으로 인하여 초군은 엄청난 피해를 보게 되는데 하루 밤에 5만 여명이 죽게 되고 살상자가 20만 명이나 되었다. 남은 군사들의 사기마저 꺾이게 된 상황에서 항우는 원수를 갚기 위하여 鍾離昧가 알려준 계책대로 陵母를 잡아 인질로 삼아 왕릉을 초군에 항복시키려 한다. 한나라 盧綰이 도전장을 가지고 왔다가 이 일을 알게 되어 왕릉에게 알려준다. 왕릉은 효자인지라 대성통곡하며 급히 盧綰과 초나라 군영에 들어가서 모친을 구하려고 한다. 陵母가 이 소식을 듣고 아들을 망칠까 염려되어 항우에게 거짓 항복을 한다. 패왕이 듣고 용안에 기쁨이 넘친다. 陵母는 보검으로 머리카락을 잘라 그것을 항복하는 증거로 삼겠다고 하면서 검을 요구한다. 패왕은 곧 陵母에게 보검을 주며 陵母는 그 칼에 엎어져 죽고 만다.

위의 서술은 변문의 내용을 요약하여 살펴본 것이다. 변문의 내용은 『史記』에 실린 기록과는 큰 차이가 있다. 우선 『史記』에서는 왕릉이 灌嬰과 함께 초군을 기습했다는 내용이 전혀 나와 있지 않다. 다만 항우가 陵母를 붙잡아 왔다는 내용만 있을 뿐이다. 다음으로 변문에서는 盧綰이 가서 사실을 확인하는 것으로 되어 있으나 『史記』에서는 '왕릉의 使者'라고 되어 있다. 즉 변문에서는 역사적인 사건과 인물을 부연하여 이야기를 꾸몄음을 알 수 있다. 陵母가 패왕에게 인질로 잡혀온 후, 초군에게 고문을 당하는 내용도 변문에서는 아주 그럴듯하게 묘사되어 있다.

> "陵母를 데려다가 머리를 자른 뒤, 음식을 눈썹 높이까지 들어 바치도
> 록 하였다. 그리고 몸에 입고 있던 옷을 벗기고서, 남루한 옷을 입혔으며,
> 항쇄를 목에 채운 채, 부대의 병사들로 하여금 기분을 달래도록 하자, 각
> 자 막대기를 들어 매를 때리도록 하고, 陵母에게는 三軍 병사들의 옷을
> 수선해 주도록 하였다." 陵母는 고초를 견디다 못해 창과 차꼬 아래로
> 넘어진 채, 한 손으로는 가슴을 누르고, 한 손으로는 땅을 눌렀으며, 얼굴
> 은 하늘을 향한 채로 "大夫, 사랑하는 자식, 왕릉" 하고 외마디 소리를
> 외쳤다. 모든 楚將들이 이 말을 듣고 어찌 애간장이 끊어지지 않을 수
> 있겠는가?29)

위의 예문은 역사전적에서 전혀 찾아볼 수 없는 내용으로 변문에서
는 소상히 기록하고 있다. 주제 면에서 陵母의 고상한 형상을 찬미하
고, 군주로서 백성을 아끼고 사랑할 줄 모르는 항우의 무도한 행위를
풍자·비판하였다. 陵母의 불쌍한 처지와 언행들은 楚將들의 동정을
불러일으키며 이 강창을 듣는 청중들마저 슬픔과 동정의 시선을 보내
게 된다. 강창자는 청중들의 표정을 살피며, 분노하는 대목에서는 더
욱 과장된 몸짓으로, 고통스러운 대목에서는 더욱 애절하게 口演하는
데 이야기를 더욱 생동감 있게 강창하여 예술적인 효과를 극대화하며,
이것은 또한 더 많은 청중을 끌어 이윤을 챙기려는 목적과도 직결된
다. 陵母가 죽기 위해 검을 얻는 대목에서도 마찬가지이다.

---

29) 雷文治 選注, 앞의 책, 10쪽. "領將陵母, 鬢髮齊眉, 脫卸沿身衣服, 與短褐衣, 兼帶鐵
鉗, 轉火隊將士解悶, 各決杖伍下, 又與三軍將士縫補衣裳" 陵母遂乃吃苦, 不禁僕卻,
槍枷而如倒, 一手按胸(聲), 一手按地, 仰面向天哭: "大夫嬌子王陵, 應是楚將聞者, 可
不肝腸寸斷?"

陵母는 패왕의 면전에서 편지를 써 아들을 부르겠노라고 승낙하였다. 패왕은 이 말을 듣고 용안에 웃음이 가득하였다. "陵母가 아들을 부르는데 어떤 방법으로 말을 하겠는가?", "다른 것은 필요치 않고 다만 대왕이 허리에 차고 있는 太哥寶劍을 원합니다."

"단지 아들을 부를 뿐인데, 과인의 보검을 빌려서는 뭐하느냐?", "이전에도 편지를 썼지만 아들이 믿지 않았습니다. 만일 대왕의 보검을 빌려주신다면 머리털 한 웅큼을 베어 편지에 동봉하겠습니다. 아들이 머리카락을 보면 밤새 길을 달려 入楚하여 나를 구하고자 할 것입니다."

패왕은 이 말을 듣고 太哥寶劍을 풀어 陵母에게 건네주었다. 陵母는 칼을 받아 들고 패왕으로부터 삼십 여보 떨어진 다음, "우리 王에게 알려주시오!"라고 외치며 자결하였다.[30]

위의 인용문은 간략한 소개에 지나지 않았던 역사서의 기록에서 벗어나 대화묘사와 행동묘사가 잘 융합되어 있는 이야기로 탈바꿈하였다. 陵모가 항우에게 검을 요구하는 것을 '請大王腰間太哥'로 기록한 것은 민간인들이 쉽게 알아들을 수 있는 구어를 사용하여 풍자의 효과를 나타내기 위한 것이며 이런 풍자는 청중들의 웃음을 유발하기도 한다. '前後修書招兒, 兒並不信'이라고 부연, 설명함으로써 검을 차는 이유까지도 구체적으로 서술한다. 또한 마지막에 陵母가 자결하는 부분에서 '其實天地失瑕之光'이라고 함으로써 억울하게 죽은 사람으로 인하여 하늘까지 빛을 잃었다고 묘사하였다. 변문에서 陵母는 죽음을

---

30) 雷文治 選注, 앞의 책, 13쪽. 陵母於霸王面前, 口承修書招兒, 霸王聞語, 龍顔大悅, "陵母招兒, 何用咨陳?", "不用別物, 請大王腰間大哥(阿)寶劍!", "但緣招兒, 要寡人寶劍, 作和使用?", "前後修書招兒, 兒並不信, 若借大王寶劍, 卸下一子頭髮, 封在書中, 兒見頭髮, 星夜倍程入楚救母." 霸王聞到, 把大哥(阿)劍, 度與陵母. 陵母得劍, 去霸王三十餘步, "爲報我王知." 陵母遂乃自刎.

초개같이 여기며 위기에 직면해서도 전혀 당황하지 않고, 지혜롭게 행동하는 인물로 묘사되어 있다. 강창자는 민간인들의 입장에서 이야기를 부연하기 때문에, 그 내용들은 강한 대중성을 띠게 되며 통치계급을 신랄히 비판하는 효과에 도달할 수 있었다. 그리고 結尾는 반전 상황으로 배치하여 통치계급을 조롱하였다는 점도 주목할 만하다. 순순히 항복할 줄 알았던 陵母가 머리카락을 자르는 대신 목을 베는 것으로 결말을 맺으며 항우는 '닭 쫓던 개 지붕만 바라보는 격'이 되고 말았다.

이렇듯 변문은 역사 이야기를 재구성하여 청중들의 흥미를 자아내기 위한 굴곡과 긴장미, 비극미가 두루 겸비된 고사로 거듭나게 하였다.

변문에서 구현된 허구와 상상의 수법은 후대의 강사화본에 직접적으로 영향을 미쳤는데『前漢書平話續集』및『西漢演義』의 제60회 "知漢興陵母伏劍"에도 이 이야기가 실려 있다. 전체적인 맥락이나 서사의 전개양상은 변문에서 부연한 내용과 차이가 있으나 서로 일치하는 부분도 있다.

『西漢演義』에서는 장량이 왕릉을 불러 초나라를 대적하라고 지시한 것으로 나오는데, 이는 변문에서 왕릉이 나라를 위하여 자진해서 나섰다는 주체적인 인물형상과는 다르다. 또한 변문에서 유방이 "怨寡人者, 任居上殿, 摽寡人首, 送與西楚覇王"이라고 말한 구절을 소설에서는 찾아볼 수 없는데, 이는 견위가『史記』를 수용하고 있어, 통치계급을 신랄히 비판하는 변문과는 서로 다른 목적의식을 갖고 기록되었기 때문이라 하겠다.『西漢演義』에서는 이 싸움으로 인해 사망자가 3만 여명이 된다고 씌어 있는데 변문에서는 죽은 사람만 5만 명, 살상자가 20만 명이나 된다고 과장하고 있다. 동일한 역사이야기가 오

랜 시간동안 구전되어 내려왔기 때문에 그 과정에 차이점이 있는 것
으로 보인다. 『西漢演義』에서 鍾離昧가 陵母를 붙잡아 인질로 삼으
려 하는 내용은 鍾離昧를 주체적인 인물로 영웅화했다는 점에서 변문
의 내용과 비슷하다.

> 季布, 鍾離昧, 龍沮 등 세 사람이 말머리 앞을 막아서며 간하되, "불가
> 합니다. 한병이 이기고 반드시 길에 예비하여 있으며 성 꼭대기에 불을
> 펴고 성 아래에는 인마가 철통같이 있으니 이는 분명히 한신이 가르친
> 계교입니다. 폐하께서 패잔 인마를 점검하고 급히 왕릉의 어미를 붙잡아
> 와서 항복시키고, 영중에 가두어 두고 사람을 시켜 왕릉에게 알리면 왕
> 릉은 효자이니 이 소식을 들으면 반드시 돌아와 항복할 것입니다. 왕릉
> 이 항복하면 滎陽을 破할 수 있습니다."[31]

『史記』와는 달리 변문과 『西漢演義』에서는 종리매가 주체적인 인
물로 나서서 왕릉의 모친을 잡아오는 꾀를 내는 것으로 되어 있어 변
문과 맥을 같이 한다. 이외에도 『西漢演義』에서는 모친이 잡혔다는
소식을 듣고 슬퍼하는 왕릉의 심정을 '방성대곡하니 눈물이 비 오듯
하다', '일만 번 죽어도 마땅히 급히 가보리라'라는 구절로 표현하여 모
친에 대한 효도와 처량한 심정을 생동하게 보여주었다.

위의 상황으로부터 볼 때, 『史記』, 「漢將王陵變」, 『西漢演義』에서
왕릉의 이야기는 조금씩 차이점을 보이는데 표로 만들어 비교해 보면

---

31) 『西漢演義』 卷五, 「知漢興陵母伏劍」. 季布, 鍾離昧, 龍沮俱列馬頭前止之曰: "不可,
  漢兵得勝, 一路俱有准城上火起, 城下人馬如鐵桶相似, 此必韓信之遺計也. 陛下且檢
  點傷殘人馬, 急將陵母取來, 以劍伏身, 監在營中, 使人與王陵說知, 王陵爲人最孝, 聞
  此決來歸降, 王陵若降, 滎陽可破也"

다음과 같다.

〈표 2-1〉『史記』,「漢將王陵變」,『西漢演義』의 내용 비교

『史記』	「漢將王陵變」	『西漢演義』
―	왕릉과 관영이 초나라 진영을 습격한다.	장량의 지시로 왕릉과 관영이 초나라 진영을 습격한다.
―	초군은 죽은 자가 5만 여명, 殺傷者가 20여만 명에 달한다.	초군은 죽은 자가 3만 여명에 달한다.
항우가 陵母를 인질로 붙잡아 오라고 시킨다.	종리매가 계교를 내어 陵母를 붙잡아 오도록 한다.	종리매, 계포, 룡저가 陵母를 붙잡아 오도록 항왕에게 아뢴다.
'왕릉의 使者'가 陵母가 잡혔다는 사실을 한군에 전해준다.	盧綰이 楚陣營에 戰書를 전해주러 갔다가 사실을 알게 되어 한군에 전해준다.	楚使가 한군에게 전해주며 한왕은 숙손통을 초군에 보내 그 사실을 확인하게 한다.
'왕릉의 使者'가 도착하자 陵母는 자결한다.	소식을 듣고 왕릉은 盧綰과 함께 楚陣營에 들어가며 盧綰이 먼저 探索하러 간다. 陵母가 자결한다.	장량의 계교로 숙손통을 초군에 보내며 陵母는 그 앞에서 자결한다.
항우는 죽은 陵母를 끓는 물에 삼는다.	항우는 죽은 陵母를 끓는 물에 삼는다.	항우는 계포의 말을 듣고 陵母를 패현에 묻게 한다.

　위의 표에서 보면『史記』에서는 왕릉과 관영이 초나라 진영을 습격하는 내용은 나오지 않는다. 따라서 초군을 살상한 이야기도 없다. 그러나「漢將王陵變」과『西漢演義』에는 이 이야기가 실려 있으며 살상자가 얼마나 되는지 구체적인 숫자도 나와 있다. 또한 한나라 기습을 받은 후, 陵母를 잡아오라는 계교를 낸 사람이 종리매로 되어 있다.

　陵母가 투옥된 사실을 알게 된 경과도 세 작품에서 차이점을 보이는데,『史記』에서는 '왕릉의 使者'가,「漢將王陵變」에서는 盧綰이,『西漢演義』에서는 楚使가 알리는 것으로 되어 있다. 結尾의 내용을

보면『西漢演義』에서는 항우가 계포의 간함을 듣고 능모를 패현에 묻어주는 것으로 항우를 잘못을 깨닫는 인간으로 묘사하였다. 반면『史記』와 변문에서는 항우가 '烹陵母' 하는 것으로 되어 있어 잔인한 행위가 용서받을 수 없도록 묘사하였다. 이러한 차이점은 역사이야기가 오랜 시간동안 구비전승 과정에서 변천된 결과라고 할 수 있다. 역사적인 사실을 그대로 쓴『史記』와는 달리 당대의 변문은 민중 심리에 부합하고 대중성을 추구하는 것을 목적으로 하였기 때문에 야사와 구비 전승되는 이야기들까지 수용한 것으로 보인다.

왕릉에 관한 이야기가 오래전부터 전승되었으며 당대의 변문「漢將王陵變」에 수록되어 있다는 사실은 변문이 후대의 平話나 통속소설에 끼친 영향력을 고려할 때, 큰 의미를 가진다고 할 수 있다. 따라서「漢將王陵變」의 특징을 다음과 같이 종합해보도록 하겠다.

민간인의 입장에서 그들이 숭상하고 추구하는 인물형상을 부각하였다. 왕릉과 灌嬰의 주체적인 인물형상과 陵母의 굳은 절개에 대해 잘 묘사한 것은 영웅적 주인공의 형상을 잘 보여주기 위한 것으로 구체적인 예라고 할 수 있다. 72번의 전쟁 중, 매번 실패를 반복하는 위기 상황에서 왕릉의 영웅적 행동과 대담한 용기는 암울한 현실과 대조되어 영웅적 기개를 한층 부각시킨다. 또한 위기 상황에 처했음에도 불구하고 목숨을 초개같이 여기고 아들의 미래를 생각하는 陵母의 절의를 노래하여 청중들로 하여금 陵母를 동정하고 항우의 포악함을 비판하게 하였다.

『史記』에서는 '則東鄕坐陵母'라고만 적혀있을 뿐, 항우가 구체적으로 어떤 잔인한 수단으로 항복을 강요했는지는 서술하지 않았다. 하지만 변문에서는 陵母가 처한 상황을 비참하게 묘사하여 청중들로 하여금 그 고통을 같이 하게 하며 항우의 잔인한 행위에 대해 분노의 시선을 보내게 하였다. 스토리를 전개함에 있어서 역사적인 인물과 사건을 재조합하여 이야기가 진실성과 합리성을 띠게 하였다. 위에서 인용한 예문에서와 같이 청중들의 궁금증을 유발하는 대목에서는 부연 설명을 해주어 원인을 밝혀 주었다.

언어 면에서 청중들에게 더 쉽게 다가갈 수 있는 구어체 문장을 사용하여 강한 희극성을 띠게 하였다.

이 변문은 후대의 戲曲에 영향을 미쳤는데, 원대의 잡극에는 「陵母伏劍」, 南戲의 「王陵」 등이 나왔으며 『全漢志傳』과 『西漢演義』의 해당 내용에도 이 이야기가 전해지고 있다. 『全漢志傳』의 2권 「王陵劫楚王寨」, 『西漢演義』 제61회 「知漢興陵母伏劍」의 내용을 변문과 비교해 보면 초나라 진영에 들어가 진압하는 경과는 그대로 썼으나 서술이 간략하고 인물설정에 있어서도 변문과 다른 점이 있다. 그러나 「漢將王陵變」이라는 고사가 오래전부터 구비전승되어 후대의 잡극이나 평화, 『西漢演義』에 영향을 미쳤다는 사실을 입증해 주는 근거가 되었다.

2.2 「季布罵陳詞文」의 반전구조와 풍자성

「季布罵陳詞文」은 韻文을 이용하여 노래하는 '辭文'이라는 독특한 형식을 취하였다. 당대에 불교의 영향으로 서사성이 강한 이야기들이 俗講 형식을 빌어 구연되는 과정에서 민간에서 전해 내려오던 시가 형식이나 唱辭, 설창체 등과 자연스럽게 결합되면서 '辭文'이라는 새로운 양식을 발생시킨 것이다. '辭文'은 운문 위주로 이루어진 설창체

로서 혼합적 특성을 본질로 하며, 7언을 기본 句式으로 대부분 자유롭
게 押韻되고 있다. 따라서 '辭文'은 설창자가 구연하기에 편리한 방식
을 모색하는 과정에서 다양한 민간의 설창체를 받아들여 이루어진 양
식이며, 중국의 민간문학과 외래의 불경문학이 결합된 '문학형식의 혼
합체'라고 할 수 있다.32) 변문은 서사에 있어서 愛憎의 감정을 분명하
게 표현하였고 희극성이 강한 것이 특징이었는데 후세의 강사평화와
역사연의소설에 직접적인 영향을 주었다.33)

「季布罵陳詞文」은 현재 10개의 寫本이 남아 있는데 그 중에서 가
장 완정한 형태로 남아 있는 것은 原本 p3697호 寫本으로 1926년 파
리에서 발견되었다. 현재 『敦煌變文集』에 실려 있는 작품들은 이 寫
本을 저본으로 그 밖의 寫本들을 참조하여 새로 편집한 것이다.34) 「大
漢三年季布罵陳詞文」이라고 불리는 이 이야기에 대한 기록은 『史

---

32) 舒佩實, 「論變文在中國小說史的地位和作用」, 『貴州大學學報』 4期, 中國古代·近代
    文學硏究, 1985, 138쪽.
33) 高岩, 앞의 책, 20쪽.
34) 顏廷亮, 『敦煌文學槪論』, 甘肅人民出版社, 1993, 285쪽.
    原卷 P3697 640句, 標題가 <捉季布傳文>으로 되어 있다.
    甲卷 P2747 125句.
    乙卷 P2648 194句, 甲卷과 서로 연결되어 있다.
    丙卷 P3386 27句, 甲,乙,丙,은 동일한 寫本이다.
    丁卷 P3197 396句.
    戊卷 P5440(小冊子)240句.
    已卷 S2056 238句. 맨 앞에 <大漢三年楚將季布罵陳漢王羞恥群臣妖罵收軍詞文>이
    라는 제목으로 시작하여 '唯言禍難在逾巡'에 이르고 있다.
    庚卷 S5439 (小冊子) 453句. 丁卷과 대략 같다. 이 卷은 「季布歌」로 되어 있다.
    辛卷 S5441(小冊子)首尾가 完整하지만, 중간에 脫句가 있다. 末題로 「大漢三年季布
    罵陳詞文」一卷, 「太平興國三年戊寅歲四月十日記孔目學仕郞陰奴兒自手寫季布」一
    卷이라는 구절이 보인다.
    任卷 S1156 133句. 이 卷의 끝에는 '天福肆年'이라는 구절이 있다.

記·季布傳』(卷一百)과『漢書·季布傳』(卷三十七)에서 찾아볼 수 있다. 서두에서 결론까지 모두 7言詩로 쒸어져 있으며 전체 문장이 640구절이나 되고 글자가 4474자나 되는 장편서사시로 당대 이전의 장편서사시 중에서 가장 긴 長詩로 평가받고 있다.[35] 작품은 처음부터 마지막까지 거의 모두 완미하게 보존되어 있으며 모든 필사본에 작자의 이름은 기록하지 않았다. 다만 작품의 서사가 통속적인 성격을 띠기 때문에 대개 하층 문사나 혹은 설창예인들이 편찬한 것이라고 추측할 수 있을 뿐이다. 또한 이 변문에는 '天福肆年(939) 十四日記, 沙弥慶度盛'이라는 기록이 있어, 창작연대가 성당시기보다 빠르지 않고, 五代後晉(936~946)보다 늦지 않은 것으로 추정할 수 있기 때문에 唐 五代시기의 작품이라고 말한다. 작품의 결미에 "據說漢書修制了, 莫道詞人唱不眞"이라는 말이 있어 아마도 『漢書』 중의 『漢書·季布傳』을 바탕으로 한 것 같다. 그러나 『漢書』 또한 『史記·季布傳』을 거의 그대로 답습하였기 때문에 『史記』가 가장 이른 시기의 기록이 된다.

『史記』의 소개를 보면 초나라가 멸한 뒤, 유방이 자신을 괴롭혔던 계포를 잡으려 하는 내용과 계포가 여러 사람들의 도움으로 위기를 극복하고 벼슬까지 얻게 되는 내용으로 되어 있다.[36] 또한 주인공에

---

35) 張鴻勳 編著, 『敦煌變文選評』, 甘肅人民出版社, 2000, 52쪽.

36) 『史記·季布傳』, 이상옥 옮김, 『사기열전』 하, 명문당, 2009, 77쪽. 季布者, 楚人也。爲氣任俠, 有名於楚。項籍使將兵, 數窘漢王。及項羽滅, 高祖購求布千金, 敢有舍匿, 罪及三族。季布匿濮陽周氏。周氏曰:"漢購將軍急, 跡且至臣家, 將軍能聽臣, 臣敢獻計; 卽不能, 願先自剄。"季布許之。乃髡鉗季布, 衣褐衣, 置廣柳車中, 並與其家僮數十人, 之魯朱家所賣之。朱家心知是季布, 乃買而置之田。誡其子曰:"田事聽此奴, 必與同食。"朱家乃乘軺車之洛陽, 見汝陰侯滕公。滕公留朱家飲數日。因謂滕公:"季布何大罪, 而上求之急也?"滕公:"布數爲項羽窘上, 上怨之, 故必欲得之。"朱家曰:"君視季布何如人也?"曰:"賢者也。"朱家曰:"臣各爲其主用, 季布爲項籍用, 職耳。項氏臣可盡誅邪?今上始得天下, 獨以已之私怨求一人, 何示天下之不廣也!且以季布之賢

대해서는 "계포는 초나라 사람이다. 그 의기가 사나이다움으로 초나라
에서 유명했다"고 짧게 평가한다.

변문에서는 주인공 계포를 지략이 뛰어난 인물이자 위기를 무사히
극복하고 자아를 실현하는 영웅적 형상으로 그려냈다. 그것은 7언시
의 辭文 형식으로 되어 있지만 스토리를 갖춘 이야기로 되어 있다.

위기를 극복하는 과정에 주인공이 처한 고난과 그것을 해결하려는
시도가 반복되어 나타난다. 청중들은 이야기가 어느 정도 전개되면,
어느 시점에서 주인공이 행운을 겪을 것인지 불행을 겪을 것인지에
대해 예측할 수 있다. 하지만 이 이야기에서는 고난과 해결시도라는
갈등구조가 주축을 이루고 반전 상황이 기다리고 있다. 주인공이 공을
세우는가 하면 불행이 닥치고, 불행에서 빠져나올 수 있는 계기들이
생기는가 하면 더 깊은 나락으로 떨어진다. 전반 스토리의 흥미진진한
갈등구조들이 청중들로 하여금 더 큰 흥미를 유발하게 한다.

작품에서 주인공 계포를 영웅화하여 '영웅적 주인공'으로 내세운다.
이 주인공이 겪는 고난은 민담에서 '영웅적 주인공'이 처하게 되는 결
핍 화소와 비슷하다. 즉 '영웅적 주인공'이 무언가가 결핍된 상황에서
이야기가 시작된다. 이어서 고난이 해결될 수 있는 우연한 행운이 1차
적으로 주어져서, 초기 결핍을 타개하는 듯 보인다. 그러나 주인공은
또 결핍상황에 빠지게 되고 이것을 위한 2차적인 해결 시도가 진행된
다.37) 마찬가지로 이 작품의 서사구조를 파악하다 보면 고난[결핍]과

而漢求之急如此, 此不北走胡卽南走越耳。夫忌壯士以資敵國, 此伍子胥所以鞭荊平
王之墓也。君何不從容爲上言邪?"汝陰侯滕公心知朱家大俠, 意季布匿其所, 乃許曰:
"諾。"待間, 果言如朱家指。上乃赦季布。當是時, 諸公皆多季布能摧剛爲柔, 朱家亦以
此名聞當世。季布召見, 謝, 上拜爲郎中。

37) 블라디미르 프로프, 유영대 옮김,『민담의 형태론』, 새문사, 1989, 95~100쪽.

해결시도가 반복적으로 나타난다는 것을 볼 수 있다.

작품 내용을 요약하면 다음과 같다.

> 서술부분 : 초나라와 한나라의 두 군주가 패권을 다툰다. 삼년 째 접어
> 든 겨울에 저수 강가에서 군사를 일으켰는데 계포는 뛰어난 말솜씨
> 로 한왕[유방]을 물리친다. 초왕[항우]의 승리로 일단락되고 계포
> 또한 공을 세운다.
>
> 1) 이후 5년이 지난 시월 겨울에 유방은 垓河에서 교전하여 초나라를
> 멸망시키고 제위에 오르게 된다. 유방은 현상금을 걸고 주와 현은
> 물론 시골구석까지 뒤져서 계포를 잡아오라는 체포령을 내린다.
>
> 2) 계포는 쫓기는 몸이 되어 온갖 고난을 겪으면서 필사적으로 도망
> 다닌다. 그러다가 옛 친구 周氏 부부를 찾아가 피난처를 구한다.
>
> 3) 유방은 현상금을 인상하고 계포를 숨기거나 밥 한 끼를 주면 집안
> 을 멸족하여 육친까지 참수한다고 또다시 체포령을 내린다.
>
> 4) 周氏가 더 이상 계포를 숨길 수 없음을 느끼고 자초지종을 얘기한
> 다. 계포는 계교를 생각해 노예로 변장하여 朱解의 집에 팔려가게
> 되며, 朱解는 계포의 재능이 뛰어난 것을 보고 大郞君이라고 부르
> 도록 한다. 또한 주씨는 계포를 보지 못했다고 조정에 보고한다.
>
> 5) 朱解는 계포의 재능이 남들보다 뛰어난지라 초나라 장수라는 추측
> 을 하게 되고 근본에 대해 물어본다. 계포는 더 이상 속일 수 없음
> 을 알게 되고 자초지종을 말한다. 朱解는 집안의 화근이라고 생각
> 하고 하인을 시켜 압송하게 한다.
>
> 6) 위기의 상황에서 계포는 꾀를 내어 압송을 제지시키고 朱解가 자신
> 을 사면하는데 앞장서서 돕게 한다. 또한 하후영과 소하를 설복시
> 켜서 유방에게 사면하도록 주서를 올리게 한다. 유방은 그 제안을
> 받아들이고 체포령을 거둔다. 또한 계포가 오랑캐와 함께 반란을
> 일으킬까 두려워 관직까지 내린다.

7) 계포는 자신의 감정을 적은 表를 써가지고 입궁한다. 유방은 계포
　를 보자 진영에서 꾸짖던 생각이 떠올라 진노하며 죽이려 한다.
8) 일촉즉발의 상황에서 계포는 임기응변으로 황제의 행동을 제지시
　키며 화가 풀리게 하여 사면을 받고 태수라는 관직을 받는다.

　이렇듯 주인공이 처한 고난의 상황과 해결시도가 반복되면서 청중
을 이야기 속으로 끌어들인다. 청중들은 주인공이 지혜롭게 도망한 대
목에서는 웃고 기뻐하게 되며 필사적으로 도망 다니며 고통 받는 대
목에서는 불쌍한 처지를 동정하며 슬퍼하게 된다. 이것은 또한 단순한
고난과 해결시도라는 대비에서 서술되는 것이 아니라 해결된 것 같으
면서도 고난의 상황이 심화되는 반전에서 더 큰 흥미를 불러일으킨다.
긴장과 이완구조가 반복되고, 唱과 說을 번갈아 가면서 서술하는 이
야기는 청중을 매료시키기에 충분하다. 쫓고 쫓기는 서사는 굴곡을 조
성하여 손에 땀을 쥐는 긴장감을 심화시켰으며, 또한 표현기법에서도
상황에 적절한 언어를 사용하였다.
　변문의 表題인 「季布罵陳詞文」을 보면서 계포가 '罵陳'을 했다는
것이 사건 발생의 원인이다. 『史記』에서는 이 부분에 대한 설명이 없
지만 변문에서는 상세하게 기록되어 있다.

高聲直喊呼劉季!　고함지르며 외치길 '유방!
公是徐州豐縣人。　너는 서주 풍현 사람으로
母解緝麻居村墅,　에미는 길쌈을 하면서 촌에서 거주하였고
夫能牧放住鄕村。　아비는 방목하면서 시골에 살았었지
公曾泗水爲亭長,　너는 이전에 사수의 정장이 되었지만
久於闤闠受饑貧。　오랫동안 저자거리에서 굶주림에 시달렸다지.

因接秦家離亂後,　진나라가 망한 뒤를 이어서

自號爲王假亂眞。　스스로 왕이라고 하니 가짜가 진짜를 어지럽히는
　　　　　　　　　구나.

鴉鳥如何披鳳翼,　까마귀가 어찌 봉황의 날개를 펼칠 수 있으며

黿龜爭敢掛龍鱗!　거북이가 어찌 용의 비늘을 걸칠 수 있겠는가!38)

　계포는 이와 같은 독설로 유방으로 하여금 싸우지도 않고 말을 돌
려 달아나게 하였다. 원문에서는 그 때의 유방의 입장에 대하여 '봉황
은 나무에서 떠드는 소리를 싫어해 까마귀를 겁내고, 용은 물이 흐려
질까 꺼려하여 물고기를 두려워한다'고 묘사하였다. 미천한 출신으로
태어난 유방에게는 계포의 욕설이 엄청난 모욕이었다. 항우는 귀족 출
신이라 군신들 앞에서 항상 명분이 있었고, 유방은 보잘 것 없는 촌구
석에서 태어났으니 마음이 울적했는데, 군사들 앞에서 이런 수모를 당
했으니 부끄럽고 치욕스러운 건 당연한 것이다. 유방의 출신에 대하여
易中天39)은 유방은 사실 미천한 출신이고 이름도 없었다고 했다. 심
지어 어릴 때, 망나니처럼 돌아다니던 그를 부친은 亡夫라고 불렀다.
유방의 모친은 劉媼이라 하고, 부친은 劉公이라 하였다. 여기서 媼이
란 중국에서 아줌마를 일컫는 말이고, 公이란 아저씨를 일컫는 말이
다. 또한 유방의 字는 季라고 했으니 이것은 형제 중의 막내라는 뜻이
다. 이와 반대로 항우는 귀족출신의 후예로 대대로 초나라 장군을 역

---

38) 張鴻勳, 앞의 책, 31쪽. (41句~50句) 張鴻勳의 『敦煌變文選評』은 변문작품의 원문을
　그대로 싣고 또한 난해한 부분에는 각주로 평을 달아 설명하였다. 원문에 지금과 사용을
　달리하는 한자도 있지만 변문 그대로 실은 것이기에 별도의 수정을 하지 않고 인용함을
　말해둔다. 원문 번역은 이정화의 석사학위논문을 참고로 오류 부분을 수정 및 보완하여
　인용한 것이다.

39) 易中天, 앞의 책, 81쪽.

임한 명문가정에서 태어나 어릴 때부터 이름을 가지고 있었다. 출신에 대한 두 제왕의 입장을 고려해 봐도 항우가 우세하였으며, 또한 개인의 기질이나 용맹을 고려해 봐도 항우가 한 수 위였다. 이런 상황에서 일개 초나라 신하가 한왕을 모욕했으니 유방의 분노는 이루 말할 수 없었다. 유방은 "내가 만약 나중에 제왕이 된다면 계포를 산 채로 체포해 뼈를 짓이겨 가루를 날려버릴 것이오[活捉紛骨細颺塵]"[40]라고 하여 그에 대한 원한을 드러낸다.

드디어 두 제왕의 승패가 결정되고, 항우는 실패하여 垓河에서 자결하였고, 유방은 제위에 오르게 되었다. 유방은 자신에게 곤욕을 주었던 계포를 찾기에 혈안이 되었고 계포는 쫓기는 처지가 되어 필사적으로 도망 다니는데 그가 고난에 봉착한 상황을 본문에서는 다음과 같이 묘사한다.

遂入歷山溪谷內,	마침내 역산의 계곡 안으로 들어가
儌生避死隱藏身.	죽음을 피해 목숨을 부지하느라 몸을 숨겼네.
夜則村墅儌殘饌,	밤에는 마을에 내려가 밥을 훔쳐 먹고
曉入山林伴獸群.	새벽이 되면 숲 속에 들어가 짐승들과 함께 하였네
嫌日月, 愛星辰,	해와 달을 싫어하고 별들을 좋아하며
畫潛暮出怕逢人.	사람을 만날까 두려워 낮에는 숨고 밤에 다녔네.[41]

주인공의 고난에 처한 상황을 생동감 있게 보여주며 이런 상황에서 탈출하기 위한 해결시도가 거듭된다. 계포는 친구한테 찾아가 피난처를 마련하려 한다. 그러나 친구는 더 이상 숨겨줄 수 없다고 하며 이

---

40) 張鴻勳, 위의 책, 31쪽.(92句)
41) 張鴻勳, 위의 책, 32쪽.(121句~126句)

일을 계기로 계포는 변복을 하고 朱解의 집으로 들어가기로 한다.

> 便索剪刀臨欲剪,   칼을 찾아 들고 머릿발을 자르려는 순간에
> 改刑移貌痛傷神.   몸부림을 치면서 아파하는구나
> 懈髮撚刀擬剪,   머릿발을 풀고 칼을 들어 막 자르려고 할 적에
> 氣塡胸臆淚芬芳.   울분이 가슴 속에 꽉 차 눈물이 주르르 쏟아졌네
> 炭染爲瘡煙肉色,   숯을 태워 부스럼을 만들고 살빛을 검게 그을렀으며
> 呑炭移音語不眞.   숯을 삼켜 소리를 바꾸니 본래 목소리가 아니로
>   구나.42)

'영웅적 주인공'은 극심한 육체적 고통을 맛보게 된다. 유방을 욕하고 전장에서 용맹하던 그 날렵함은 사라지고, 망가지고 비참해진 모습이 청중들에게 동정심을 불러일으키는 대목이다.

계포가 사죄를 받고 입궁하여 유방에게 체포되는 대목은 이 작품의 고조부분이라 할 수 있다. 이 일촉즉발의 상황에서 계포가 유방을 향해 내뱉는 질책은 그야말로 전반 서사의 절정, 설창의 절정이다. 구연자는 이 대목에서 청중들의 표정을 살피며 이야기를 더 첨가하거나 부연할 수도 있는데 구연자와 청중이 서로 공유하는 상황이 되기 위해서는 갈등의 심화라는 서술기법이 가장 적절할 것이다.

고난과 갈등의 양상은 해결될 것처럼 보이다가 갈수록 더 큰 곤경에 빠지게 되고 서사는 항상 일시적인 해결과 더 큰 고난에 직면하는 상황으로 이어진다. 「季布罵陳詞文」 바로 이런 갈등구조를 통해 '영웅적 주인공'의 지략과 용기를 노래하였고, 민간인의 입장에서 지배계

---

42) 張鴻勳, 위의 책, 34쪽.(297句~300句)

충의 어리석음을 폭로하였고, 영웅이 고난을 극복하고 자아를 실현하는 과정을 통해, 민간인들이 좋아하는 영웅형상을 구현하고 지배층에 대한 비판 의식을 절실히 보여주었다.

『史記』에서 볼 수 있는 간략한 기록에 상상과 허구를 더하여 스토리가 있는 이야기로 만들어 영웅적 인물을 노래하는 것은 변문에서 흔히 보이는 서사기법이다. 변문은 역사적인 이야기를 원형으로 거기에서 창작의 소재를 취하지만 세속의 민간인을 만족시키는 문화적인 심미의식과 상품화를 목적으로 하기 때문에 간략하고 무미건조한 역사적 이야기 그대로 진행할 수는 없었다. 그리하여 역사적인 이야기나 인물이라는 큰 골격을 모태로 대담한 허구나 과장을 더하여 신기하고 흥미로운 이야기로 재구성하여 민간인들의 기대심리에 보상한다는 기대효과를 맛보게 하였다. 이러한 변문의 심미의식과 서술기법은 후대의 강사화본에 직접적인 영향을 미치게 되었으며 이것은 또한 연의소설에 영향을 주기도 하였다.

『西漢演義』에서는 계포에 관한 이야기가 86回 <齊田橫義士死節>에서 나온다.

> "전횡이 오래 海島에 있으니 내가 큰 걱정이로다. 오늘 초군은 모두 스스로 죽으니 내 심복의 병을 덜었으나, 다만 季布, 鍾離昧가 줄곧 어디에 숨어 있는지 알 길이 없구나. 전에 짐이 睢水에서 패할 때, 그 두 사람이 나를 심히 곤혹스럽게 하더니 가히 중외에 전하여, 잡는 자는 천금을 줄 것이다. 또 모든 나라에 명하여 엄히 찾되 만일 숨기고 내놓지 아니하는 자는 그 죄를 한가지로 할 것이로다."[43]

---

43) 『西漢演義』卷七, 「齊田橫義士死節」 "田橫久居海島, 吾甚患之, 今皆自殺, 除吾心腹

위의 대목은 유방이 계포와 鍾離昧를 찾는 이유에 대해 설명하였다. "睢水에서 패할 때, 두 사람이 나를 심히 곤혹스럽게 하다"고 말하여 계포와 종리매가 전에 유방을 곤혹스럽게 하여 유방이 각 나라에 그들을 잡아오라는 영을 내린다는 내용이다. 이 맥락은 「季布罵陳詞文」과 비슷하다. 다만 변문에서는 "붙잡으면 상금을 얻고 만호의 관직을 누릴 것이지만 숨겨준다면 칼을 내려 일가족을 몰살하리라"고 더 상세하게 나와 있다.

그러나『史記』에서는 이러한 설명을 찾아볼 수 없다. 다만 "項籍使將兵, 數窘漢王"라고 하여 항우가 살아있을 때, 유방을 여러 번 괴롭혔다고만 되어 있을 뿐이다.

이어서『西漢演義』에 나와 있는 내용을 보면 다음과 같다.

> 각설, 계포 처음에는 낙양의 周長의 집에 숨었는데, 주장이 황제가 급히 계포를 구한다는 소문을 듣고 계포한테 이르기를, "한왕이 장군을 구하기를 심히 급히 하니, 만일 내 집에 숨겨 놓은 줄을 알면 내 족속을 더럽힐 뿐 아니라 또한 장군에게 유익하지 않으니, 오늘 청컨대 장군은 계교를 써 길게 의논하자." 포 왈, "현공은 근심하지 말라. 내 스스로 숨을 계교가 있노라." 하고 드디어 자신의 머리를 다 베어 항쇄를 머리에 채워 노예로 가장하고 스스로 魯나라 朱家에게 팔려갔다. 주가가 계포를 보니 비록 머리에 항쇄를 채워 노예로 되었으나, 행동거지가 보통 사람과는 다른바 마음속으로 계포인 줄 알았다.
>
> 문득 어느 날, 漢이 계포 구함을 심히 급히 한다는 말을 듣고 인하여 불러 묻되, "네가 초장 계포인가? 오늘 황제가 조서를 반포하여 너를 구

之疾矣! 但季布, 鍾離昧一向不知潛在何處, 昔朕睢水之敗彼二人甚窘辱我, 可傳布中外, 有能訪獲者予千金, 仍令各國務要嚴加尋訪, 如有匿而不出首者其罪同."

하기를 심히 급히 하니 네가 우리 집에 숨었다가 나의 족속을 더럽힐까
저어되니 장차 너를 낙양에 데려가 바치려고 하니 너는 어떠한가?"[44]

위의 인용문에서 계포가 유방에게 쫓겨 처음에는 周氏의 집에 숨었
다가 周氏가 한왕이 계포 구함을 듣고 더 이상 머물러 있지 못하게
되어 스스로 꾀를 내어 노예로 변복하고 朱氏의 집으로 팔려가게 된
다. 그러나 얼마 안 되어 朱氏마저 그가 계포임을 알아차리고 낙양으
로 압송하려 하는 내용이다. 이 내용 역시 「季布罵陳詞文」과 상당히
비슷하다. 비록 「季布罵陳詞文」에서처럼 온갖 고난을 겪는 상황이
상세하게 묘사되어 있지는 않지만 계포가 스스로 꾀를 내어 팔려간다
는 내용은 거의 일치한다. 『史記』에서는 이 대목에 대해서 周氏가 계
책을 내어 해결 방도를 찾고 계포는 거의 강요당하는 입장에 있고 또
한 그것을 따를 수밖에 없는 피동인물로 서술되어 있다.

　　"한나라에서는 장군을 쫓기에 혈안이 되어 있는데, 발자취를 더듬어
　머지않아 우리 집을 찾아올 것입니다. 장군께서 제가 말씀드리는 것을
　받아들인다면 저는 한 계책을 말하려니와, 만약 그러지 아니하시겠다면
　스스로 자결을 하십시오."[45]

---

44) 『西漢演義』卷七,「齊田橫義士死節」却說, 季布初藏於咸陽周長家, 周長因聞帝購布
　甚急, 乃謂季布曰："漢求將軍甚急, 徜知藏匿吾家, 非惟負累吾族, 亦且無益於將軍,
　今特請將軍從長計議。" 布曰："賢公無憂, 我自有掩飾之計。" 遂將自己頭髮, 盡行削去,
　鉗首爲奴, 自賣於魯國朱家。朱家見布雖鉗首爲奴, 而舉步動靜, 與尋常不同, 心知其爲
　季布也。忽一日聞漢購求布甚急, 因喚而問曰："汝乃楚將季布也。今帝頒詔購汝甚急,
　汝乃藏匿吾家, 恐累吾族, 欲將汝投獻於洛陽, 汝以爲如何?"
45) 이상옥 옮김, 위의 책, 77쪽. 周氏曰："漢購將軍急, 跡且至臣家, 將軍能聽臣, 臣敢獻計
　; 卽不能, 願先自剄。" 季布許之。

『史記』에는 계포의 지략에 대한 언급은 없고 周氏의 계책으로 위험에서 빠져나가는 것으로 되어 있다. 『史記』의 기록은 한왕조를 중심으로 서술했기 때문에 계포를 수동적인 모습으로 형상화하는 데 치중하여 그의 역할과 성격이 축소된 것으로 보인다. 오히려 주변인물 周氏가 등공 같은 인물의 도움과 관대함이 계포의 운명을 결정짓는 것으로 강조되어 있다.

그러나 『西漢演義』는 분명히 「季布罵陳詞文」과 맥을 같이 하고 있으며 계포의 지략을 긍정하고 고난에 대해 대처할 줄 아는 능동적인 인물로 묘사하였다. 하후영이 유방에게 칙령을 거두라고 주서를 올리는 부분에서도 「季布罵陳詞文」의 서술과 일치한 부분을 찾아볼 수 있다. 『史記』에서는 등공이 朱解의 말에 따라 계포를 의협심 있는 사람으로 믿고 유방에게 청하여 사면이 된 것으로 기록되었지만, 변문에서는 계포가 朱解에게 계책을 내어 하후영과 소하를 초대한 뒤, 도움을 청한 것으로 허구화되어 있는데 '영웅적 주인공'을 부각시키기 위한 의도에서 나온 것이라 할 수 있다.

초한의 전쟁을 다룬 소재가 『史記』에 나와 있고, 이것이 가장 이른 시기의 기록인 것을 감안한다면 『西漢演義』가 『史記』의 영향을 받아서 소재를 취하였다는 것은 당연한 일이다. 그러나 이야기의 큰 모태만 같을 뿐 서사 전개나 인물 성격에 큰 변화가 보이고, 갈등 구조나 그 해결의 실마리도 전혀 다르게 설정되어 있다. 이것은 『西漢演義』가 역사서에서 소재를 취하기는 했지만 통속소설이라는 그 자체의 특징으로 볼 때, 역사를 많이 부연하여 썼으며 또한 변문에서 취한 허구나 과장 등을 참조하였음은 부정할 수 없는 사실이다. 즉 『史記』의 내용 그대로 서술한 것이 아니라 변화를 보이지만 변문의 서술방식과 상당부분 일치한 것은 변문의 영향을 받았음을 의미한다.

『前漢書平話續集』이 많은 부분에서 변문의 내용을 수용하였고 서술방식이 변문에서처럼 고난과 해결시도의 반복이라는 굴곡적인 스토리를 전개한 것이 아닐지라도 이것은 변문과 평화라는 것, 즉 하나는 청중을 상대로 하고 하나는 독자를 상대로 하는 문체 혹은 특징의 차이일 뿐, 두 작품의 영향관계를 부정하는 것은 아니다. 특히 변문에서 '영웅적 주인공'의 지략과 용기를 부각시키는 민간심리에 부합되고자 하는 심미의식에서 출발하였다고 할 때, 『西漢演義』역시 통속소설이라는 점에서 이 영향을 많이 받았고, 계포에 대하여 능동적이고 지략이 뛰어난 초나라 장군으로 부각시켰던 것이다.

「季布罵陳詞文」은 辭文으로서 성당을 전후로 발전되어 나온 돈황 강창문학의 한 유형으로 민간에 광범위하게 전파되었으며, 민간인들의 정서와 희망을 담은 창작물로, 후기의 역사연의소설에 영향을 주었을 뿐만 아니라 자체만으로도 상당한 문학사적 가치가 있기에 특징을 언어와 서사, 인물형상의 부각이라는 세 가지 측면에서 분석해볼 필요가 있다.

첫째, 언어 면에서 경쾌하고 개성 있는 언어로 서술하였다.

이 작품은 640구절, 320韻, 4400여자가 넘는 편폭으로 당대 이전에 나온 서사시 중에서 가장 긴 장편서사시이다. 7言을 기본 句式으로 하고, 대부분 자유롭게 押韻하고 있다. 俗語와 구어까지 자유롭게 구사하여 민간인의 심미의식에 잘 맞는 경쾌한 언어들로 서술하였다. 유방을 풍자함에 있어서 '鴉鳥如何披鳳翼, 黿龜爭敢掛龍鱗!'으로 비교의 수법으로 리듬감 있게 표현한 것 등을 예로 들 수 있다. 이 이야기는 『前漢書平話續集』에도 서술되어 있지만 겨우 800자 정도이고 내

용 또한 간략하여 대체적인 경과를 소개했을 뿐이다. 또한 명대의『劍
嘯閣批評西漢演義傳』 卷7 <齊田橫義士死節>에서도 계포에 관한
이야기가 등장하여 서사구조를 분석해 본 결과, 적지 않은 영향을 끼
쳤다는 것을 확인하게 되었다.

둘째, 서사 면에서 스토리를 재구성하여 긴장-이완이 반복되는 문
장으로 만들었고 희극성을 띠게 하였다.

설창문학에서 스토리의 기복을 조성하는 것은 청중의 흥미를 끄는
요소라 할 수 있다. 설창은 소설과 다른바 구연자는 청중들의 표정을
살피면서 이야기를 진행할 수 있다. 어느 대목에서 청중들이 기뻐하고
환호하면 거기에 상응하여 이야기를 더 늘이거나 생략할 수도 있으며
청중들의 반응을 직접 보면서 구연하기 때문에 이것은 소설과는 다른
기대효과를 얻는다. 소설을 쓰는 작자는 대개 독자들이 이 대목을 보
고 어떤 반응을 취할 것인가 하는 상상만 하고 있을 뿐, 구체적으로
'작자-독자'의 상황은 공유되지 못한다. 그러나 강창은 '구연자-청중'
이 하나로 되어 공유할 수 있는 상황을 만든다. 때문에 비극적인 상황
에 따라 서사에 기복을 조성해주어 긴장감을 조성하면서도 이완시켜
주고, 해결된 것처럼 보이다가도 또 다른 긴장감을 조성해 주는 굴곡
적인 서사는 이 작품의 가장 큰 매력이라 할 수 있다.

셋째, 인물형상을 생동하게 묘사하였다.

인물을 설정함에 있어서 다양한 인물의 설정과 대화나 심리묘사에
의한 성격 제시가 잘 나타난다. 인물의 설정과 성격 제시는 이전 소설
에 비해 현격한 차이를 보이고 있는데 전대의 답습적인 一人一事의
경향에서 벗어나, 개성 있는 다양한 계층의 인물들이 등장한다.

지략이 뛰어난 계포의 형상이 가장 전형적이며, 잡고 잡히지 않으려

는 모순되는 상황의 대립구조는 자못 흥미롭다. 계포가 아주 어려운 현실에서 자신을 지킬 수 있는 것은 임기응변, 지모와 용기, 상대방의 약점을 환히 꿰뚫어 보는 '영웅적 주인공'으로 묘사되었기 때문이며, 또한 이런 인물을 숭상하는 민간인들의 심미의식과 결합되어 있었기 때문이다.

내용 면이나 서술 면에서 「季布罵陳詞文」은 『西漢演義』의 해당 내용에 영향을 끼쳤다는 것을 알 수 있다. 紀德君은 변문과 역사연의소설의 관계에 대해 "敦煌 演史類의 변문은 제재와 내용, 思想旨趣, 예술형식에서 직접적으로 후대의 평화와 역사연의소설로 나아가는 길을 열어 놓았으며 평화와 연의를 위해 풍부한 예술적 경험을 쌓아준 셈이다. 때문에 우리는 돈황 演史類의 변문은 중국통속소설의 雛形이며, 그들의 존재는 중국통속소설의 기원을 상징한다. 변문은 중국통속소설사에서 과소평가할 수 없는 역사적 의의가 있다"고 말하였다.46)

변문의 영향을 논함에 있어서, 무엇보다 중요한 것은 화본과의 관계이다. 여기서 설화인의 대본으로서 技藝性의 고사를 포함하고 있으며, 그 고사를 근거로 하여 산문과 운문의 혼합형식을 이용해서 설창하는 것을 말하는데, 변문은 곡절 있고 복잡해진 줄거리 구성과 풍부한 상상력 및 통속적이고 평이한 언어로써 후대 백화소설의 기초를 세운 점 외에도 특히 운문과 산문의 혼합이라는 문체 구성, 제재 및 내용과 형식면에서 화본에 많은 영향을 주었다. 화본은 일반적으로 크게 강사의 底本인 강사화본과 편폭이 짧은 소설화본으로 양분되는데 강사화

---

46) 紀德君, 앞의 책, 14쪽. "但他們畢竟在題材, 內容, 思想旨趣和藝術形式上, 直接開啓了平話, 演義, 爲平話演義積累了較爲豐富的藝術經驗, 所以, 我們說敦煌演史類變文乃是中國通俗小說的雛形, 他們標志著中國通俗小說的正式起源, 在中國通俗小說史上具有不容低估的歷史意義."

본은 元代부터 '平話'라고 불렸다. 평화는 장편 역사고사를 강술한 것
으로서, 역사에서 제재를 가지고 왔으며 후에는 章回體 장편소설로
발전하였다.

3. 演行문학으로의 변모 : 宋代 講史話本

화본소설은 설화가의 底本으로, 宋代에 크게 번영한 서민문화로부
터 창출되었다. 송대 서민은 작품 속에서 지고지상의 황제에게 신랄한
비판을 가하고, 과거 정치사상의 근본인 가정 국가를 중시하는 집단
우선주의에 반발하여 자유와 평등을 중시하는 개인주의를 발현시켰으
며 도적과 정부를 선과 악의 대치로 보는 반정부적 자의식은 명·청대
에 발전한 俠義, 공안소설의 기틀이 되었다. 그 근원은 돈황 강창소설
에서 찾아볼 수 있다.

돈황 강창소설은 중국 고대에 그 뿌리를 두고 隋·唐代의 발전 단
계로 이어지는 설화와 불교 대중화 일환으로 발생한 轉讀의 영향으로
당대에 발생한 속강에서 '이야깃거리[중국의 역사 고사나 전래 민간 고
사]'와 '이야기를 엮어 가는 방식[운문과 산문의 겸용]'을 흡수하여 당말
에 이르러 돈황 화본소설로 발생하였음을 확인하였다. 이는 소설사적
인 측면에서 다음과 같은 의미를 지니게 된다. 송대 화본소설 출현 이
전까지 중국 소설사의 주류를 형성한 문언소설은 송대 화본소설의 등
장으로 그 주도적 위치를 화본소설에 넘겨준다. 이후 송원화본소설은
명·청 장회체소설로 이어지면서 대작들을 남기게 되었다. 이러한 흐
름 속에서 송대 화본소설이 백화소설에 끼친 영향이 지대한 만큼 그

원류로서 돈황 화본소설의 소설사적 의의는 과소평가할 수 없다.

돈황 화본소설이 백화소설에 끼친 영향중에서 가장 중요한 것은 청중에게 이야기를 들려주는 구연방식이다. 구연방식은 기존의 문언소설과 다른 것은 말할 나위 없고, 소설사상 전혀 새로운 서술 방식으로 송대 화본소설에 의해 정착되면서 이후의 백화소설에 영향을 준다. 송대 화본소설을 포함한 연의소설이나 장회소설 등에서 사용하고 있는 演行 방식에 의한 이야기의 서술 형식은 발전과 변화를 지속하면서 소설의 서사 원리 중의 하나로 자리 잡게 되었다.

入話-本故事-散場詩의 형식과 송대 화본소설의 입화는 고사의 주제를 부각시킨다든지, 고사의 발단을 끌어내는 등 演行現場의 분위기를 조절하는 기능을 수행하기 위해 시가를 사용한다든지 짧은 고사를 이용한다는 점에서 동일하다. 송대 화본소설의 입화는 다양한 형식[47]을 지니고 있듯이 돈황 화본소설의 入話 역시 고정화된 형식을 지니고 있지 못하다. 그러나 연행물들이 문자를 통하여 書面化되면서, 평화[講史話本]에서 볼 수 있듯이, 짤막한 시구로 개장시를 삼는 형식으로 점차 고정화된다. 돈황 화본소설에서 원시적인 형태를 보이던 입화가 송대 화본소설에서 자리를 잡은 후 기능상의 차이를 보이지만, 연의소설이나 장회소설에서 이야기를 이끌어내는 형식으로 자리 잡게된다.

당대에 이야기를 들려주는 행위로 민간에서는 이야기꾼에 의해 설화가, 寺院에서는 대중 포교 차원으로 속강이 행해졌다. 같은 시기에 청중을 대상으로 이야기를 행하였기에 어느 시점이라고는 꼬집어 말

---

47) 張暎, 『京本通俗小說研究』, 성균관대학교 박사학위논문, 1993, 198~219쪽.

할 수 없지만, 서로 간에 영향을 미치면서 발전을 거듭하였을 것이다. 속강의 대본은 講經文으로 보는 입장과 변문으로 보는 입장이 있다.[48]

속강의 흥성은 불교의 대중 포교라는 긍정적인 성과를 거듭함에 따라 여러 가지 변화가 나타났다. 그 변화는 많은 계층의 사람들을 상대로 한 결과 내용에서부터 시작되었으며, 내용의 변화에 따라 형식 역시 변화가 요구되었다. 俗講層들의 속강이 각계 계층의 사람들을 접촉함에 따라 단순한 불경고사 만으로는 오락 추구의 요구가 강해진 당대 일반 대중의 흥미를 유발시킬 수 없게 되었다. 판에 박힌 듯한 일률적인 속강 자체의 내용을 개진할 필요가 대두되었던 것이다. 이에 속강은 점점 더 비종교적이고 청중들과 관련된 민간에서 유행되고 있던 고사나 역사고사뿐만 아니라 저속한 언어까지 속강 속에 끌어들이게 되었다. 속강이 중국인의 전통적인 행위 규범인 충·효와 절의에 관한 내용을 이야깃거리로 취한 것은 민간에 유행되고 있던 說話와의 교류 가능성을 시사하는 부분이다. 속강이 원칙적으로 불교의 기본 교리의 대중적 포교라는 입장을 유지하면서 중국인의 전통 관념과의 충돌을 피하기 위해 충·효와 절의를 이야깃거리로 취하였다. 더 나아가 보다 적극적으로 민간전래고사나 역사고사 혹은 당대의 실존 인물고사를 속강의 이야깃거리로 끌어들인다.[49]

송대 화본소설이 등장하기 이전까지 중국 소설의 주류는 문언소설

48) 박완호,「敦煌話本小說研究」, 전남대학교 박사학위논문, 1996, 34쪽. 俗講의 대본을 講經文으로 보는 입장은 <中國曲藝師>의 倪鍾之와 <敦煌俗文學叢書>의 簫登福, <佛教與中國文學>의 孫昌武 등을 들 수 있는데, 이들은 講經文을 俗講의 대본으로 보면서, 變文은 轉變의 대본으로 파악하고 있다. 變文을 俗講의 대본으로 보는 입장은 <敦煌文學>의 張錫厚를 들 수 있다.
49) 박완호, 위의 논문, 40쪽.

이었으나, 송대 화본소설의 출현과 함께 자리바꿈을 하게 되었다. 중국 소설사에서 하나의 커다란 획을 긋게 된 화본소설이 왜 갑작스럽게 송대에 출현하였는지의 의문 속에서도 백화소설의 출발을 송대 화본소설로 간주하였다. 그러나 송대 화본소설이 演行문학을 발판으로 하였다는 사실과 돈황 강창문학 연구의 진전에 따라 기존 시각은 일대 수정을 받게 되었다. 다시 말하면 송대 화본소설이 다른 사람에게 이야기를 들려주는 演行문학에서 출발하고 있다는 사실은, 노동의 여가에서만 행해지지는 않았겠지만 '이야기의 담론[說話技藝]'과 밀접한 관계를 가지고 있다는 점에 착안한 것이다. 그러면 중국 고대로부터 존재하였던 '이야기의 담론'이 송대 화본소설로 연결되기까지 그 중간의 공백에 대한 의문이 남는다. 이 문제는 돈황 막고굴에서 속강체로 된 강창문학 작품의 대량 출현으로 그 실마리를 찾게 되었다.

송대는 사회적 안정과 경제적 번영이 지속되던 시기이기에, 민간기예가 당대에 비해 현저하게 발전하였으며 설화 역시 크게 번성하였다. 설화의 번성은 직업적인 설화인들의 모임을 형성하게 하였고, 설화인들은 특정한 부분의 이야기를 전문적으로 이야기하는 여러 분파가 형성되었다. 설화의 분파는 흔히 '說話四家'로 분류되며, 분류와 범위 문제에 대해서 여러 가지 의견이 제시되고 있다.[50] 여기서 가장 인기가 있는 것은 소설과 강사였는데 강사는 전대의 역사적 사건을 이야깃거리로 삼았다. 때문에 강사의 주된 내용은 五代史를 이야깃거리로 삼는 '說五代史'와 '三國故事'를 이야깃거리로 삼는 '說三分' 등이 있었다. 상술한 설화사가의 형성은 남송시기이다. 그러나 이 사가가 어떤

---

50) 蔡源莉, 『中國曲藝史』, 文化藝術出版社, 1998, 41~43쪽.

화본을 가지고 있었는지는 구체적으로 기록되어 있지 않다. 북송시기 講史書에는 '三國故事'를 이야기한 說三分과 梁, 唐, 晋, 漢, 周의 五代興廢를 기록한 '五代史'가 있었는데, 현존하는 송대 강사화본『大宋宣和遺事』와『新編五代史平話』역시 원대 사람이 가공을 거친 것이다.[51]

강사예술은 口述활동이며, 또한 강사예인과 청중들이 서로 즐기는 오락이다. 상품경제의 발전과 도시의 번영은 도시의 인구가 급성장하게 만들었다. 왕조는 부단히 새로운 관리조치를 실행했다. 북송의 汴京, 남송의 臨安, 원대의 大都는 당시 정치, 경제, 문화의 중심이었고, 상업이 번영하였다. 상품경제의 발전은 사회적 분업이 더 세분화되게 하였는데 시민계층 중에서 일부분 사람들이 技藝에 의하여 생활할 수 있게 하였다. '설화'는 하나의 업종이 되어 전문적으로 행하는 예인들이 있었다. 陳汝衡[52]은 설화가 직업화가 된 것은 송대의 중요한 특점이라고 하였다.

송대에는 화본뿐만 아니라 戲曲이 발전하였다. 송대의 희곡은 대체적으로 두 가지 부류로 나눌 수 있는데, 첫째 부류는 歌舞講唱을 위주로 한 것으로, 예를 들면 轉踏·曲破·賺辭·鼓子辭·諸宮調 등과 같은 것들이다. 女眞族이 건립한 金나라 때 잡극은 성황을 이루었는데, 金이 北宋을 침략할 때 많은 예인들을 잡아갔기 때문이다. 金의 병사들이 汴京[開封]을 포위하고 북송으로부터 敎坊樂人, 雜劇, 說話, 弄影戲, 小說, 嘌唱, 弄傀儡 등 각종 예인 100여 명을 데려갔다. 그러므로 설화와 諸宮調 등은 金에서도 상당히 유행하였다.[53]

---

51) 蔡源莉, 위의 책, 43쪽.
52) 陳汝衡,『宋代說書史』,『陳汝衡曲藝文選』, 中國曲藝出版社, 1985, 372~373쪽.

다른 한 부류는 戲劇에 근접한 傀儡, 影戲, 雜劇 등을 말한다.

송대의 戲劇은 잡극이라고 통칭한다. 金代에는 院本이라고 하거나, '行院之本'이라고 하였다.

吳梅[54]는 『中國戲曲槪論』에서 "院本 중에는 '覇王院本'이라 불리는 6종의 작품이 있다"고 하였다. 이 6종은 각각 「悲怨覇王」·「范增覇王」·「草馬覇王」·「散楚覇王」·「三宮覇王」·「補塑覇王」 등을 말한다. 이외에도 초패왕을 소재로 하는 잡극들이 있는데, 「覇王中和樂」·「覇王劍器」·「諸宮調覇王」·「入廟覇王兒」 등으로 모두 패왕을 주인공으로 이야기하는 작품들이 상당수 존재하는 점이 특징이다. 수많은 역사인물 중에서도 패왕의 이야기가 단절되지 않고 전해져 왔음을 보여주는 근거이다. 비록 잡극이라는 문학 양식이 송대에서부터 있었다고 하나 지금은 송대의 극본을 거의 찾아볼 수 없는 상태여서 상세한 것은 알 수 없다.

---

53) 蔡美彪 외, 『中國通史』 7집, 人民出版社, 1993, 482~484쪽. 여기서 말하는 諸宮調는 중국 송나라 때부터 금나라 때까지 성행한, 대사가 섞인 가곡, 노래와 대사가 이어지며 현악기의 반주에 따라 한 사람이 공연하는 형식인데, 한 편은 각종 宮調의 여러 가곡으로 구성되어 있다. (諸宮調는 산문과 운문으로 결합되어 있고 운문은 몇 가지 부동한 궁조로 결합되어 하나의 曲子를 이룬다. 이러한 방식으로 이야기를 講述하는 것을 諸宮調라고 한다.)
54) 吳梅, 『中國學術叢書』-「中國戲曲槪論」, 1편 63, 상해서점, 1926, 2~5쪽. "曰覇王院本者六種. 疑演項羽之事."

4. 演戲性의 발견과 미학적 확대 : 元代 雜劇 및 平話

4.1 잡극과 풍자·해학의 대중미학

金院本과 諸宮調의 토양 위에서 성장한 원잡극은 문학사에 큰 영향을 주었다. 원잡극의 발전은 전대 문학양식의 영향을 받았을 뿐 아니라 그 당시 사회 상황과도 큰 관련이 있다.

원대는 중국 역사상 가장 급격한 변화를 겪었던 시대이다. 원대 이전에 중국 전체가 이민족의 치하에 놓인 적은 없었다. 역사상 유례가 없는 최악의 상황에 처한 원대의 문인들은 잡극을 통하여 시대의 아픔을 노래하였고, 관객들은 이를 통하여 위안을 얻었을 것이다.

13세기, 중국의 북방에는 몽고족이 흥기하였다. 기원 1206년, 칭기즈칸이 漠北 초원을 통일하고 몽고국을 건립하였다. 1260년에 즉위하여 1271년에는 호를 '大元'이라고 칭하였다. 1279년에 남송을 멸하고, 唐末 五代이래 분열되었던 국면을 결말짓고, 전국통일을 이루었는데 중국 역사상 가장 큰 왕조였다. 원래 유목 민족이었던 원 왕조가 중국을 지배하면서, 중국은 전통 사회와 근본적으로 다른 변혁을 겪게 되었다. 대체로 말해서 예전에 중국을 부분적으로 지배하였던 이민족들은 중국의 문화와 사회에 동화되는 경향을 보였다. 그러나 원 왕조는 노예제의 잔재를 가지고 있는 봉건농노제 사회였는데 민족 차별 정책을 실현하고 농경지를 목장으로 만드는 등 자신의 문화와 사회제도를 중국에 이식하려고 하였다. 구체적으로 보면 사람에 대해 등급을 나누었는데, 몽고인·색목인·한인·남인 4등급으로 나누어 차별적 대우를 하여 민족갈등은 더욱 첨예해졌다.[55] 또한 관리들이 잔인하고 포악하여 농민항쟁이 끊임없이 일어났다. 元은 1238년에 한 차례의 과거시

험을 치른 후에 80년 동안 과거시험을 거의 폐지했다. 벼슬길에 나아
갈 희망이 없고 존엄이 땅바닥에 떨어진 숨 막히는 현실에서도 그들
은 여전히 송대와 같이 과거에 급제하여 벼슬하고자 하는 환상은 버
리지 않고 있었다. 이런 상황 속에서 그들은 자신의 작품에서 선비를
출세시키는 방법으로 대리만족을 하였는데, 작품 속에 설정된 인물이
바로 자신이 믿고 싶은 미래인 것이다. 그러므로 출세의 틀 속에서 시
대적 정서를 반영할 수 있는 것이 역사의 흥망을 부연하는 내용이었
기에 역사 소재가 원대의 잡극의 주요 내용으로 자리 잡게 되었던 것
이다. 원대 역사극에서 흔히 볼 수 있는 불우한 선비들의 탄식은 모두
이러한 시대 상황에서 비롯된 것이다. 과거제도의 폐지와 문인들의 사
회적 몰락이 가져오는 이른바 '懷才不遇'의 심정은 새로운 문학 양식
을 빌어 발산할 수밖에 없었다.

예컨대 『說漢書』는 유방이 본래 보잘 것 없는 신분이었지만 후에
제왕이 된 고사이다. 문인이 출세하는 극은 원대 문인과 비슷한 처지
로 설정하여 자신들의 처지와 정서를 반영하였다.[56]

다음으로 민족 융합이 잡극의 발전에 영향을 주었다.

원대에 잡극이 흥기한 원인은 소수민족의 융합과 관계가 있다. 몽고
인이 南下함에 따라 역사상 첫 대규모의 민족 융합이 시작되었는데
민족의 雜居와 융합으로 문화사상도 필연적으로 충돌·융합하기 마련

---

55) 이상우, 「元代歷史劇 硏究」, 전남대학교 박사학위논문, 1998, 21쪽. 世祖 至元때 민족
을 차별화하는 정책을 실시했는데 그 등급을 다음과 같이 나누었다. 첫째는 몽고인으로
國人이라 칭하였다. 둘째는 색목인으로 西域 30여 각 부족을 포함하며 諸國人이라 칭하
였다. 셋째는 漢人으로 遼金의 통치를 받던 黃河流域의 중국인이다. 넷째는 南人으로
남송 통치를 받던 長江流域과 그 以南의 중국인을 말한다.
56) 김옥란, 「韓·中 兩國의 『三國志演義』 장르 變貌 樣相」, 인하대학교 박사학위논문,
2009, 24쪽.

이다. 馮天瑜[57)는 『中國文化發展軌迹』에서 "원대는 정치현실이 준엄한 시대였다, 문화가 비교적 발달한 한족은 유목민에게 정복당하고, 사람들의 전통과 신념은 전례 없는 도전에 직면하게 되었다. 국가와 민족이 멸망한 현실은 한족에게 심각한 고통을 안겨주었다. 그러나 몽고 초원 유목민들의 민족 용맹은 漢·唐이래 비교적 나약했던 제국 문화와 결합하면서 유목문명과 농업문명, 북방문화와 남방문화, 雅文化와 俗文化가 서로 융합되는 상태였다."라고 말하였다. 몽고족은 통치민족으로서, 유목 민족 고유의 문화, 특히 그들의 심미의식과 가치 관념은 유가를 숭상하는 한족과 충돌하였다. 희곡예술은 본질상에서 민간대중화의 예술이며 그가 추구하는 풍격은 통속적이고 직설적이며, 주요한 기능은 '文以載道'에 있는 것이 아니라, 오락성을 우선으로 고려하게 되었던 것이다. 이런 현상은 본질상에서 전통적인 禮樂文化와 충돌하면서 이로 인하여 긴 시간동안 봉건문화전제의 속박을 받았다. 그러나 몽고통치시기에 이르면서, 몽고인이 중원에 들어오고 유목문화와 중원문화가 서로 결합하면서 천년동안 전해 내려오던 한족의 사상과 관념에도 변화가 생기기 시작하였는데, 희곡은 이러한 생존토양에서 발전할 수 있었다.[58)

  초한고사를 소재로 한 이야기들은 원·명대에서도 계승되었는데 袁宏道는 『東西漢通俗演義』의 序文에서 다음과 같이 말하였다.

  오늘날 세상에는 벼슬아치로부터 시골 남녀에 이르기까지, 칠십이나 되는 늙은이로부터 삼척동자에 이르기까지, 劉季가 豊沛에서 봉기를 한

---

57) 馮天瑜, 楊華, 『中國文化發展軌迹』, 上海人民出版社, 2000, 262쪽.
58) 徐雪輝, 「元雜劇文化研究」, 曲阜師範大學 博士學位論文, 2009, 20쪽.

일이며, 항우가 烏江을 건너지 않고 패배한 일, 王莽이 황제 자리를 찬탈
한 일, 光武帝의 중흥 등의 사건에 대해서 이야기를 하고 있으면서도, 그
들은 모두 사건의 전말에 대해서 능히 헤아리지 않음이 없으니, 거기에
관련된 인물들의 성씨나 거주지까지도 상세하게 알고 있다. 아침부터 저
녁까지, 해질녘부터 새벽까지, 거의 침식도 잊고 모여서 이야기하면서 싫
증도 내지 않는다. 그런데 사람들에게 『漢書』나 『漢史』를 보여 주면, 이
해도 못할 뿐만 아니라, 설령 이해를 한다고 해도 대부분 끝까지 가지 못
한다. 그런 책들은 거의 듣는 사람을 졸게 만들고, 구경하는 사람도 떠나
게 만든다.[59)

원잡극 중에는 초한고사를 소재로 한 이야기들이 더욱 풍부한데 36
개 宋元南戲와 잡극 중에서 한고조를 소재로 한 이야기 6종과 한신을
소재로 한 이야기 13종, 여후가 패권을 장악한 후, 공신들을 살해하는
이야기 7종 등이 있다.[60) 여후가 한신을 斬한 극본이 비교적 많은데,
鍾嗣成의 「漢高祖詐游雲夢」, 馬致遠의 「呂太后人彘戚夫人」, 李壽
卿의 「呂太后定計斬韓信」・「呂太后祭灌水」, 王仲文의 「呂太后採
韓信」, 石君寶의 「呂太后醢彭越」, 高文秀의 「病樊噲打呂胥」, 于伯
源의 「呂太后餓劉友」 등이 있다.[61) 그러나 거의 모든 극본이 유실되
었고, 지금까지 전해 내려오는 것들로는 李文蔚의 「張子房圮校進履」,
金仁傑의 「蕭何月下追韓信」, 尙仲賢의 「漢高祖濯足氣英布」과 「隨

---

59) 崔奉源, 앞의 책, 107~110쪽. 今天下自衣冠以至村哥里婦, 自七十老翁以至三尺童子,
　　談及劉季起豊、沛, 項羽不渡烏江, 王莽篡位, 光武中興等事, 無不能悉數顛末, 詳其姓
　　氏里居, 自朝至暮, 自昏徹旦, 幾忘食忘寝, 聚訟言之不倦, 及擧漢書、漢史示人, 毋論
　　不能解, 卽解亦多不能竟, 幾使聽者垂頭, 見者卻步。
60) 朱衡夫 著, 『漢初歷史小說與戲曲創作的深化』, 『明淸小說硏究』 3期, 明淸小說硏究
　　會, 1997, 97~109쪽.
61) 羅篠玉, 앞의 논문, 88쪽/吳梅, 앞의 논문, 29~37쪽 참조

何賺風魔蒯通」[작가미상] 등이 있다.62)

잡극 중에서 「隨何賺風魔蒯通」의 서사는 『續前漢書平話』에 직접적인 영향을 미쳤다. 서사가 일치하는 부분이 상당히 많은데 우선 한신이 처해 있었던 배경 상황을 통해 극의 내용을 요약해보고자 한다.

항우가 죽고, 한고조가 제위에 오르게 되자 세상은 태평해졌다. 그러나 呂后나 한고조는 한신이 반란을 일으킬까봐 두려워하며 승상 소하를 시켜 한신을 죽이게 한다. 이를 두고 '成也蕭何, 敗也蕭何'라는 말이 생겨났다. 진나라가 멸망하자 천하의 호걸들은 패권을 차지하려는 전쟁을 벌였다. 초한의 전쟁도 치열해졌는데, 그때 항우의 기세는 유방보다 훨씬 강하여 크고 작은 싸움에서 유방은 항상 패하였다. 유방의 밑에는 한신이라는 신하가 있었는데, 원래는 항우의 신하였다가 항우가 중용하지 않자 유방한테 귀순했던 인물이다. 유방도 한신의 출신이 미천하다고 여겨 또한 크게 써주지 않았다. 이에 한신은 유방한테서 도망하기로 결심했는데, 軍師 소하가 한신이 인재라는 것을 알고, 야밤에 한신을 쫓아간다. 이것이 바로 유명한 「蕭何月下追韓信」이라는 이야기를 파생시킨 대목이다. 그 후, 유방은 한신에게 大元帥라는 직책을 맡겨주고, 한신은 수차 싸움에서 공을 세우고 드디어 초나라와의 전쟁에서 승리하게 된다. 한신은 서한 건국의 일등 공신으로 되어 齊王에 봉해지게 된다. 이것이 '成也蕭何'이다.

그럼 '敗也蕭何'는 무엇을 가리키는가? 그것은 한왕조가 건립되고 난 이후의 일이다. 한고조는 한신의 병력이 막중하고, 싸움에서의 전략이 뛰어났기에 반란을 일으킬까봐 늘 걱정하고 있었다. 그때 소하는

---

62) 范麗華, 앞의 논문, 6쪽.

승상이었는데, 呂后와 결탁하여 한신을 죽이려고 한다. 바로 「隨何賺
風魔蒯通」의 이야기는 여기서부터 시작된다.

극의 도입부분은 소하, 장량, 번쾌의 대화로부터 시작된다. 번쾌는
한신의 공로를 질투하고 있었기 때문에 한신을 죽이는 데 앞장선다.
그러나 장량은 "한신이 천하를 평정하고, 항우를 멸하고 유방을 흥하
게 하여 漢家의 대업을 이루었는데 어떻게 공로가 없다고 할 수 있겠
소? 지금 누구도 한신이 죄가 있다고 생각하지 않는데 만일 그를 죽이
면 백성들이 크게 실망할 것이요! 승상은 다시 생각해 보시오.63)"라고
한다. 장량은 서한이 건국된 후, 명철보신하며 조정의 일에 간섭하지
않으려 한다. 어쩌면 그는 '兎死狗烹'의 결과를 미리 예측하고 여생을
편안하게 보내려 했을 것이다. 장량에 비하면 소하는 처세가라고 할
수 있다. 그는 자신에게 유익한 행동이 무엇인지 잘 알고 있었다. 달밤
에 한신을 쫓아간 것도, 한신을 죽이려고 하는 것도 모두 통치계급을
수호하여 자신의 입지를 굳히려는 목적의식을 가진 행동이었다. 장량
이 서민의 입장에서 한신을 두둔 했다고 한다면 소하는 통치계급을 수
호하는 입장을 대변한 것으로 둘은 교묘하게 대비되어 흥미를 더한다.

이야기의 반전 구조는 蒯通의 행동에서 나타난다. 소하는 기름 가
마를 준비해놓고 괴통을 죽이려고 협박한다. 그 상황에서 괴통이 목숨
을 구걸하기 위하여 한신의 반역 행위를 승인하고 한신을 책망할 것
이라고 상상하면서 아주 흐뭇해한다. 괴통의 거짓진술로 자신은 일등
공신 한신을 죽였다는 죄명을 벗고자 하는 것이다. 그러나 괴통은 이

---

63) 藏晋叔 編, 『元曲選』 2冊, 中華書局, 1989, 456~457쪽. "韓信平定天下, 滅項興劉, 成
就漢家大業, 怎么說沒有功勞?現在沒有人認爲韓信有罪, 如果把他殺了, 便有失民望
呀! 丞相 這事還須三思。"

미 그 속셈을 알아차리고 당장이라도 뛰어들 기세로 기름 가마를 향
해 씩씩하게 걸어간다. 당황한 소하는 이를 제지시키게 되었고, 괴통
은 죽기 전에 한신의 열 가지 죄상에 대해 말하겠다고 큰 소리로 외친
다. 소하는 그제야 올 것이 왔다는 기세로 한번 들어보자고 하지만 괴
통이 말하려는 '한신의 十罪'는 사실상 한신이 세운 十功에 대한 것이
었다. 이런 반전 상황은 극의 긴장미와 희극미를 고조시켜 미적 효과
를 높였다. 열 가지 죄상에 대해 들어보면 다음과 같다.

> "당신은 당당한 승상으로써 아직 모르십니까? 그럼 제가 알려 드리지
> 요. 한신은 첫째, 잔도를 수리하여 몰래 길을 돌려 진창을 습격하지 말았
> 어야 하고, 둘째, 章邯을 공략하여 죽이고, 관중을 회수하지 말았어야 하
> 고, 셋째, 河西를 건너 魏王을 생포하지 말았어야 하고, 넷째, 井陘을 지
> 나서 陳餘를 죽이지 말았어야 하고, 다섯째, 夏悅을 사로잡고 張同을 베
> 지 말았어야 하고, 여섯 번째, 제나라 군사를 습격하여 田橫을 패주시키
> 지 말았어야 하고, 일곱 번째, 야밤에 淮河 저수지에서 周蘭, 龍且를 追
> 殺하지 말았어야 하고, 여덟 번째, 광무산 垓下에서 모이지 말았어야 하
> 고, 아홉 번째, 九裏山에서 十面埋伏을 하지 말았어야 하고, 열 번째, 陰
> 陵에서 항우를 추격하여 烏江에서 자결하게 하지 말았어야 합니다. 이것
> 들이 바로 한신의 十罪입니다."[64]

괴통은 이런 위기의 상황에도 침착하게 대응한다. 한신의 공로와 그

---

64) 『元曲選』, 위의 책, 464쪽. "難道你堂堂丞相還不知道? 那我就告訴你吧. 他韓信一不
該明修棧道, 暗度陳倉. 二不該攻殺章邯, 收複關中. 三不該智涉河西, 虜獲魏王. 四不
該强渡井陘, 擊殺陳餘. 五不該擒拿夏悅, 力斬張同. 六不該襲破齊軍, 敗走田橫. 七不
該夜堰淮河, 追殺周蘭龍且. 八不該光武山小會垓. 九不該九裏山十面埋伏, 十不該追
擊項羽陰陵道上, 逼他烏江自刎. 這這這, 這就是韓信的十大罪!"

공로를 원수로 갚은 지배계층의 악행을 만천하에 공개한다. 이러한 공
로가 없었다면 어찌 한나라가 승리할 수 있었단 말인가! 소하는 괴통
이 울부짖으며 한신을 책망하고 목숨을 구걸할 것이라는 상황을 예상
하지만, 괴통은 그 설정과는 대립되게 행동함으로써 관중들로 하여금
짜릿한 쾌감을 느끼게 한다. 이 반전 구조는 풍자와 해학, 비판적 감정
이 잘 결합되어 서사의 진미를 풍부하게 해준다.

　원대의 시대 상황으로 보아 문인들은 출세의 길이 막혀 시기를 잘
못 만난 것을 한탄하고 성공한 역사인물들을 통하여 대리만족을 얻었
다. 또한 그들의 불운한 처지를 동정하면서 자신들의 처지에 비유하였
는데, 한신을 소재로 한 잡극이 많은 것도 예외가 아니다. 『史記 · 淮
陰侯列傳』에서 '회음후 한신은 회음 사람으로, 초년에 布衣시절에는
가난했으며 검을 차고 다니기를 좋아했다.'고 했다. 포의란 관직이 없
는 사람을 가리키며 돈도 없고 가난했음을 말해준다. 또한 "그는 늘
南昌 亭長의 집에서 밥을 얻어먹곤 하였다."고 함으로써 생계를 꾸릴
능력조차 없는 사람임을 말해주었다. 그러나 한신이 유방에 의해 대원
수로 발탁되어 초나라와의 싸움에서 승리를 거둔 것은 원대 암흑한
시대 상황에서 사람들이 꿈꾸던 이상적 삶이었다. 가난한 선비가 출세
하여 개국공신이 되었다는 이야기는 재능이 있었음에도 불운한 시대
를 만나 쓸 기회가 없었던 선비들에게는 남다른 동력이 될 수밖에 없
었다. 그러나 이러한 개국공신이 또다시 통치계급에 의해 살해되고 처
참한 최후를 맞이하였을 때, 백성들은 분노와 동정의 시선을 보냈을
것이다. 서로 다른 입장에 서있는 인물들의 대비구조, 반전의 상황설
정이나 통치계급의 비판과 풍자를 통한 대리만족은 잡극의 서사기법
이라 할 수 있다. 언어의 표현기법에 있어서도 운치 있고 생동한 표현

뿐 아니라 많은 성어와 구어체의 문장은 작품의 예술미를 극대화시킨다. 예를 들어 한신이 처참한 최후를 맞은 결말에서 "狡兔死, 走狗烹: 飛鳥盡, 良弓藏"[65])과 같은 말이 대표적이다.

잡극의 내용은 『續前漢書平話』에 큰 영향을 미쳤는데 그 중에서 『史記』에서도 찾아볼 수 없는 '한신의 十罪'에 대해 서술한 부분이 있어 원잡극의 영향을 받았음을 입증해준다. 평화에서 부연한 내용을 살펴보면 다음과 같다.

> 괴통은 한신의 10 죄에 대해서 말하였다. 첫째, 폐하께서 한중 땅에 들어갈 새, 제국들을 또한 패배시키고 장차 진나라를 평정하여, 폐하께서 옛 땅을 다시 가질 수 있게 되었으니 그것이 죽여 마땅한 첫 번째 죄요, 둘째, 폐하의 군대가 濉水에서 패하여 滎陽을 빼앗겼는데, 한신은 능히 孤兵을 이끌어 경삭의 사이에서 초왕을 깨고, 초군 20만 명을 죽여 항우가 놀라서 감히 똑바로 쳐다보지 못하게 하였으니 그것이 죽여 마땅한 두 번째 죄요, 셋째, 위표가 도리어 河東을 탐하여 晉地를 絶臨하는 정도가 蒲州의 형세로, 폐하를 핍박하여 河東을 얻게 하였으니, 그것이 죽여 마땅한 세 번째 죄요, 넷째, 성고에서 곤란한 상황에 처하매, 군사 만 명을 더하여 한신이 크고 작은 군사를 몰아 제후들을 별도로 공격하여 위력으로 하열, 장동을 사로잡을 수 있었으니, 그것이 죽여 마땅한 네 번째 죄요, 다섯째, 한신이 지름길로 내려가 아침이 지나기도 전에 趙軍 10만을 파하여 泜水에서 죽게 하고, 조나라를 40일이나 공격하여 조나라 전체 땅 2천 리가 폐하한테 돌아오게 하였으니, 그것이 죽여 마땅한 다섯 번째 죄요, 여섯째, 연나라는 北虜에 연접하고, 동으로는 삼제에 접하여 한신으로 하여금 칼에 피를 묻히지 않고 편지 하나로 귀부하게 하여, 제나라로 하여

---

65) 『元曲選』, 위의 책. "토끼를 잡으면 개를 삶아 먹고, 새를 다 잡으면 활은 창고에 버려진다"는 뜻에서 나온 말이다.

금 접한 곳이 없게 하였으니, 죽여 마땅한 여섯 번째 죄요, 일곱째, 제나라
가 도리어 楚의 쓰임이 되어 마침 龍沮의 楚軍 20만이 한신과 더불어
서로 삼키려 하더니 한신은 능히 출병하지 않고 모래주머니와 진흙으로
저수지의 물을 가두고 전횡을 막아 海島에 들어가게 하고 제나라의 72성
을 함락시키니, 그것이 죽여 마땅한 일곱 번째 죄요, 여덟째, 병사들이 폐
하를 성고에 가두고 한신은 능히 하북에서 전쟁을 벌여, 대량의 70개 군
현으로 하여금 사람들이 나누어지게 하였으니, 그것이 죽여 마땅한 여덟
번째 죄요, 아홉째, 垓河에서 군사 백만을 모아놓고, 천하제후를 모이게
하고, 항우가 구중산 앞에서 고난에 처했을 때, 한신은 十面埋伏을 하여
항우를 핍박하여 오강에서 자살하게 하고 만리강산을 漢業에 귀속시켰
으니, 그것이 죽여 마땅한 아홉 번째 죄요, 열째, 폐하가 벼슬 없는 신분으
로 출사했지만 한신이 9개의 廟를 세워 황제의 기업을 세우고 帝業을 이
루게 하였으니, 그것이 죽여 마땅한 열 번째 죄입니다.[66]

'한신의 十罪'라고 하면서도 사실상 한신의 十功에 대해 말하고 있
다. 『續前漢書平話』에서는 이 대목을 「隨何賺風魔蒯通」에서보다 더
상세하게 설명하고 있다.

---

66) 『前漢書平話』, 上海古典文學出版社, 1955, 27쪽. 通數信十罪 : 第一, 陛下漢中投奔,
諸國亦可敗將能定秦, 陛下復有故地, 其可殺也是一罪, 第二, 殿下兵敗濉水, 奪於滎
陽, 韓信能提孤兵破楚王於京索之間, 殺楚軍二十餘萬, 諕項羽不敢正視, 其可殺也是
二罪。第三, 魏豹反欲河東, 絶臨晉地之度, 在蒲州之勢, 逼陛下得河東, 其可殺者是三
罪。第四, 困於成皐, 益兵一萬, 信能其驅大願塞血閣攻別諸侯, 威擒夏悅, 張全, 其可
殺之是四罪。第五, 信下井陘路, 不終朝而破趙軍一十萬, 死欲泝水, 攻趙四十日, 收全
趙之地二千裏以歸陛下, 其可殺者是五罪。第六, 燕連北虜, 東接三齊, 令信不能血刃,
一書歸之, 使齊無接, 其可殺者是六罪。第七, 齊反復如楚用, 時龍且楚軍二十萬, 與信
相吞, 信能不出兵, 沙囊泥堰水, 趕田橫歸海島, 下齊七十二城, 其可殺者是七罪。第八,
兵困陛下成皐, 信能展於河北, 便大梁七十郡, 以分人之勢, 其可殺也是八罪。第九, 垓
下聚兵百萬, 會天下諸侯, 困羽九重山前, 信定十面埋伏, 逼項羽島江自刎, 萬裏江山一
歸漢業, 其可殺者是九罪。第十, 陛下出自布衣, 信立九廟, 置皇基, 成帝業, 其可殺者
是十罪也。

「隨何賺風魔剗通」에서는 지배계층에 대한 비판을 통하여 한신의 비참한 운명을 동정하였다 이 모든 것들은 서민들의 입장에서 지배계급을 부정하고 忠臣의 비참한 결말을 동정하는 서민들의 심미의식에 잘 부합하기 위한 목적의식에서 비롯된 것이다. 또한 임기응변으로 위기를 모면하고, 시종일관 주인에게 충성을 바치는 괴통에 대해 찬미의 박수를 보냈다. 반전 요소의 도입은 긴장미와 희극미를 극대화시켜 작품을 새로운 경지에로 끌어올렸다고 할 수 있다.

『西漢演義』에서 견위는 이 대목을 수용하지 않았고,『史記』와 비슷하게 서술하고 있다. 다만 괴통이 한신에게 시종일관 충성하는 모습과 임기응변으로 위기를 극복하는 대목을 찾아볼 수 있다.

> 철 왈, "그러합니다. 신이 한신을 반하라고 했습니다. 진나라가 사슴을 잃고 천하가 다 쫓아오니, 재주 높고 발 빠른 자가 먼저 얻기 마련입니다. 堯임금이 개를 밟으니 개가 짖는 것은 요임금이 어질지 못한 것이 아니라, 그 주인이 아니므로 개가 짖는 것이니, 당시 신은 오직 한신이 있는 줄만 알고 폐하 있는 줄은 알지 못한 것입니다. 만일 한신이 신의 말을 들었더라면 어찌 오늘이 있었겠습니까! 한신이 오늘날 죽었고, 신이 또한 홀로 살지 못하니, 폐하께서 신을 삶고자 하면, 신은 곧 죽을 것이며 避하지 않겠습니다."67)

잡극에서처럼 괴통이 불가마로 당당하게 뛰어들고자 하는 내용은 찾아볼 수 없으나, "죽이고자 하면 피하지 않겠다."는 꿋꿋한 태도와

---

67)『西漢演義』卷八,「陸賈智調剗文通」徹曰:"然, 是臣敎信反也。秦失其鹿, 天下共逐之, 高材捷足者先得焉, 蹠之犬吠堯, 堯非不仁, 犬故吠非其主:當是之時, 臣惟知有韓信, 而不知有陛下也。若信果聽臣言, 豈有今日! 信今餓死, 臣亦不獨生, 陛上如欲烹臣, 臣卽就死, 亦不敢避。"

마지막까지 한신을 위하여 목숨을 바치고자 하는 충성심을 보여주었
다. 이 대목에서는 잡극이나 평화의 허구보다는 역사적 사실을 기록한
『史記』의 내용을 수용한 것으로 보인다.

『漢高祖濯足氣英布』는 한고조 유방이 발을 씻으면서 영포를 화나
게 했다는 이야기에서 따온 제목이다.

소하가 영포를 설득하여 漢나라에 귀순시키려 하자 영포는 '유방이
인재를 중용한다'는 소문을 익히 들었기에 유방한테 귀순하기로 마음
먹었다. 영포가 유방을 찾아갔을 당시, 유방은 시녀를 옆에 두고 발을
씻고 있었는데, 신하의 예로 대해주지 않았다. 이에 화가 난 영포가 유
방을 꾸짖자 유방이 시녀를 물리고 다시 깍듯이 예를 갖추어 대해 주
었다는 이야기이다.

『西漢演義』에 큰 영향을 미친 것으로 보이는 『全漢志傳』에는 영포
가 유방에게 귀순하는 내용은 나와 있지 않기에 영포가 전장에서 항우
에게 대적하는 장면에서 앞뒤의 논리가 맞지 않는 듯한 감을 준다. 독
자는 그 대목을 읽으면서 '영포는 항우의 사람이었는데 어떻게 한나라
에서 항우를 대적하는가?' 하는 의문을 가지게 된다. 원대의 잡극에서
는 바로 이러한 궁금증을 해소해 주기 위하여 이야기를 흥미롭게 부연
하는데 후대의 『西漢演義』에까지 영향을 준 것으로 보인다. 『西漢演
義』에는 이 부분에 대한 설명이 잘 나와 있는데 맥락을 꼼꼼히 따져보
면 그 근원은 尙仲賢의 잡극 「漢高祖濯足氣英布」라고 할 수 있다.

『西漢演義』의 스토리와 원잡극에 나와 있는 고사에 대하여 계승관
계를 일일이 밝히기는 어렵다. 거의 모든 대본이 遺失되어 현존하는
대본이 몇 개 안되고, 그 대본들도 직접적으로 계승관계를 가지고 있
는 부분을 찾기는 어렵다. 그러나 앞에서 예시한 것처럼 원잡극은 『前

漢書平話』에 직접적으로 영향을 끼쳤으며, 이 작품이 초한고사를 연의화한 첫 소설로 후대의 초한계열 작품에 영향을 주었다는 점을 고려할 때, 『西漢演義』에도 직·간접적인 영향을 끼쳤음은 당연한 것이다.

4.2 『前漢書平話』의 희극성 및 전기성

강사는 이야기만 하고 창을 하지 않기 때문에 원대에는 '강사'라는 말 대신 '평화'라는 용어가 쓰였다. 평화는 두 가지 의미로 확대되는데, 하나는 순수하게 강사 설화 자체를 가리키는 즉 강사를 대신하는 말로 사용되는 경우이며, 다른 하나는 강사의 대본, 즉 기록물을 지칭하는 개념으로 사용된다. 평화라는 말은 송대의 기록에는 보이지 않고 원대의 화본인 「勘皮靴單證二郎神」에서 "두 달이 지나서 한 부인이 술자리를 마련하여 평화를 구연하는 선생을 불러 몇 회를 구연하도록 하였다."라는 글에서 처음 보인다.[68] 여기에서 알 수 있는 것은 원대에 설화를 구연할 때 대본이 있어 그 대본을 기초로 구연하였으며, 몇 회를 구연하였다는 말은 원대에 이미 설화의 대본 그 중에서도 강사의 대본 즉 평화는 몇 개의 회로 구분되어 있었음을 알 수 있다. 당시에 경제적 능력이나 해독 능력이 있는 아녀자나 상인들이 이야기의 구연에 만족하지 않고 읽고자 하였던 욕망에 부응하여 평화가 출간되기 시작한 것으로 보인다. 강사평화는 市井細民들을 위한 오락성을 띤 상업 활동이었다. 따라서 그 성격은 市井細民들의 심리와 심미의식에 부합되었고, 이로 인해 청중들의 광범위한 지지를 받았다. 내용을 보면 주로 역사인물을 주인공으로 선택하거나 前代의 '史書文傳'

---

68) 胡士瑩, 『話本小說概論』, 中華書局, 1980, 164쪽.

중에서 역사적인 소재를 취하여 '得其興廢, 謹按史書'의 기준으로 채
택하였다.[69] 또한 市井 청중들의 관심을 끌기 위해 재미있는 이야깃
거리를 채택하고, 그들이 좋아하는 전형적인 인물들을 끌어내어 연설
하였는데, 주제적인 측면에서 보면 聖君을 노래하고 포악한 군주를
비판하였다. 『武王伐紂平話』에서는 은나라와 주나라의 권력쟁탈에
대한 이야기를 통해 덕이 있는 周文王을 노래하고 荒淫無道한 주왕
에 대해서는 비판하는 태도를 취한 사례를 들 수 있다.[70]

  평화는 강한 희극성과 전기성을 띄었다. '희극성'이라는 것은 서사
의 변화가 다양하여 기복이 심한 것, 곡절이 많아 긴장감을 조성하는
것, 싸움으로 승패를 결정하는 것들을 말한다. 싸움으로 승패를 가르
는 장면과 쫓고 쫓기는 대목을 아슬아슬하고 긴장감 있게 묘사하는
것은 평화의 곳곳에서 흔히 찾아볼 수 있는 서사기법이다. '전기성'을
띤다고 하는 것은 인물을 묘사함에 있어서 허구와 과장을 보태어 영
웅인물을 신격화하는 것을 말한다. 제갈량은 '天神'으로 묘사하였고,
『秦幷六國平話』 중의 王翦은 120여근이나 되는 무기를 들고 싸우는
장사로 묘사되었다.

  평화는 후대의 역사연의소설에 큰 영향을 끼쳤다. 오늘까지 알려진
평화 중에서 가장 대표적인 것으로 꼽을 수 있는 것은 『全相平話五
種』과 『新編五代史平話』 등이다.

---

69) 〔宋〕 羅燁:『醉翁談錄』 甲集卷之一 『小說引子』, 遼寧敎育出版社, 1998, 2쪽.
70) 이홍란, 「낙선재본 『서주연의』 연구」, 숭실대학교 석사학위논문, 2008. 이 논문에서는
    낙선재 소장 『서주연의』의 판본과 수용의 양상, 구성상의 특징에 대하여 분석하였다. 예
    컨대 『서주연의』는 일명 『封神演義』라고 하는데 인물과 사건은 작가 한 사람이 창작한
    것이 아니라 많은 신화, 전설, 야사 심지어는 불경이야기의 집대성이라는 것과, 『봉신연
    의』가 생겨나기 이삼백년 전, 이미 『武王伐紂平話』라는 책이 있었고, 『封神演義』는 그
    것을 底本으로 하였다.

『新編五代史平話』는 가장 일찍 발견된 장편 강사화본이라 할 수 있다. 작자미상이며 송대의 刊本이다. 이 작품은 '五代史'를 이야기하고 있는데, 梁, 唐, 晋, 漢, 周 등 각 왕조가 상·하 두 권으로 되어 있으며, 그 중에서 梁史와 漢史의 하권은 실전되었다. 이 책들은 각각 詩로 시작하여 正文에 들어가고 결말 또한 詩로 마무리되고 있다. 오직 梁史平話만은 개벽으로부터 시작하여 다음으로 역대 흥망의 일을 略述하였는데 立論이 기발하나 역시 허망한 因果說을 뒤섞고 있다고 노신은 말하고 있다.[71]

『全相平話五種』은, 建安虞氏가 至治(1321~1323)년간에 간행한 강사화본이며, 鹽谷溫 박사가 大正(1913~1927) 丙寅(1926)년 3월에 內閣文庫에서 발견한 것이다. 그 영인본 중의『三國志平話』가 알려지면서 全相平話도 세상에 알려지기 시작하였다.[72] 남은 4종은 일본의 倉石武四郎이 영인하였다. 1928년 10월, 張元濟 선생이 學藝社의 명의로 일본에 방문하여 각종 古籍들을 影印하였는데, 그 가운데 內閣文庫에서 빌려 영인한 元刊全相平話五種도 들어 있었다. 鄭振鐸[73]은 "이 평화의 발견은 위대한 명작의 발견이라고 할 수는 없지만 그 관계를 밝히는 데 있어서는 大名作보다 중요하다."라고 하여 그 중요성에 대해 말하였다.

元刊本『全相平話五種』에는『武王伐紂平話』,『七國春秋平話』,

---

71) 魯迅, 앞의 책, 127쪽.

72) 紀德君, 앞의 책, 36쪽.

73) 鄭振鐸,『三國志演義的演化』,『鄭振鐸文集』5集, 人民出版社, 1988. "這部虞氏新刊的《三國志平話》的發現, 在中國小說史上確是一個極大的消息。並不是說, 我們發現了一部久已淪沒的偉大的名作。這部書實在夠不上說是名作, 然其關系, 則較一部大名作更爲重要。"

『秦幷六國平話』, 『續前漢書平話』, 『三國志平話』 등이 포함되어 있으며, 모두 작자 미상이다. 한나라를 서한과 동한으로 볼 때, 『前漢書平話』는 서한을 얘기하는 것이다. 『前漢書平話』는 續集만 존재하며 그 명칭으로부터 보아 前集이 있었다는 것을 말해주나, 遺失되었다.

　내용은 항우가 오강에서 자결하고 한고조가 제위에 오르는 것으로부터 시작된다. 따라서 전집은 초한이 서로 패권을 다투는 이야기라는 것을 추측할 수 있다. 『續前漢書平話』는 일명 『呂后斬韓信』이라고도 하며, 상·중·하 세 권으로 되어 있다.

　유방이 황제가 된 후, 통치계급의 내부 갈등과 모순, 그리고 살육을 묘사한 것이 그 대략적인 내용이다. 한신이 초나라의 대신 종리매를 생포했음에도 불구하고 유방은 한신의 군사지휘권을 박탈하고 회음후에 봉한다. 한신은 이에 불만을 품고 番族이 국경을 침입해 온 틈을 타 유방에게 반기를 드는데 이에 呂后가 계교를 써서 한신을 죽인다. 유방이 죽은 후, 呂氏 일족이 정권을 쥐고 천하를 다스리자 여러 군신들이 불복한다. 마침내 번쾌의 아들 번원이 군사를 일으켜 궁중에 들어가 呂氏 일족을 죽이고 박희 소생의 북대왕을 황제로 擁立한다.

　『前漢書平話』는 대체로 역사적 사실을 근거로 창작되었으며, 후대의 초한고사 계열의 소설에 영향을 미쳤다.

　『續前漢書平話』, 『全漢志傳』, 『西漢演義』의 영향관계를 알아보기 위하여 비슷한 내용에 해당되는 회목들을 비교해 보면 다음과 같다.

〈표 2-2〉『前漢書平話』, 『全漢志傳』(寶華樓刊本), 『西漢演義』의 목차 비교

『續前漢書平話』74)		『全漢志傳』75)	『西漢演義』
卷上	1) 五侯獻項王頭爭功	二卷 楚覇王自刎烏江	84回 楚覇王自刎烏江
	2) 漢王葬項王於穀城	三卷	
	3) 漢王封三大將		85回 漢王改韓封楚
	4) 泗水諸將上疏 漢王赦季布	起朝議魯生講禮 高皇巡遊捉韓信	86回 齊田橫義士死節
	5) 漢王遊雲夢擒韓信	高皇巡遊捉韓信	87回 婁敬議遷都咸陽 88回 漢高帝僞遊雲夢
	6) 陳豨約衆將反漢		91回 陳豨覽趙代謀叛
	7) 漢王吩咐呂後國事	高皇御駕征陳豨	
	8) 漢王辭呂後征陳豨		92回 漢高帝邯鄲駐馬
	9) 劉武刺漢王		
	10) 呂太後斬韓信	未央宮呂后斬信	93回 呂后未央斬韓信
卷中	11) 漢使持金詔陳豨下 四將		
	12) 陳豨敗投北番	蒯通片語折高祖	94回 陸賈智賺蒯文通
	13) 蒯通爲韓信伸冤		
	14) 漢王赦蒯通		
	15) 韓信下六將爲主報 仇射呂後		
	16) 高祖遣使宣彭越		
	17) 殺彭越醢徹墻死	醢彭越布示諸侯	95回 欒布洛陽哭彭越
	18) 漢王封欒布		
	19) 英布射漢王	高祖過魯祀聖	96回 淮南王英布反漢
	20) 四皓輔太子	商皓羽翼太子	97回 四皓羽翼定太子
	21) 漢高祖昇遐立惠帝		101回 漢惠帝坐享太平
	22) 惠帝遊凌煙閣		
	23) 呂太後宴十王		
	24) 呂太後擒戚夫人		
	25) 呂後酖死趙王如意		
卷下	26) 呂太後臨朝		
	27) 呂後散呂女與十王 爲妻		

28) 呂後鴆死劉友		
29) 呂後封呂氏三王		
30) 劉澤交兵滅呂氏		
31) 呂太後宴漢羣臣		
32) 呂後祭漢王		
33) 呂後夢鷹犬索命		
34) 誅呂氏三千		
35) 漢文帝歸長安		
36) 漢文帝登位		
37) 漢文帝看細柳營		

위의 목차에서 『全漢志傳』과 『西漢演義』의 회목들이 『續前漢書平話』의 몇 부분과 비슷한 점을 발견하게 된다. 그러나 내용 면에서는 차이점이 있다. 평화는 민간인들을 상대로 하였기 때문에 통치계급에 대해 신랄히 풍자·비판하였다. 呂后나 유방에 대해서도 권력을 濫用하여 충신을 죽이는 잔인성을 그대로 폭로하였는데 묘사가 개방적인 동시에 거칠고 황당한 부분이 많다. 그러나 『全漢志傳』이나 『西漢演義』는 『史記』에 의존하여 유방을 관대한 인물로 묘사하였으며 統治者의 입장에서 이해와 包容의 관점으로 서술하였다. 원잡극에서 괴통이 소하를 비롯한 통치계급에 대하여 풍자·비판하고 당당하게 걸어 나온 것으로 묘사하였다면, 『西漢演義』에서는 한신이 죽은 후, 유방으로 하여금 장례를 치르게 하며 괴통에게는 벼슬을 주었다고 서술함으로써 관대한 군주의 형상으로 묘사한 것이 그 예이다.

---

74) 『前漢書平話』, 上海古典文學出版社, 1955, 1쪽.
75) 古本小說集成委員會編, 古本小說集成 『全漢志傳』 上·下, 1994, 11쪽. 이 책은 寶華樓刊本이다.

『前漢書平話』가 史書에 의거하여 역사사실을 부연하였다고는 하지만 화본소설과 마찬가지로 많은 상상과 허구를 결합시켜 민간인들의 입장에서 사건을 재구성하였기에 허구성이 강한 것이 특징적이다. 이에 비하여『全漢志傳』은『前漢書平話』를 참고로 하였다 할지라도 서사를 진행함에 있어서 평화와 똑같이 중복하여 쓴 것이 아니라 역사연의소설이란 문체에 좀 더 근접하게 씌어졌다. 물론 이러한 것들은 작자의 창작동기가 다름으로 인해 생겨난 서사구성의 차이와도 무관하지 않다. 화본소설은 관객을 염두에 두고 서술되기에 구연하는 사람에 의한 과장, 풍자와 허구 등이 많을 수밖에 없다. 즉 구연자, 텍스트, 관중은 상호 소통이 가능하다는 것이다. 때문에 즉각적인 통찰이 가능하다. 그러나 소설은 공연과 다르기 때문에 즉각적인 기대효과를 얻을 수 없고 또한 역사연의소설이라는 장르상의 특징으로 역사적인 사실에 더욱 근접하게 창작되기 때문이다. 평화나 화본소설이 더 많은 관객을 끌기 위한 상품화의 목적으로 씌어졌다면 역사소설은 역사를 알리려는 작자의 사명감이 더 크게 작용하였을 것이다.

『全漢志傳』은 초창기의 역사연의소설이기에 한계도 갖고 있는 바, 형식에서 더 성숙된 모습을 보이는 것은 후대의『西漢演義』라고 할 수 있다.

본 절에서는 이미 오래전에『西漢演義』의 고사들을 연의화한, 『前漢書平話』가 창작되었다는 점을 주목하고자 한다.

5. 역사적 사실의 소설적 轉變 : 明代『全漢志傳』과『西漢通俗演義』

5.1 『全漢志傳』의 刊本들과 현실·사회적 상황

『全漢志傳』과『西漢演義』의 수용관계에 대해서는 중국에서 이미 오래전부터 연구의 대상이 되어 왔다.『全漢志傳』은『前漢書平話』의 뒤를 이어 탄생한 역사연의소설이다. 명초에는 역사전기가 활발하게 창작되었는데 그것은 당시 사회 상황과도 관련이 있다.

명초 太祖 朱元璋은 관리체제를 개혁하여 중앙집권을 강화하였으며 1380년과 1393년을 선후하여 두 차례나 큰 옥사를 벌였다. 이 옥사에서 元을 정복할 때, 공을 세운 공신들을 포함하여 5만에 가까운 사람이 주살되었다.[76]『御制大明律』에는 "무릇 예인이 잡극이나 희문을 공연할 때, 역대의 제왕후비나 충신열사나 先聖先賢의 神像으로 분장하는 것을 허락하지 않는다. 어기는 자는 곤장 100대에 처할 것이다. 관가나 민가에서 이처럼 분장하도록 허용하는 사람도 동일한 죄로 취급한다. 다만 그 중에 神仙道士나 義夫節婦나 孝子順孫으로 분장하여 勸善懲惡하는 것은 금지사항에 들지 않는다."라고 하였다.[77] 또한 유교 경전을 내용으로 하고 八股文을 형식으로 하는 과거제도를 실시하여 지식인들을 통제하였다. 이러한 사회분위기로 명대는 학술적으로 원대보다도 저조하였고 程朱理學이 성행하였다. 이 시기 정통 문학으로 일컫는 詩文은 통치자에 대한 頌歌 외에 다른 내용은 담을

---

76) 傅樂成, 辛勝夏 譯, 『中國通史』, 서울 : 지영사, 1998, 726쪽.
77) 김옥란, 앞의 논문, 36쪽. 『御制大明律』에는 "凡樂人搬做雜劇戲文, 不許妝扮歷代帝王后妃忠臣烈士先聖先賢神像, 違者杖一百…其神仙道扮及義父節婦孝子順孫勸人爲善者, 不在禁限."

수 없었다. 이러한 분위기 속에서도 역사 영웅전기가 각광 받을 수 있었던 것은 영웅을 숭배하고 지향했던 민중들의 정서에 부합되었기 때문일 것이다. 역사전기의 창작취지는 '正史의 부족한 부분을 보충하는 것'으로서 역사적인 記載를 그대로 채택할 수도 있지만 '傳奇'라는 형식에 기대어 재창작할 수도 있었다. 이런 사회적 상황에 기대어, 明代 嘉慶, 萬曆 年間에 『삼국지통속연의』, 『수호전』 등 통속소설이 세상에 나온 후, 사람들의 인기를 끌게 되어 대량으로 간행되고 광범위하게 유통되어 역사연의소설의 열풍을 일으키게 되었다.

전통적인 봉건관념의 영향으로 소설은 '小道', '末學'의 관념에서 큰 변화를 가져오지 못하였고 자원이 심히 빈곤했던 당시 상황은 또한 熊 大木과 같은 책 점포의 주인들로 하여금 통속소설 창작의 열풍 속으로 뛰어들게 하였다. 이 시기에 역사전기가 성행할 수 있게 된 것은 板刻者들의 열정적인 참여 때문이기도 하다.

熊大木은 바로 이 시기에 활동한 통속 소설가이다. 그가 성공적으로 편찬한 역사연의소설에는 『大宋中興通俗演義』, 『唐書志傳通俗演義』, 『全漢志傳』, 『南北兩宋志傳』 등이 있다. 熊大木은 文人만이 소설을 창작할 수 있다는 고정적인 전통에서 벗어나 처음으로 역사소설을 창작한 書坊 주인이다.[78] 그는 역사소설을 창작함에 있어서 체재면에서 史傳과 『通鑑綱目』 등의 형식을 빌려 卷·回·則·目으로 나누어 서술하였으며, 책마다 혹은 회마다 '按鑒'과 같은 표기를 하였다. 이후부터 '熊大木 유형'의 강사소설이 대량으로 나오게 되었다. 이 소설들의 창작은 명초 통속소설의 창작이 부족한 점을 보충해 주었을

78) 程國賦, 曾雪麗, 「論熊大木對歷史演義小說的貢獻」, 「西北大學學報」 37卷 3期, 中國古代文學硏究, 2007, 92쪽.

뿐만 아니라 명대 중·후기 역사소설의 발생에도 영향을 주었다.

『西漢通俗演義』를 연구하기 위해서는 먼저 『全漢志傳』의 판본을 알아보는 것이 중요하다. 그러나 오랜 시간 동안 전해 내려왔던 까닭에 熊大木이 쓴 것으로 추정되는 초기의 판본은 찾기 힘들다.

지금까지 전해지는 『全漢志傳』의 판본은 아래와 같다.

① 〈余氏克勤齋本〉

『京本通俗演義按鑑全漢志傳』으로 題되어 있으며 12권으로 구성되었다. 서한 부분 6권 61則, 동한 부분 6권 57則 등 총 12권 118則이다. 日本 名古屋 蓬左文庫에 소장되어 있으며, 上圖下文으로 되어 있고, 正半葉이 14행, 매 행은 22자로 되어 있다. 『西漢志傳』과 『東漢志傳』의 앞에 序文이 있는데 각각 '敍西漢志傳首'와 '題東漢志傳序'라고 씌어 있으며, 모두 '萬曆十六年秋月, 書林余氏克勤齋梓'라고 되어 있다. 서한 권에는 '鰲峰後人熊鍾谷編次, 書林文台余世騰梓行'라는 기록과 함께 卷마다 '文台', '余世騰', '克勤齋', '余氏'라는 글자가 있고, 『東漢志傳』의 1권에는 '愛日堂繼葵劉世忠梓行', 결미 부분의 그림에 '淸白堂楊氏梓行'이라는 내용이 첨가되어 있다.

여기서 '熊鍾谷', '余世騰', '克勤齋', '余氏'가 대체 누구인가 하는 문제는 중국에서 이미 논의의 대상이 되어 왔다.[79] 동한부분에는 '愛日堂'과 '淸白堂'이라고 되어 있어 출판 상황도 분명하지 않다.

齊裕焜은 『中國歷史小說通史』에서 熊大木의 이름과 생애에 대하

---

79) 繆小雲, 「『全漢志傳』新探」, 『明淸小說硏究』 第85期, 明淸小說硏究會, 2007年, 206～211쪽.

여 다음과 같이 밝힌 바 있다.[80]

熊福鎮의 字는 大木이고, 호는 鍾谷이다. 복건성 建陽縣 崇化里 書林[오늘의 복건성 건양현 書坊鄉]사람이며 嘉靖시기 약 1506~1579 에 생존하였다.

熊氏後代가 소장한 『潭陽熊氏宗譜』를 보면 熊大木의 출생에 관한 일련의 자료들을 찾을 수 있다. 그의 遠祖는 熊祕이고 唐末 乾符 년간(895~888)의 사람이며 직책은 '右散騎常侍 兵部尚書'였다. 그는 본래 江西南昌사람이며 乾符연간에 '黃巢起義'로 인하여 그 숙부와 같이 군사를 이끌고 복건성에 들어가 建陽縣崇泰里樟埠[오늘의 건양 현 莒口鄉]에 살 곳을 정하였다. 또한 여기서 <鰲峰書院>을 건립하여 후대자손들이 지식을 배울 수 있도록 하였다.

熊祕의 후대로는 13世까지 전해지는데 熊大木의 고조 熊祖榮의 일대에 와서 祖榮이 데릴사위로 崇化里에 옮겨 거주하였다. 이는 사 회적 지위가 많이 낮아졌다는 것을 의미한다. 熊大木의 일대에 와서 는 관리의 집안으로부터 평민으로 전락된 이후였다.

『熊氏宗譜』를 찾아봐도 大木의 이름이 보이지 않으나 '熊宗立系 上曾孫' 중에서 호가 鍾谷인 사람을 찾을 수 있다.

福鎮, 天育公의 넷째 아들이고, 位福四 行甲三, 호가 鍾谷이라고 한다. 죽은 어미 羅氏는 한 아들 德貴를 데려와 뒤를 이을 자식으로 하였다. 족보에 의하면 熊宗立의 자손 熊天育(1458~1543)은 모두 여 섯 아들이 있는데 그중 셋째 福泰는 생존연대(1496~1569)가 밝혀져 있고, 福泰는 셋째이며 福鎮 다섯째이다. 熊大木이 소설을 편찬한 연

---

80) 齊裕焜, 앞의 책, 136~138쪽.

대로 보면 熊大木과 熊福鎭의 생존연대가 거의 같고 더욱이 熊大木이 자칭 '鰲峰後人'이라고 하였고 熊福鎭의 호가 鍾谷이었기에 두 사람이 동일한 사람이라는 것을 알 수 있다.

따라서 『京本通俗演義按鑒全漢志傳』의 서한 권에 '鰲峰後人熊鍾谷編次, 書林文台余世騰梓行'라고 씌어 있는 점으로 미루어 이 책은 熊大木이 편찬하였음을 알 수 있다.

다음으로 '書林文台余世騰梓行'이라는 기록에서 余世騰은 누구인가 하는 의문을 가지게 되는데 여기에 관해서는 汪燕崗[81]이 자세히 다루었다.

書林文台余世騰은 余象斗인데, 이름은 文台이고 象斗는 그의 字이다. 그의 호는 抑止山人이고, 판각은 '雙峰堂'과 '三台館'을 호로 하여 판각하였다. 余象斗는 판각에 字나 호를 제외하고 늘 余世騰이라는 이름을 썼다고 한다.

余氏克勤齋는 '敍西漢志傳首'에서 다음과 같이 말하였다.

> "書林余氏文台가 눈과 마음으로 감동하여, 드디어 여러 名公들에게 청하여 『西漢志傳』한 책을 엮어 만들고, 더하여 서로 합쳐 사방에 전하였다.(書林余氏文台有感於目而感於心, 遂請諸名公修輯<西漢志傳>一書, 加之以相, 刊傳四方.)"

위의 내용으로부터 이 책의 편자는 熊大木이고 간행한 사람은 余象斗라는 것을 알 수 있다.

---

81) 汪燕崗, 「『全漢志傳』與『兩漢開國中興傳志』的成書」, 『明淸小說硏究』 第85期, 明淸小說硏究會 2007年, 195~196쪽.

　　다음으로 어디서 출판하였는가 하는 문제이다. 여기에 관하여 여러 학자들은 서로 견해를 달리 하였는데, 繆小雲[82]은『東漢志傳』에서 비록 '愛日堂繼葵劉世忠梓行'라고 되어 있지만 '愛日堂', '繼葵', '劉世忠' 등의 글자들이 분명히 '梓行'보다 작은 바, 이는 劉世忠이 훗날 余象斗의 기록한 흔적을 파내어 대신 자신의 이름으로 수정하였다고 하였고, 마찬가지로 결미부분의 '淸白堂楊氏梓行'이라고 적혀 있는 것도 劉世忠은 비슷한 해적판이라고 하였다.

　　汪燕崗은 石昌渝[83]의 연구를 바탕으로 하여『全漢志傳』은 '淸白堂'에서 나온 책이 아니라 '淸江堂'에서 나왔다고 주장하였다.[84]

　　위의 논의들을 보면 '愛日堂'이나 '淸白堂'을 제외한 다른 곳에서 출판되었음이 분명하고 '愛日堂'이나 '淸白堂'이 있음으로 보아 훗날 출판하는 자들이 판본을 뜯어 고쳐 자신의 이름으로 대체하였다는 것을 알 수 있다. 이를 미루어 현존하는 판각본은 余象斗가 萬曆 16년에 초판으로 간행한 책이 아니라 그 후에 재간행한 책이라는 것을 알 수 있다.[85]

---

82) 汪燕崗, 앞의 논문, 208쪽 참조.

83) 石昌渝,「朝鮮古銅活字本『精忠錄』與嘉靖本『大宋中興通俗演義』」, 東北亞研究, 1998, 3.

84) 汪燕崗, 위의 책, 196쪽.

85) 繆小雲은 <題東漢志傳序>에 근거하여『全漢志傳』에서『西漢志傳』은 熊大木이 편찬하고,『東漢志傳』은 余象斗가 편찬하였다고 주장하였다. 그러나 序文만 보고 판단하기에는 증거가 부족한 것 같아 추후의 연구가 필요하다.

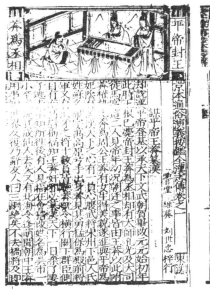

그림 2-2 〈余氏克勤齋本〉

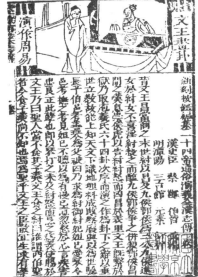

그림 2-3 〈寶華樓刊本〉

② 〈元素刊本〉

　『全漢志傳』의 元素刊本에는 두 가지가 있다. 하나는 '三臺館元素刊本'으로 서한 부분 9권만 전해지고, 다른 하나는 '寶華樓覆三臺館元素刊本'으로 서한 부분[1권~9권]과 동한 부분[9권~14권]으로 총 14권으로 구성되어 있다. 이 두 책은 목차, 글자, 삽도, 판본형식까지 거의 같으며 다만 '寶華樓刊本'은 표지 하나가 더 많다. 그러나 '三台本'은 찾아보기 힘들고 두 책의 내용이 같기 때문에 '寶華樓刊本'에 대해서만 소개하기로 한다. 이 책은 현재 北京大學圖書館에 影印本으로 남아 있다.

古本小說集成에 수록되는 있는『全漢志傳』에는 '孫一珍의 前言'
이 있어 '寶華樓刊本'이 소개되고 있다. 책 가운데 제목은 '繡像東西
漢全傳'이라고 되어 있고, 오른쪽에 '鍾伯敬先生評', 왼쪽에는 좀 작
은 글씨로 '寶華樓梓'라고 씌어 있다. 그 다음 장에 '公安袁宏道의 序'
가 있고 다음은 목차로 이어지는데 오른 쪽에 '全像按鑒演義東西漢
志傳目次'라는 글자들이 보인다.

이 刊本은 上圖下文으로 되어 있으며 半葉이 13행, 매 행은 23자
로 되어 있다. 본문 첫 페이지에 '新刻按鑒編集二十四帝通俗演義全
漢志傳'이라고 적혀 있고, 그 옆에 작은 글씨로 '漢史臣蔡邕伯喈彙
編, 明潭陽三台館元素訂梓'라고 씌어 있다. 明萬曆年間初刻本 또
한 '漢史臣蔡邕伯喈彙編, 明潭陽三台館元素訂梓'로 題하고 있다고
한다.86)

三台本은 찾아보기 힘들지만 孫楷第의『中國通俗小說書目』87)에
서 "전에 殘帙 한 권을 보았는데, 모양이 寶華樓本과 동일하여, 헤쳐
보니 三台館本이었다. 그러나 서목에 '新刻按鑒編集二十四帝通俗
演義全漢志傳'이라는 기록이 있어, '一十四帝'를 '二十四帝'로 誤作
하였다."라고 밝힌 바 있어 <一十四帝>가 <二十四帝>로 誤作된 것
임을 말해 준다. 또한 '漢史臣蔡邕伯喈彙編, 明潭陽三台館元素訂
梓'라고 씌어 있는데 여기서 '漢史臣蔡邕伯喈彙編'은 다른 사람의 이
름을 빌어 이 책의 가치를 높이고자 하여 가명으로서 당시에 관용적

---

86) 孫一珍, 위의 책 序言. "曾見一名本殘帙, 行款與此覆本(卽寶華樓本)同, 殆卽三台館
本, 但<書目>著錄爲<新刻按鑒編集二十四帝通俗演義全漢志傳>, 將<一十四帝>誤作
<二十四帝>"
87) 孫楷第,『中國通俗小說書目』, 作家出版社, 北京, 1957.

으로 쓰이던 수단이다. '三台館元素'는 앞에서 말한 余象斗이며 이 책은 余象斗가 편집, 간행하였다.

이렇게 볼 때, 『全漢志傳』은 '余氏克勤齋刊本'과 '元素刊本'으로 나뉜다는 것을 알 수 있다. 李宜涯는 이미 이 두 판본을 비교해보고, 余象斗가 지은 『全漢志傳』은 熊大木의 『全漢志傳』을 底本으로 한 것이라고 하였다.[88] 또한 이 책은 내용 면에서 『前漢書平話』와 많은 차이점을 가지고 있다고 하였다. 그러나 『全漢志傳』의 어느 판본인지에 대해서는 제시하지 않았다. 이에 대해 繆小雲[89]은 『全漢志傳』의 어느 판본이 『西漢演義』와 직접적인 계승관계를 가지고 있는지에 대해 고찰하였다. 즉 『西漢演義』는 제1장에서 秦나라와 趙나라의 전쟁, 廉頗와 王翦의 大敵 등 내용을 추가하였을 뿐, 2章부터 34章까지 거의 모든 내용이 '元素刊本'과 일치한다고 하였다. 34章 이후부터 『西漢演義』의 많은 스토리는 '元素刊本'에 비하여 생동하지만 인물의 언어와 이야기의 서술은 여전히 '元素刊本'과 일치한다고 하였다.

논의의 확장을 위해 汪燕崗[90]은 『前漢書平話』를 수용한 것으로 보이는 작품들을 분석해 보았는데, 그 결과 『兩漢開國中興傳志』는 『前漢書平話』를 거의 그대로 옮겼지만, 『全漢志傳』은 내용과 字句에 있어서 『前漢書平話』와는 많이 다르다고 하였다. 구체적으로 말하면 스토리를 많이 부연해 넣었을 뿐 아니라, 그 묘사에 있어서도 풍격

---

88) 石昌渝, 『中國古代小說總目』 白話卷, 山西敎育出版社, 2004, 407쪽.

89) 繆小雲, 앞의 논문, 213쪽.

90) 汪燕崗, 「『西漢通俗演義』的成書」, 明淸小說硏究 4期, 明淸小說硏究會, 2008, 273~280쪽. 그는 『西漢演義』는 『全漢志傳』을 개편하였다고 말하고 『前漢書平話』가 母本이라는 기존의 견해를 뒤집어 놓았다. 그러나 『西漢演義』가 원대의 잡극의 영향을 받아 소재를 취한 것은 부정하지 않았다.

이 다르다고 했다. 이어서『西漢演義』와『全漢志傳』의 내용을 비교해 본 결과,『西漢演義』는 일부 대목에서『全漢志傳』을 거의 그대로 옮겨 썼으며, 심지어 한글자도 다르지 않고 똑같은 구절을 찾아볼 수 있었다고 하였다. 때문에『西漢演義』는『全漢志傳』의 기초 위에서 작자가 줄거리에 다소 변화를 주었을 뿐 '간략한 데서부터 자세히 풀어 놓는다[因略以致詳]'는 寫作 원칙을 잘 지켜낸 것으로 평가하였다.

이상의 논의를 종합해보면, 甄偉는『全漢志傳』[元素刊本]을 참고로 하였으며,『前漢書平話』는 읽지 못했을 가능성도 배제할 수 없다.『西漢演義』의 母本에 관해서는『前漢書平話』로 보는 설과『全漢志傳』으로 보는 두 가지 설이 있다. 趙景心[91]은 "『西漢演義』는 확실히『前漢書平話』[呂后斬韓信]를 藍本[原本]으로 하였다"라고 하여『前漢書平話』를 母本이라고 하였다. 민관동[92]도『西漢演義』이전에『全漢志傳』이란 책이 나왔다고 하면서도『西漢演義』의 母本을『前漢書平話』로 하였음을 여러 차례 언급하였으며, 우근영[93]도 이 견해를 받아들였다. 이러한 견해들은 판본들에 대한 기존의 그릇된 논의를 그대로 수용한 결과이다.

『西漢演義』는 余象斗의『全漢志傳』을 개편한 것이므로『前漢書平話』와는 직접적인 계승관계가 깊지 않다. 熊大木의『全漢志傳』도 많은 부분에서『前漢書平話』를 부연하였기 때문에『西漢演義』와『前

91) 趙景心, 앞의 책, 111쪽. "<西漢演義>的確曾以<呂后斬韓信>爲藍本的"이라고 말하고 있다.

92) 민관동, 앞의 책, 175쪽./ 민관동,『중국 고전소설의 전파와 수용』, 아세아문화사, 2007, 321쪽. 이 책에서『兩漢開國中興傳志』,『全漢志傳』을 적당히 보충하여 만들어졌다고 했으나『西漢演義』의 가장 오래 된 底本은『前漢書平話』라고 하였다.

93) 우근영, 앞의 논문, 25쪽.

漢書平話』는 당연히 거리가 먼 것이다.

5.2 『西漢通俗演義』와 역사연의소설의 정착

『全漢志傳』이후에 明代 萬曆 33년(1605)에 『兩漢開國中興傳志』
가 총 6권 42회[西漢部分 4卷 28회이고 東漢部分은 2卷 14회]로 출판되
었다.

그리고 明 萬曆 40年(1612)에 『西漢演義傳』이 甄偉 作品으로 大
業堂에서 출판되었다. 大業堂本은 '鐘山居士建業甄偉演義, 繡谷後
學敬弦周世用訂訛, 金陵書林敬素周希校鋟'란 題名을 달고 있으며
8권 101則으로 구성되어 있다.

또 『西漢演義傳』과 비슷한 시기에 大業堂 刊行本으로 謝詔가 쓴
『東漢十二帝通俗義演傳』[一名 東漢演義傳]이 나왔는데, 이 판본의
서두에는 '重刻京本增評東漢 十二帝通俗演義'라고 적혀 있으며, 총
10권 146則으로 되어 있다.[94]

그 후 명말(간행연대 미상)에 劍嘯閣에서 『西漢通俗演義傳』[일명
『兩漢演義傳』]이 나왔는데, 이는 甄偉가 쓴 『西漢演義傳』[8권 101則]
과 謝詔가 쓴 『東漢十二帝通俗演義』[10권 146則]를 합쳐서 꾸민 판
본으로 『西漢通俗演義』는 8권 100則으로, 『東漢通俗演義』는 10권
125則으로 약간의 첨삭을 가하여, 총 18권 225則으로 再編輯된 合刊
本이다. 『西漢通俗演義』는 卷頭에 '新刻劍嘯閣批評西漢通俗演義'
란 題名을 달고 있으며, 한 면이 10행 22자로 되어 있으며 19면의 揷
圖가 있다.

---

94) 孫楷第, 『中國通俗小說書目』, 臺灣 廣雅出版公司, 1983, 33쪽.

'劍嘯閣批評本'이 나온 이후에 이 판본을 母本으로 청대에도 수많은 책들이 출판되었다. 淸 經綸堂刊本인『西漢全書』[謝詔東漢과 合刊]는 撰人은 적혀 있지 않지만, 揷圖가 있고 '劍嘯閣本'으로 간행되었다.

味經堂刊本은 書牌에 '繡像東西漢演義'·'鍾伯敬先生批評'·'味經堂藏板'이라고 씌어 있고, 서한부분의 卷頭에는 '新刻劍嘯閣批評西漢演義傳'이란 題名을 달려 있다. 揷圖가 있고, 本文은 한 면이 10行, 한 행은 22자이며, 版心에는 '西漢演義'라고 새겨져 있는데, 이것 역시 '劍嘯閣本'으로 간행되었다.

淸 嘉慶乙亥(1815) 同文堂刊本은 8卷 100回이나, 역시 回次는 없다. 이 책은 淸遠道人의 "東漢演義評"과 합간되어 있다.

光緖 壬辰(1892) 上海 廣百松齋鉛印本은 8卷 100回인데 回次가 적혀 있다.[95] 그밖에 善成堂刊本이 있는데, '西漢演義評'이란 題名이 달려 있고, 8권 100회로 回次가 표시되어 있다. 이 刊本의 앞에는 袁宏道의 序가 있으며, 揷圖 18폭이 있는데, 이 또한 '劍嘯閣本'으로 나온 것과 같다.[96]

이상의 것들을 종합해 보면『西漢演義』는 크게 元代本·明代本·淸代本으로 나누어 볼 수 있는데, 가장 널리 알려진 것은 明代 甄偉의 작이라는 것을 알 수 있다.

『西漢演義』의 국내 소장 판본들로는『(新刻劍嘯閣批評)西漢演義傳』,『繡像西漢演義』,『東西漢通俗演義』,『繡像東西漢演義』,『繡圖西漢演義』,『增像全圖東西漢演義』등이 있다. 이에 관해서는 이미

---

95) 오순방외 譯,『中國古典小說總目提要』第1卷, 울산대학교출판부, 1997, 440쪽 참조. 위의 4종류는 모두 南京圖書館에 所藏되어 있다.
96) 위의 책, 440쪽. 이 도서는 吉林省吉林市圖書館에 所藏되어 있다.

많은 학자들이 연구하였고, 국내에서는 민관동이[97] 이미 소상히 다루
었기에 반복하지 않기로 하고, 다만 국내의 도서관에 있는 판본들 중
에서 누락된 것들만 보충하기로 한다.

서울대 소장 『(新刻劍嘯閣批評)東西漢通俗演義』, 『西漢演義』와 『繡
像西漢演義』 등이 있는데, 누락되어 있어 판본 상황은 다음과 같다.

① 『東西漢通俗演義』[1~14冊]

청대 木版本으로 서한 부분이 8卷 8冊이고, 동한 부분이 10卷 6冊
이다. 揷圖가 있고 四周雙邊, 半郭이 20.6×13.5, 無界, 半葉이 10行
22字이며, 花口, 上下向黑魚尾이며 24.7×16이다. '新刻劍嘯閣批評
西漢演義傳'이라는 卷首題가 붙어 있고 '西漢演義評'이라는 版心題
와 '東西漢通俗演義序'가 있으며 公安 袁宏道의 序가 있다. 圖上 16
葉이 있고, 1~8冊까지는 '西漢演義評'이고, 9~14冊까지는 '東漢演
義評'이다.[冊1, 冊10은 落張]

② 『西漢演義』

中華民國 14년 上海羣衆圖書公司에서 출판된 것으로 모두 2冊
101회이고 袁宏道가 題한 '西漢演義引言'과 '東西漢通俗演義序'가
있다.

③ 『繡像西漢演義』[1~6冊]

版式 事項을 보면 서한 부분이 4卷 100回이고 동한 부분이 2卷 64

97) 閔寬東, 「『西漢演義』研究-국내 유입과 번역 및 출판을 중심으로」, 『중국소설논총』 15
집, 한국중국소설학회 2002, 262~262쪽.

回이다. 挿圖가 있고 四周雙邊, 半郭이 16.9×11.3이고, 無界, 半葉이 25行 53字이고 註雙行, 花口, 上下向黑魚尾이며, 20.3×13.1이다. 1～4冊까지는 '繡像西漢演義', 5～6冊까지는 '繡像東漢演義'이다. '增像全圖西漢演義'라는 卷首題가 붙어 있고, '繡像全圖東西漢通俗演義序'에 '公安袁宏道題'가 있다. '光緒 丁未年 仲夏月'이라고 되어 있고 '上海文新書局石印'이라고 되어 있으며, 모두 100회로 구성되었다.

이상이『西漢演義』의 판본들과 국내에 소장되어 있는 책들의 서지 사항이다. 다음은 甄偉의 101회본『新刻劍嘯閣批評西漢演義傳』[일명 西漢通俗演義]의 목차이다.98)

〈표 2-3〉『新刻劍嘯閣批評西漢演義傳』목차

新刻劍嘯閣批評西漢演義傳(目次)		
1. 勝秦師異人被擄	35. 韓信褒中見滕公	69. 烹酈生韓信背約
2. 不韋風鑑識異人	36. 蕭相國深奇韓信	70. 韓信囊沙斬龍且
3. 安國君剖符立嗣	37. 韓信爲治粟都尉	71. 蒯徹說韓信背漢
4. 智異人竊通朱氏	38. 蕭何月夜追韓信	72. 霸王伏弩射漢王
5. 不韋竊異人還國	39. 會角書築壇拜將	73. 廣武山楚漢會兵
6. 呂政立暗絶秦嗣	40. 蕭何議罪釋樊噲	74. 置太公挾漢退兵
7. 始皇命徐福求仙	41. 韓信執法斬殷蓋	75. 指鴻溝割地講和
8. 張良使力士擊車	42. 遣樊噲明修棧道	76. 會固陵楚漢交兵
9. 趙高矯詔立胡亥	43. 韓信暗計智章平	77. 張良會諸侯伐楚
10. 芒碭山劉季斬蛇	44. 諭父老漢王布德	78. 漢王大兵出成皐
11. 會稽城項梁起義	45. 辛奇斬虎遇韓信	79. 周蘭諫霸王出師

---

98)『新刻劍嘯閣批評西漢演義傳』8권 8책, 중한번역문헌연구소 소장.

12. 範增獻策立楚後	46. 韓信火攻破章邯	80. 九里山十面埋伏
13. 章邯劫寨破項梁	47. 潧廢丘三秦悉定	81. 楚霸王會垓大戰
14. 項羽殺宋義救趙	48. 韓信用計取咸陽	82. 張子房悲歌散楚
15. 楚項羽九敗章邯	49. 張良說魏豹降漢	83. 楚王帳下別虞姬
16. 秦趙高權傾中外	50. 調陸賈智賺申陽	84. 楚霸王自刎烏江
17. 項羽聽諫伏章邯	51. 王陵迎太公入漢	85. 漢王改韓信封楚
18. 收酈生智借張良	52. 樊噲擒伏司馬印	86. 齊田橫義士死節
19. 望夷宮二世被害	53. 懼楚罪陳平歸漢	87. 婁敬議遷都洛陽
20. 劉沛公還軍霸上	54. 董三老遮道說漢	88. 漢高帝僞遊雲夢
21. 範增觀象識興衰	55. 楚霸王彭城大戰	89. 漢高帝兵困白登
22. 項伯夜走救張良	56. 漢王收兵入滎陽	90. 張良託赤松子遊
23. 賀亡秦鴻門設宴	57. 張良智韓信伐楚	91. 陳豨監趙代謀叛
24. 項羽殺嬰屠鹹陽	58. 用車戰韓信勝楚	92. 漢高帝邯鄲駐馬
25. 項羽違約僭王號	59. 許負說魏豹反漢	93. 呂後未央斬韓信
26. 霸王封天下諸侯	60. 知漢興陵母伏劍	94. 陸賈智調蒯文通
27. 陳平定計救漢王	61. 韓信斬阝夏悅張全	95. 欒布洛陽哭彭越
28. 張子房燒絶棧道	62. 背水陣韓信破趙	96. 淮南王英布反漢
29. 張良復爲韓報仇	63. 行反間範增遭貶	97. 四皓羽翼定太子
30. 霸王拒諫烹韓生	64. 出滎陽紀信誑楚	98. 漢帝封趙王如意
31. 說韓信張良賣劍	65. 漢周苛樅公死節	99. 長樂宮高帝拒醫
32. 霸王江中弑義帝	66. 漢王馳趙壁奪印	100. 呂太後謀誅功臣
33. 韓信背楚走咸陽	67. 楚霸王複取外黃	101. 漢惠帝坐享太平
34. 韓信問路殺樵夫	68. 酈食其說齊降漢	

앞에서 甄偉가 『西漢演義』의 序文을 통해 자신의 창작동기에 대해 설명했음을 살펴본 바 있다. 그는 역사서의 미진한 부분을 보충하

려고 소설을 지었다고 하였다. 따라서 "언어는 비록 속되지만 올바름을 잃지 않았으며", "의미는 비록 천박하나 이치에 어긋나지 않았다."고 하여 『史記』를 부연함에 있어서 객관적인 시선으로 사실을 쓰고자 하였음을 밝혔다. 또한 '西漢卷'이라는 말이 나오는데, '西漢卷'이란 『全漢志傳』의 서한 부분을 말하는 듯하다. 그는 이 책에 대하여 "그 속에 말을 억지로 끌어다가 그럴듯하게 꾸민 부분이 많고 줄거리가 지리멸렬하고, 언어가 비속하다."고 평가하였다. 熊大木이 편찬한『全漢志傳』은 역사연의소설이기는 하지만 초창기에 창작된 작품이기에 아직 성숙기로 넘어가지 못하였다. 평화를 기반으로 썼기 때문에 역사연의소설이 성숙기로 넘어가기 직전의 단계라고 하는 것이 더 타당할 듯하다. 熊大木의『前漢志傳』을 보면 형식 면에서 每回의 결말부분에 '且聽下回分解' 등으로 다음 내용에 대해 예시하는 부분이 아주 적다. 이것은 강사평화를 모본으로 하여 지었기 때문에 완벽한 형태의 역사연의소설과는 다소 거리가 있음을 의미한다. 인물형상이 생동하게 묘사되어 있지 않으며, 언어의 표현기법에 있어서도 화려함이 결핍되었고 예술성을 놓고 보더라도『西漢演義』보다 낮게 평가되기 때문에 문학사상 큰 이름을 날리지 못하였다. 그러나 甄偉가 창작할 당시에 이미 역사연의소설이라는 문체가 무르익었고, 성숙된 모습을 보여준 작품들이 속출하던 시기라고 할 수 있다. 따라서 甄偉가 편찬한 『西漢通俗演義』를 보더라도 章과 章사이의 연결고리를 매끄럽게 이어주었으며, 매 回則이 끝나는 결미 부분에 '未知某事如何, 且聽(看)下回分解' 등 공식적인 말들로 연결시켜 주었는데, 100회 중에 97회에서 이런 형식상의 특징이 나타남을 확인하였다. 이런 형식들은 이야기가 하나의 연속성 위에서 다음 단계로 잘 연결되도록 매끄럽게 이

어주는 역할을 하였으며, 나중에는 역사연의소설의 특징으로 자리매
김하게 되었다.

이런 점들은 熊大木의 작품에서 서술이 혼잡하여 사건을 하나의 고
리로 조화롭게 연결시키지 못한 점들과 대비된다. 한편, 甄偉의 작품
은 編年體 형식을 타파하고 서술의 초점을 주로 유방과 한신에게 돌
려 역사적 사건을 잘 연결시켜주었으며, 사건의 전개가 무의미하거나
부족하다고 생각되는 부분에 대해서는 대량의 세부적인 묘사를 추가
하여 부족감을 메워주고 앞뒤의 내용이 서로 어울리고 완벽하게 조화
되도록 하였다.[99]

지금까지 『西漢演義』의 성립 과정을 살펴보았다. 이 과정은 오랜
시간을 거친 통시적인 과정으로 볼 수 있다. 『史記』를 모태로 골격을
구성하고 거기에 많은 야사와 구비문학을 받아들여 당대의 변문에로
발전하였으며, 그 이후 강사화본이 발전하면서 원잡극과 평화에까지
이어져 내려왔다. 평화를 토대로 명말에 장회체 역사연의소설들이 창
작되기 시작했는데, 熊大木이 창작한 『全漢志傳』은 『西漢演義』에
큰 영향을 주었다.

지금까지의 논의를 바탕으로 평화에서 『西漢演義』까지의 發展軌
迹을 찾아보면 다음과 같다.[100]

『前漢書平話』→熊大木의 『全漢志傳』→余象斗의 『全漢志傳』
→甄偉의 『西漢演義』

---

99) 紀德君, 앞의 책, 131쪽.
100) 繆小云, 앞의 논문, 213쪽. 이 논문에서 『全漢志傳』의 판본에 대해 분석하고 성서 과정
을 표로 제시하였다.

이와 같이 우리는『西漢演義』의 성립 경로를 가늠할 수 있는데,『史記』를 비롯한 正史에서 소재를 취하고 각종 야사와 문언소설, 전기소설로부터 영향을 받았음을 확인했다. 또한 당대 변문과 송원시기의 강사화본이 원대의『續前漢書平話』가 나오기까지 연결고리가 되어 맥을 이어주었으며, 명초의『全漢志傳』과 명말의『西漢演義』라는 역사연의소설에까지 맥을 이어 온 통시적인 과정을 거쳤다는 사실도 확인할 수 있었다.

제3장 한국에서 『西漢演義』의 수용과 變容

　역사연의소설이라는 명칭은 중국의 원나라 말, 명나라 초부터 등장하기 시작하여 명·청시기에 일대 성황을 누리면서 많은 독자들의 관심을 불러일으켰다. 문헌 기록상 중국의 백화소설은 조선 중기부터 유입되기 시작하였는데, 그 중에서도 역사연의소설은 가장 먼저 조선에 전래되어 읽혔고, 그 후 영·정조시기까지 지속적으로 중국소설이 전래되었다.

　임진왜란을 전후하여 국내에 유입된 것으로 추정되는 중국의 연의소설 중 국내에서 유행한 작품들을 보면 『三國志演義』·『殘唐五代演義』·『隋唐演義』·『西周演義』·『西漢演義』 등이 있다. 이 작품들은 19세기 말에 이르기까지 독자층을 형성할 만큼 인기가 있었고 한국역사소설의 형성과 발전에 도움을 주었는데, 그 중에서 『三國志演義』는 조선에서 가장 많이 애독된 소설로 평가받고 있다. 이러한 중국소설이 전래되면서 조선의 문인들과 평민에 이르기까지 애독하여 사회적 반향을 일으켰는데, 파급효과가 상당하여 나중에는 중국소설에 대한 부정과 긍정의 시각이 나뉘고, 문인들 간에 찬반론이 엇갈리면서 중국서적을 엄금하고 이에 반하는 자에게는 형을 내리는 어처구니없는 사건이 발생하기에 이르렀다.[1) 중국 역사소설이 사람의 마음을 해치고 허

망하고 터무니없으며 正史를 어지럽힌다는 등의 이유를 들어 조선시
대 문인들은 소설에 대해 부정적인 견해를 보였다.

演史의 작품은 처음은 아희놀음 같고 문자도 비속하여 진실을 어지럽
히기에는 부족했다. 그러나 오랫동안 유전되어 오는 가운데 진실과 거짓
이 병행되어 연사에 실려 있는 말들이 다른 사람의 글 속에 채록되니 글
하는 선비들이 이를 살피지 못하고 섞어 쓰고 있다. 진수의 『三國志』는
사마천과 반고 다음가는 것인데, 연의가 가리우는 바 되어 사람들은 다
시 보지를 않는다. 오늘날에는 역대에 걸쳐 각각 연의가 있어 중국의 開
國聖典에서까지 또한 거짓말을 부연하고 있다.[2]

대개 세속에서 말하는 소설은 곧 『삼국지연의』 같은 등속인데, 이는
음탕과 도둑질을 가르치고 있어 인륜과 교화를 해치는 것이다. 왕정에
있어 엄격히 금지해야 할 것이니 때문에 우리들이 통절히 미워하고 배척
하는 것이다.[3]

중국소설의 유입과 전파로 당시 正祖는 신하들의 문체를 문제 삼아
文體反正을 실시하기에 이른다.[4] 대부분의 문인들은 중국의 역사소

---

1) 『朝鮮王朝實錄』, 『宣祖』 2年條 참조.
2) 李植, 『雜著』(『澤堂先生別集』 권 15) "演史之作, 初似兒戲, 文字亦卑俗, 不足亂眞.
流傳旣久, 眞假竝行, 其所載之言, 頗採入類書, 文章之士, 亦不察而混用之. 如陳壽三
國志, 馬班之亞也, 而爲演義所掩, 人不復觀, 今歷代各有演義, 至於皇國開國聖典, 亦
用言近說敷衍." 이 부분은 권순긍, 『活字本古小說의 편폭과 지향』, 보고사, 2000, 220쪽
/이재홍, 앞의 논문, 20쪽에도 실려 있다.
3) 李德懋, 『與朴在先齊家書』(『雅亭遺稿』 7) "夫俗所謂小說者, 卽演義之流也, 以其誨
淫誨盜, 壞倫敗化之具, 王政之所可厲禁, 故吾輩, 嘗與痛惡而深斥之."
4) 조선 정조가 패관잡문이나 소설의 문체를 배척하고 醇正古文으로 환원시키려는 문풍
개혁정책, 문체순정이라고도 한다. 문체가 세도에 관련된다는 신념을 가진 정조는 당시
유행하던 명말 청조의 문집과 패관소설류, 잡서, 西學書와 박지원의 필기, 소설 등을 부

설이 주로 인심과 의리를 해치고 풍기를 문란하게 하는 요소가 있다
고 하여 배척하는 태도를 취하였다.[5] 그러나 한편으로는 소설의 효용
성과 흥미성을 인정하는 측면도 있었다. 黃中允(1577~1648)의 『東溟
先祖遺稿』 8 『逸史目錄解』에서 다음과 같이 말하고 있다.

> 어떤 사람이 나에게 묻기를 "『천군기』를 왜 지었는가?" 하였다. 나는
> 대답하기를 "나의 반생이 길을 잃고 헤매었음을 슬퍼해서 고삐를 돌려
> 길을 돌아오고자 하는 말이라."고 하였다. 또 묻기를 "그렇다면 그것을
> '일사'라고 하고, 각각 나누어 제목을 정했음은 왜 그런가?" 하니, 내가
> 대답하기를 "이것은 사가의 연의의 방법을 본뜬 것이다. 『열국지연의』·
> 『초한연의』·『동한연의』·『삼국지연의』·『당서연의』·『송사연의』·『황명
> 영렬전연의』 등의 사서를 살펴보면 다 목록을 만들어 제목을 구별하였는
> 데, 그 뜻은 대개 눈으로 보기가 쉽고 다른 사람이 기뻐하도록 하는데 힘
> 써서, 보는 사람이 싫어하지 않도록 하고자 함이다."라고 했다.[6]

이어서 洪萬宗(1643~1725)은 『旬五志』에서 다음과 같이 말하고 있다.

> 昨今 莊嶽委譚에 의거하면 『水滸傳』은 施耐菴이 지은 것이다. 그런

정하고 문풍을 혁신하여 조선 개국이래 치세의 기본이념인 崇儒重道를 구현하고자 하
였다.

5) 李瀷의 『星湖僿說』 7, 李頤命, 『疎齋集』 卷 12, 등에서도 소설에 대한 부정적인 시각을
볼 수 있는데, 본 연구에서는 『西漢演義』의 국내 유입에 요점을 두었기에 이 부분은 이
재홍의 위의 논문을 참조 요망.

6) 이재홍, 앞의 논문, 23쪽 재인용. 或問於余曰 : "『天君記』何爲而作也?" 曰 : "慨余之半
生迷亂失途, 而欲反轡復路之辭也." 曰 : "然則謂之逸史, 而各分爲題目者何也?" 曰 :
"此效史家衍義之法也. 嘗考諸 『列國志衍義』·『楚漢衍義』及『東漢衍義』·『唐書衍義』
及『宋史衍義』·『皇明英烈傳衍義』 等諸史, 則皆爲目錄, 意盖欲易於引目, 務於悅人,
而使觀者不厭."

데 許筠은 나관중이라 기록하였으나 허균 같이 박식한 사람이 이런 오류를 범한 것은 무슨 까닭인가? 오래된 소설 가운데 빼어난 작품이라 일컬어질 만한 것으로 『서유기』, 『수호전』외에도 列國 · 東西漢 · 齊魏 · 五代 · 唐 · 南北宋에 모두 演義가 있어 세상에 두루 유행되었다. 명나라 말에 이르러 여러 文士가 문장에 들뜬 기교를 부리는 것을 더욱 숭상하여 공허한 이야기를 엮어서 쉽게 한 권의 책을 만들고 지어내곤 하였다. 심지어 관청의 관리들도 직무에 관한 일을 대수롭게 여기지 않고 새로운 이야기 거리를 얻는데 힘써, 혹 한 가지 소재를 얻으면 그것을 둘러맞추고 늘려서 책으로 만들었다. 그러므로 지은 책이 어찌나 많은지 이루 다 헤아릴 수 없고 그런 것을 호사가들이 보는 것이 습속으로 되어 서로 다투어가며 모방한다. 그러니 세상의 도가 시들해지고 종묘사직이 와해될 경지에 다다랐는데, 이는 晉나라 때 淸談으로 세상을 그르치던 것과 다를 바 없으니 통탄할 일이다.7)

이처럼 중국소설에 대해 긍정적으로 바라보는 시선도 있었지만 대개는 부정적인 입장을 취하였다. 주로는 정사를 어지럽히고 인심을 무너뜨리며, 내용들이 음란한 것이라고 배척하였다.8) 문인들이 대개 부정적인 시선으로 바라보았고, 정조는 문체반정을 실시하여 중국소설을 엄금하였으나, 효과를 보지 못하고, 그 이후에도 중국소설은 지속적으로 전래되었다.

---

7) 『洪萬宗全集』上, <莊嶽委譚>, 太學社, 1980년, 89~91쪽. "今按莊嶽委譚 則水滸傳耐菴施某所撰 許筠則記以羅氏所編 以筠之博古 有此謬認 何也. 古話之表 表可稱者 西遊記 水滸傳外 如列國 東西漢 齊魏 五代 唐 南北宋 皆有演義 皆行於世. 至大明末 諸文士 尤尙浮藻 鑿空構虛 輒成一部. 至於坐衙按簿之官 越視職事務 得新語得一款 則 附會增演 作爲卷帙 故其爲也. 汗馬牛充棟宇 指不勝屈 徒爲好事者之傳玩 而仍成習俗 競相慕效 遂使世道委靡 竟致宗社之瓦裂 有若晉代之崇 以淸談誤世 可勝歎哉."
8) 이재홍, 앞의 논문. 20~22쪽 참조.

  역사연의소설은 역사적인 사건과 인물을 등장시켜 독자들로 하여금 현재의 시선으로 역사적 시공간을 바라보게 하고, 그들이 염원하는 욕구를 충족시켜주어 대리만족을 느끼게 한다. 또한 그 이면에 허구성과 초역사적 차원의 의미가 개입되어 있기에 흥미를 자아내며, 독자들에게 교훈적인 메시지를 전달할 수 있는 교학서의 기능을 담당한다. 따라서 유교적 이데올로기를 강화시키는 수단으로서 역사연의소설의 효용성이 이용되고 교훈적 목적이 성취되기도 했다.

  『西漢演義』는 조선에 수용되어 큰 인기를 얻어 다양한 변모과정을 겪으면서 번역·번안되었고, 새로운 개작작품이 쏟아져 나오게 하였다. 우선 『西漢演義』가 국내에서 최초로 언급된 것은 『朝鮮王朝實錄』 宣祖 2년(1569) 壬辰條에서 올린 奇大升의 上啓文에서 찾아볼 수 있는데, '초한연의'란 이름으로 등장하고 있다.9)

  임금께서 친히 문정전에서 석강에 나오셨다. 근사록 제 2권을 진강하였다, 기대승이 나아가 아뢰었다. "근래에 장필무를 인견하실 때에 전교하시기를 '장비의 한마디 말이 만군을 달아나게 했다는 말씀은 정사에 보이지 않는 내용인데, 『三國志演義』에 있다고 들었다'고 하셨습니다. 이 책은 나온 지가 오래되지 않아 저는 아직 보지 못하였으나 간혹 친구들에게 그것을 들어본 즉 허망하고 거짓된 것이 매우 많았습니다. 천문·지리에 관한 책은 이전에는 숨겨졌다가 나중에 드러나는 일이 있기도 하지만, 史記의 경우는 본래 失傳되어서 뒤에 臆測하기 어려운 것인데 敷衍하고 增益하여 매우 괴상하고 허탄하였습니다. 신이 뒤에 그 책을 보니 단연코 이는 無賴한 자가 잡된 말을 모아 古談처럼 만들어 놓은 것입니다. 雜駁하여 무익할 뿐 아니라 크게 의리를 해칩니다. 위에서 우연히

  9) 崔溶澈, 朴在淵 輯錄, 『韓國所見中國通俗小說書目』, 1993, 211쪽.

한번 보셨으나 매우 미안스럽습니다. 그 중의 내용을 들어 말씀드린다면 董承의 衣帶속의 詔書라든가 赤壁싸움에서 이긴 것 등은 각각 괴상하고 허탄한 일과 근거 없는 말로 부연하여 만든 것입니다. 위에서 혹시 이 책의 근본을 모르시는 것은 아닐까 하여 감히 아룁니다. 이 책뿐만이 아니라『초한연의』와 같은 것도 있습니다. 이 부류와 같은 것이 하나가 아닙니다. 이치를 해치는 것이 매우 심한 것들입니다. 시문의 좋은 구절도 높이 사더라도 함부로 쓰지 않는데, 하물며『전등신화』와『태평광기』등은 어떠하겠습니까.10)

위에서 보면『三國志演義』와 함께『초한연의』가 언급되고 있음을 알 수 있다. 그러나『西漢演義』가 아니라『초한연의』로 이름이 등장하는 것에 대하여 의문을 가지게 된다. 앞에서 언급한 바와 같이『西漢演義』는 明 萬曆 40年(1612)에 간행되었고, 그 底本인『全漢志傳』(萬曆 16년, 1588)은 시기적으로 보면『朝鮮王朝實錄』(宣祖 2년, 1569)보다 나중에 나온 책이다. 그렇다면 여기서 언급되는『초한연의』는 당연히『西漢演義』나『全漢志傳』을 일컫는 말이 아니다. 그 전에 나온 초한고사 소재의 이야기는『前漢書平話』로서 원나라 英宗 至治年間(1321~1323)에 간행되었는데, 이 책이 선조 때 조선에 수용되었을 가능성은 거의 없다.11) 위의 내용에서『초한연의』의 국내 유입이 선조

10)『朝鮮王朝實錄』宣祖 권3, 宣祖 2년 6月, 壬辰, 24~25쪽. "壬辰…上御夕講于文政殿 進講近思錄第二卷 奇大升進啓曰 頃日張弼武引見時 傳敎內 張飛一聲走萬軍之語 未見正史 聞在三國志演義云 此書出來未久 小臣未見之 而或因朋輩間 聞之 則甚多妄誕如天文地理之書則 或有前隱而後著 史記則初失其傳 後難臆度 而敷衍增益極其怪誕 臣後見其冊 定是誣賴者 裒集雜言 如成古談 非但雜駁無益 甚害義理 自上 偶爾一見 甚爲未安 就其中而言之 如董承衣帶中詔及赤壁之戰勝處 各以怪誕之事 衍成無稽之言 自上 幸恐不知基冊根本 故敢啓 非但此書 如楚漢演義等書 如此類不一 無非害理之甚者也 詩文詞華 尙且不關 況前燈新話 太平廣記等書皆足以誤人心志者乎"

11) 민관동은 선조 때에 이미『초한연의』라는 소설 이름이 분명히 언급된 정황으로 보아

2년(1569) 이전이라고 추측을 할 수 있다.[12]

위의 언급 이후 許筠(1569~1618)의 『惺所覆瓿稿』의 권13 「西遊錄跋」에서 다시 '양한'이라는 서명이 등장하는데 그 내용은 다음과 같다.

> 내가 소설 수십 種을 얻어 읽어보니 삼국과 수당을 제외하고, 양한은 앞뒤가 어긋나고, 제위는 졸렬하며 오대와 잔당은 경망스럽고 북송은 간략하며, 수호는 간사한 속임수와 기교를 부렸다. 이것들은 모두 독자를 교훈하기에는 충분하지 못한 것들이다. 그리고 이 작품들은 한 사람의 손에 의하여 저술된 것으로 나관중의 자손이 3대를 벙어리로 살아간 것도 당연한 일이다.[13]

허균의 생존연대가 1569~1618년이기 때문에 1600년 초에는 『西漢演義』가 국내에 유입되었던 것 같다. 내용 중의 '양한'이라고 등장 한 부분과 유입시기를 보면 明 萬曆 40年(1612)에 창작된 『西漢演義』는 아닌 것 같다. 萬曆 16년(1588)에 간행된 『全漢志傳』은 서한 부분이 6권 61則이고, 동한 부분이 6권 57則으로 동·서한으로 나뉘는데, '양한'이란 말은 바로 『全漢志傳』의 동·서한 부분을 가리키는 용어이거나, 萬曆 33年(1605)에 나온 『兩漢開國中興傳志』중의 '兩漢'으로 볼 가능성이 있다.

다른 기록으로는 朝鮮 英祖38年(1762) 完山李氏作 『中國小說繪

이는 아직 우리가 알지 못하는 逸失된 판본일 가능성이 아주 높다고 하였다. 앞의 책, 339쪽.

12) 민관동, 앞의 책, 339쪽.

13) 許筠, 『惺所覆瓿稿』, 권13, 「西遊錄跋」, 242~243쪽. "余得戲家說數十種 除三國隋 唐外 兩漢齟 齊魏拙 五代殘唐率 北宋略 水許則姦騙機巧 皆不足訓 而著于一人手 宜羅氏之三世啞也."

模本』序文에『西漢演義』를 비롯한 수십 종의 중국소설의 書目이
보인다.

　　무릇『四書』·『六經』, 그리고『綱目』·『通鑑』·『宋鑑』·『明史』·『鋼
鑑』등 여러 책과 한유·유종원, 백거이·이백·두보, 소동파의 여러 문
집, 주자의 여러 책,『二程全書』등 제자백가의 책 외에, 패관잡기 등의
책이 있어 그 이름을 이루 다 기록할 수가 없다. 그러나 그 가운데 대소
간에 정교함과 초솔함, 허와 실, 세상을 경계함이 있음은 무슨 까닭인가?
그 서목의 큰 것으로는『開闢演義』·『涿鹿演義』·『西周演義』·『列國
志』·『西漢演義』·『東漢演義』·『三國志』·『東晉演義』·『西晉演義』·
『禪眞逸史』·『隋唐演義』·『殘唐演義』·『南宋演義』·『北宋演義』·『皇
明英烈傳』·『續英烈傳』·『焦史演義』이 있고, 그 서목의 작은 것으로는
『留人眼』·『西湖佳話』·『人中畫』·『禪眞後史』·『剪燈叢話』·『文苑楂
橘』·『艷異編』·『五色石』·『型世言』·『醒世恒言』·『拍案驚奇』·『今古
奇觀』·『列仙傳』·『女範』·『士範』·『養正圖解』·『孫龐演義』·『四才子
書』·『玉巧利』·『玉支磯』·『春風眼』·『春柳鶯』·『破閑談』·『巧聯珠』·
『好逑傳』·『王翠翹傳』·『弁以釵』·『引鳳簫』·『風簫梅』·『山中一夕
話』·『仙媛傳』·『富公傳』·『盛唐演義』·『太原志』·『聖經直解』·『七
克』·『聘聘傳』·『西廂記』등이 있다. 그 가운데 대·중·소질에『西遊
記』·『後西遊記』·『東遊記』·『水滸志』·『後水滸志』·『水滸後傳』·『西
洋記』·『包公演義』·『無冤錄』·『迪吉錄』·『感應篇』·『剪燈新話』가 있
다. 또 그 중 淫談怪說에『艷情快史』·『昭陽趣史』·『金瓶梅』·『陶情百
趣』·『玉樓春』·『貧歡報』·『杏花天』·『內蒲團』·『戀情人』·『巫夢緣』·
『燈月緣』·『鬧花叢』·『艷史』·『桃興圖畵』·『百抄』·『何澗傳』이 있다.
형형색색, 울울창창, 이루 다 말할 수가 없다. 그 중 귀감이 되고 경계가
될만한 것과 웃음을 줄 수 있고 사랑스러운 것을 뽑아 책을 만들어 화원
인 주부 김덕성 등 약간 명으로 하여금 회모하여 책을 만드니, 책을 펼치

면 역대 사적이 일목요연하다. 서문을 써서 책머리에 싣고 발문을 지어 말미에 덧붙이니 후손에게 전하니 아무렇게나 보지 말 것이다. 임오 윤 오월 초구일에 완산이씨 여휘각에서 쓰다.[14)

또 다른 기록인 溫陽鄭氏(1725~1799)의 『玉鴛再合奇緣』(小說目錄)에서도 '초한연의'를 찾아볼 수 있다. 이 기록은 1786~1799년 사이에 필사한 것으로 알려져 있다.[15)

---

14) 完山李氏作,『中國小說繪模本』序文, 江原大出版社, 1993년, 152~153쪽. "夫『四書』·『六經』, 及『綱目』·『通鑑』·『宋鑑』·『明史』,『鋼鑑』諸書, 韓·柳, 白·李·杜, 蘇諸集, 朱子諸書,『二程全書』等諸子百家之外, 又有稗官少史等諸書, 其名不可勝記. 然其中有大少精粗·虛實·警世之, 何則? 縣其條目之大則, 曰『開闢演義』, 曰『涿鹿演義』, 曰『西周演義』(封神演義), 曰『列國志』, 曰『西漢演義』, 曰『東漢演義』, 曰『三國志』, 曰『東晉演義』, 曰『西晉演義』, 曰『禪眞逸史』, 曰『隋唐演義』, 曰『殘唐演義』, 曰『南宋演義』(南宋志傳), 曰『北宋演義』(楊家將傳), 曰『皇明英烈傳』(雲合奇縱), 曰『續英烈傳』, 曰『焦史演義』(焦史通俗演義)也. 其條目之小則曰『留人眼』, 曰『西湖佳話』, 曰『人中畵』, 曰『禪眞後史』, 曰『剪燈叢話』, 曰『文苑植橘』, 曰『艶異編』(新鐫玉茗堂批評弇州先生艶異編), 曰『五色石』, 曰『型世言』, 曰『醒世恒言』, 曰『拍案驚奇』, 曰『今古奇觀』, 曰『列仙傳』, 曰『女範』, 曰『示範』, 曰『養正圖解』, 曰『孫龐演義』, 曰『四才子書』(平山冷燕), 曰『玉巧利』, 曰『玉支磯』(玉支磯:雙英記), 曰『春風眼』, 曰『春柳鶯』, 曰『破閑談』, 曰『巧聯珠』, 曰『好逑傳』(俠義風月傳), 曰『王翠翹傳』(金翠翹傳), 曰『弁以釵』, 曰『引鳳簫』, 曰『風簫梅』, 曰『山中一夕話』, 曰『仙媛傳』, 曰『富公傳』, 曰『盛唐演義』, 曰『太原志』, 曰『聖經直解』, 曰『七克』, 曰『聘聘傳』(剪燈餘話 卷5:賈雲華還魂記), 曰『西廂記』也. 其中又有大中小帙曰『西遊記』, 曰『後西遊記』, 曰『東遊記』, 曰『水滸志』, 曰『後水滸志』, 曰『水滸後傳』, 曰『西洋記』(三寶太監西洋記通俗演義), 曰『包公演義』, 曰『無冤錄』, 曰『迪吉錄』, 曰『感應篇』, 曰『剪燈新話』也. 其中有淫談怪說曰『艶情快史』, 曰『昭陽趣史』, 曰『金瓶梅』, 曰『陶情百趣』, 曰『玉樓春』(覺世姻緣玉樓春), 曰『貧歡報』, 曰『杏花天』(閨房野談錄), 曰『肉蒲團』, 曰『戀情人』(迎春趣史), 曰『巫夢緣』, 曰『燈月緣』, 曰『鬧花叢』(新鐫批評繡像鬧花叢快史), 曰『艶史』, 曰『桃興圖畵』, 曰『百抄』, 曰『何潤傳』(河間傳)也. 形形色色, 鬱鬱葱葱, 不可盡喩. 其中可鑑可戒者, 可笑可愛者, 抄集成冊, 令繪士主簿金德成等若干人, 模本粧冊, 開卷歷代事跡, 其可瞭然, 引書序于首, 又作小跋于末, 以傳後之子孫, 其勿泛看也夫. 壬午閏五月初九日完山李氏書于麗暉閣之上."

15)『玉鴛再合奇緣』第14卷 15卷中 小說目錄, 樂善齋本.

제14권 : 명행녹, 비시명감, 완월, 옥원재합, 십봉긔연, 신옥긔린, 뉴효
　　　　공, 뉴시삼대록, 니시세대록, 현봉쌍의록, 벽허담관제언녹, 옥환긔
　　　　봉, 옥닌몽, 현씨냥웅, 명쥬기봉, 하각노별녹, 임시삼대록, 소현셩
　　　　녹, 손방연의, 쌍녈옥쇼봉, 도앵행, 취미삼션녹, 취해록, 녀와션.
제15권 : 개벽연의, 타녹연의, 서쥬연의, 녈국지, 초한연의, 동한연의,
　　　　당진연의, 삼국지, 남송연의, 북송연의, 오대됴사연의, 남계연의,
　　　　쇼현셩녹, 옥소긔봉, 셕듕옥, 소시명행녹, 뉴시삼대록, 님하뎡문녹,
　　　　옥인몽, 서유긔, 튱의슈호지, 셩탄슈호지, 구운몽, 남졍긔.

　　그 외『西漢演義』에 대한 기록으로는 洪直弼(1776~1852)의『梅山
文集』에도 나와 있다.

　　　　滄海力士라고 하는 사람은 姓名은『太平廣記』에는 黎明이라 하였고,
　　『西漢演義』에는 黎黑이라 하였는데 그가 누구인지는 정확히 알 수 없으
　　나, 대략 우리나라 동쪽의 江陵地方 사람으로 그의 행적이 매우 기이하
　　기에 응당 張良과 함께 취급되어, 天下에 오래도록 남겨져야 한다.16)

　　『西漢演義』에서 장량과 같이 진시황을 암살하려고 했던 滄海力士
에 대한 내용이다. 인용문에서 洪直弼은 滄海力士를 조선의 강릉지
방 사람일 것으로 추측하고 있다.
　　다음으로 韓栗山의『壬辰錄』序文(1876)에서도 '漢演'이라는 용어
가 등장하는데, '西漢演義'의 略字로 볼 수 있다.

---

16)『梅山文集』卷五二·33 雜錄. "滄海力士姓名 太平廣記 稱黎明 西漢演義 稱黎黑 未
　　知孰是 而出於吾東之江陵者 其事尤奇 當與張良幷博 不朽於天下萬世者也"

竹史主人은 자못『水滸傳』·『漢演』·『三國演義』·『西廂記』 등과 같
은 역사류(소설)의 수집을 좋아하여 그것을 吟味하지 않은 것이 없었다.
諺文(飜譯小說)의 冊中에서 가히 볼만한 것이 있어, 비록 규방에서 은밀
히 돌아다녀 빌릴 수가 없으면, 다른 사람을 통해 빌려다 순식간에 읽고
홀연 깨우친 바가 있어 이 책을 짓기로 결심을 하게 되었다. 처음에 竹下
之史라는 호칭을 하사 받았기에 그의 號도 이렇게 연유된 것이다.17)

이상의 기록들은 당시 독자들이 역사연의소설에 대해 큰 흥취를 가
지고 있었음은 물론이고,『西漢演義』가 국내에 전래되어 문인들 사이
에서 널리 읽혔음을 방증하는 자료들이다.

『西漢演義』는 현재 국내에 2~30여종의 목판본이 전하고 있으며
한글 번역본은 국립도서관에 16卷 16冊, 규장각에 29卷 10冊, 고려대
16卷 16冊, 梨大 12卷 10冊, 성균관대 존경각 소장본 16卷 16冊, 서강
대 12卷 6冊 李能雨(10冊), 金慶春(8冊), 박재연(8冊) 등이 개인 소장
본을 가지고 있다.18)

국내 각 도서관에 소장되어 있는『西漢演義』의 板本 가운데는 명
대의 판본은 보이지 않고 청대 劍嘯閣批評本의『西漢演義』이거나
劍嘯閣本을 母本으로 삼아 後印된 판본들이 주종을 이룬다.

『西漢演義』는 중국에서 유입된 판본 외에도 국내에서 필사된 필사
본, 국문방각본, 활자본이 존재한다. 국문필사본은 釜山大에 소장되

---

17) 유탁일,『韓國古小說批評資料集成』, 亞細亞文化社, 1994, 187쪽 再引用. "竹史主人
頗好集史水滸漢演 三國志 西廂記 無不味翫 而以至諺冊中 有可觀文 則雖閨門之秘
而不借者 因緣貰來 然會一通 然後以爲決心 肇錫竹下之史 號因其宜矣…光緖二年
丙子(1876)冬下瀚上黨後學 韓栗山序"『壬辰錄』序文, 精神文化硏究院所藏本.
18) 박재연,『조선시대 중국 통속소설 번역본의 연구』, 한국외국어대학교 대학원 박사학위
논문, 1993, 66쪽.

어있는『新刻劍嘯閣批評西漢演義傳』(연대미상)과 국립중앙도서관에 소장된 한글 번역 필사본『셔한연의』16권 16책[19] 등이 있고, 구활자본 소설들로는『張子房傳』·『張子房實記』·『鴻門宴』·『楚漢戰爭實記』·『項羽傳』·『楚漢傳』등인데 이들은『西漢演義』에서 가장 흥미 있는 부분만을 발췌하여 사회적인 수요와 독자들의 흥미에 맞게 번역·개작한 작품들이다.

『西漢演義』도 다른 중국소설과 마찬가지로 전래 후, 전문번역인의 손을 거쳐 번역이 이루어진 다음 筆寫者에 의해 다시 필사되어 세간으로 유통하는 과정에서 전사자의 임의대로 내용을 빼거나 첨가했을 가능성이 얼마든지 있기 때문에 수많은 이본이 생겨나게 된 것이다.

국내 수용의 양상을 종합해 보면 목판본이 있고 국·한문필사본·완판본·구활자본이 있다. 全文번역과 부분번역이 있는가 하면, 개작이나 改名된 것도 있다. 특히 초한고사 소재로 만들어진 한시, 가사, 민간고사, 속담 등 장르들은 문단에 광범위하게 영향을 미친 것으로 보아 그 인기를 실감하게 한다.

1. 원전의 번역과 한국적 變容 : 국문필사본

번역이란 일반적으로 한 나라의 언어로 표현된 문장의 내용을 다른 나라의 언어로 옮기는 문학행위를 의미한다. 번역은 번안이나 재창작의 밑거름이 되기 때문에 흔히는 제2의 창작이라고 한다.

---

19) 박재연·이재홍 교주,『셔한연의』16권 16책, 학고방, 2007. 박재연은 序文에서 "<서한연의>는 甄偉의 101회본 역사소설『西漢通俗演義』의 초기 번역필사본을 후대에 다시 전사한 것"이라고 말하고 있다.

번안이란 원작 기본 줄거리는 그대로 둔 채, 인명·지명·풍속과 같은 것을 자국의 상황에 맞도록 적당히 바꾸어 번역한 소설을 말한다. 즉 번안은 한 작품의 체재·結構·내용·사상과 배경을 모방의 대상으로 삼아 만든 특수한 문학형태로 그 묘사기법에 있어서는 번역방식과 창작방식을 겸용하였고 또 일부분은 모방과 차용까지도 병행하여 만들어졌다.

재창작은 이야기 소재만 인용하였을 뿐, 스토리를 완전히 바꾼 완전 개작이라 할 수 있다.

번역과 번안은 한 나라의 문학이 다른 나라와 授受關係가 활발한 시기에 나타나는 자연스런 현상이다. 이 때 외국의 작품을 번역·번안하는 문학적 행위는 '어느 나라 문학사에서나 순수한 창작 행위를 하기 위한 준비 단계의 역사적 과정'[20]으로 이해할 수 있다. 그것은 외국문학을 소화, 흡수하는 데 필연적인 한 과정인 셈이다. 특히 번안의 경우는 외국의 문학을 원문 그대로 전달하는 번역이 주는 이질감을 해소시켜 독자에게 친근감을 갖게 할 수 있을 뿐만 아니라, 당대의 시대적 요구와 문학적 전통을 반영할 수 있다는 점에서 더욱 적극적인 문학적 행위라 할 수 있다.[21] 이상적인 번역은 원작의 내용과 문체를 훼손하지 않고 작자가 의도하는 메시지와 감동을 그대로 전달하는 것이다. 그러나 문학작품 번역은 주관성과 독자 지향적인 특성이 반영되어

20) 임헌영, 『한국 근대소설의 탐구』, 범우사, 1974, 40쪽.
21) 이승윤, 앞의 책, 52쪽. 번역필사본들은 번역소설이나 번안소설의 초기형태로 계몽기시대의 역사·전기소설까지 끈끈한 맥을 유지하고 있다. 이승윤은 이 과정을 단절된 형태로 본 것이 아니라, 근대계몽기라는 새로운 시대적 제조건 속에서 새로운 내용과 형식으로 전이되고 계승된 과정으로 보았는데 역사물과 전기물에 대한 번역물들은 역사·전기소설의 발생에 중요한 영향을 미쳤다고 하였다.

나타나기 때문에 번역행위는 단순히 다른 나라의 문학을 동일한 가치의 언어로 전달하는 차원을 벗어나 그 나라의 환경과 문화적 정서에 맞는 작품으로 탈바꿈하기도 한다. 번역을 '제2의 창작'이라고 하는 이유도 여기에 있다.

조선중기 이후 국내에 지속적으로 유입된 중국의 각종 통속소설은 한글 번역본의 보급과 함께 왕실을 비롯한 사대부가로부터 閭巷의 부녀자들까지 상당히 두터운 독자층을 형성하였다. 한문필사본은 어디까지나 한문을 읽을 줄 아는 識者層들을 대상으로 필사되었기 때문에 많은 독자층을 확보하는 면에는 어려움이 있었지만 국문필사본은 한글을 아는 하층계급이나 부녀자들까지 독서의 폭을 넓힐 수 있는 번역물의 형태라는 데 의의가 있다.

번역 필사자들은 '번역'이라는 재창조 행위를 통해 중국의 백화소설 작품을 한국인의 정서에 맞게 변화시켜 독자들은 그것을 외국문학이 아닌 자국문학과 거의 동일한 대상으로 인식·향유했다. 번역과정에서 번역자나 필사자의 특정한 목적에 따라 부분적으로 변개된 내용들도 많은데, 이는 자국의 정서적 시각을 고려하여 원문의 내용을 재생산해 낸 행위로, 외국의 문화적 산물을 능동적으로 수용하는 과정에서 나타날 수 있는 현상이다. 따라서 번역작업은 개인의 주관성뿐만 아니라 자국의 사회·문화적 현상과도 밀접히 연관되어 있고 당시 소설의 유통 상황·독자층의 범위까지도 알아볼 수 있는 중요한 근거가 된다. 번역 필사본 소설들은 한국의 고전소설사의 흐름에도 일정한 영향을 하였고, 경우에 따라서는 새로운 텍스트의 창출을 촉발케 하는 동인이 되기도 하였다.22)

18~19세기 중한 번역문헌의 대부분을 차지하고 있는 번역고소설

필사본은 대부분 중국 원전과 번역문이 동시에 존재하기 때문에 단순히 비교문학적 측면만이 아니라 원문에 의거해 우리말 어휘의 정확한 의미까지도 밝혀낼 수 있는 국어학사적으로도 좋은 자료가 된다. 그러나 이러한 연구 가치에도 불구하고 번역소설 필사본들은 방대한 분량과 판독의 어려움, 조기백화로 된 원전자료에 대한 이해의 부족과 불분명한 필사 시기 등으로 인하여 연구에 어려움을 겪기 마련이다.

『西漢演義』는 조선시대에 다른 중국 통속소설과 더불어 일찍이 우리나라에 전래되어 꾸준히 애독되었던 작품이며, 그 후 한글로도 번역되어 궁중에까지 애독되었으며, 민간에서는 한문을 모르는 사람들도 전사하여 읽어볼 수 있게 되었다. 한문필사본은 원전을 보고 그대로 필사한 것은 거의 찾아보기 힘들고 축약하여 이야기 줄거리만 필사한 것이 대부분이다. 한문필사본의 창작은 대개 식자층만이 할 수 있었고 그것을 읽을 수 있는 독자도 한문을 아는 사대부계층에 한정되어 있었다. 그러나 국문필사본은 한문을 모르는 하층계급까지도 읽어볼 수 있다는 장점이 있었다. 국문필사본 중에서도 그대로 직역한 필사본이 있으며, 필사하면서 자국의 심미 특징에 맞게 번안하거나 재창작한 작품도 있다. 따라서 국문필사본은 번안이나 재창작된 소설이 나올 수 있는 밑거름이 되는 번역의 첫 단계라고 할 수 있다.

조선시기에 번역되었던 『서한연의』의 번역필사본 원본은 현재까지 발견되지는 않았고 지금 우리가 볼 수 있는 대부분의 번역필사본은 후대에 다시 전사한 것이다. 현재 국내에 30여 종의 국문필사본이 존재한다.

---

22) 김영, 앞의 논문, 1~2쪽.

16세기에 이미 『西漢演義』의 필사에 관한 언급이 있었는데 奇大升
과 동시대 사람인 吳希文(1539~1613)의 『瑣尾錄』에는 다음과 같은
기록이 있다.

> 초3일. 종일 집에 있자니 너무 심심하던 차에 딸의 부탁으로 漢楚衍義
> 를 번역하여 둘째 딸을 시켜 쓰도록 했다.[23]

위의 인용문은 오희문이 일상에서 무료함을 달래기 위해 그것도 딸
의 부탁을 받아서『초한연의』를 번역하여 둘째 딸로 하여금 쓰게 하였
다는 내용이다.『瑣尾錄』은 오희문이 임진왜란 체험을 기록한 일기로
선조 24년(1591)에서 선조 34년(1601)까지 약 9년 간의 사실을 기록한
것이다. 위 인용문이 1595년 1월에 기록되었음으로 이때는 견위가 쓴
『西漢演義』가 간행되기 전이다.『兩漢開國中興傳志』도 萬曆 33년
(1605)에 간행되었고 아직 다른 판본이 발견되지 않았으니 여기서 말
하는 '漢楚衍義'는 1588년에 간행된『全漢志傳』일 가능성이 높다.『全
漢志傳』이 서한부분과 동한부분으로 나뉘고 또 인용문에서 "한초"이
라고 했으니 초한전쟁을 다룬 서한부분을 일컫는 듯하다.

吳希文이 '딸의 부탁'으로 '초한연의'를 번역했고 이를 딸에게 쓰도
록 했다고 하니 이것은 국문 번역임에 틀림없다. 또한 당시 연의류 소
설이 부녀자 계층에서도 탐독되었음을 알 수 있는데 한문독자들뿐만
아니라 국문독자들까지 독자층의 범위를 확대한 것으로 그 인기를 실
감케 한다. 위의 인용문이 사실이라면 초한계열 작품의 번역은 16세기

---

23) 吳希文,『瑣尾錄』,「乙未日錄」, 1595. 初三日, 終日在家, 無聊莫甚, 因女息之請, 解諺
漢楚演義, 使仲女書之。

중반이 될 것이다.

국문 번역본에 관해서는 『承政院日記』에 기록된 내용도 주목할 만
하다.

> 또 아룁니다. "대통관이 전하기를 칙사가 분부하여 언역 西漢演義 한
> 질을 찾아 들이라고 해서 들여보내겠다는 뜻으로 전달했으므로 감히 아
> 룁니다." 왕이 가라사대, "알았노라"했다.(현종 13)[24]

위에 나오는 대통관은 지금의 통역관을 가리키는 말이다. 그들은 사
역원에서 배출한 인물이므로 주로 중국에 통역으로 따라가거나 반대
로 중국에서 사신이 왔을 때 통역을 담당한다. 인용문에서는 중국에서
온 칙사가 한글도 된 『서한연의』를 구해 읽고 싶다고 하기에 찾아서
들여보내겠다는 내용이다.

『承政院日記』의 기록은 현종 13년, 즉 1672년에 기록한 것이다. '언
역 서한연의'라고 한 것으로 보아 국문번역본이 당시에 이미 존재했던
것 같다. 『西漢演義』가 萬曆 40년에 나왔으므로 위에서 말한 책은 바
로 『西漢演義』의 번역본을 일컫는 듯하다. 따라서 『西漢演義』의 번
역은 17세기 후반에 이루어졌다는 결론을 내릴 수 있다.

이외에도 溫陽鄭氏(1725~1799)의 『玉鴛再合奇緣』의 소설목록에
도 한글창작소설 중에 『西漢演義』가 들어 있다.

위의 상황으로 볼 때, 『西漢演義』의 번역본은 적어도 17세기 중반
이나 후반에 나왔음을 알 수 있다.

---

24) 『承政院日記』, 1672. 又啓曰, "大通官, 以上勅使分付, 諺譯西漢演義一帙, 使人覓入,
故分付入送之意, 敢啓." 傳曰, "知道"

국문필사본은 대부분이 '셔한연의'라고 題되어 있다. '楚漢演義' 혹은 '楚漢傳', '쵸한뎐', '초한지'라고 題名을 단 작품은 대부분이 단권으로 이루어져 있는데, 단국대에 여러 종이 소장되어 있다. 이들은 내용을 대폭 축약한 작품으로 볼 수 있다.

번역본들에 대한 연구에서 가장 善本으로 평가 받고 있는 작품은 국립중앙도서관 소장본이다.25) 국립중앙도서관소장『셔한연의』16권 16책은 중국 명나라 甄偉의 101회본 역사연의소설『西漢通俗演義』[一名 西漢演義傳]의 초기 번역필사본을 후대에 다시 전사한 것이다. 권당 최소 60면 최대 93면, 한 면은 12행, 한 행은 20~31자, 총 1135쪽에 달하고 크기는 35×21.3cm이다. 표지에는 縱書로 '西漢演義'라고 크게 씌어져 있고, 속지에는 권마다 '셔한연의권지일' 등의 卷次가 매겨져 있으며, 卷次 다음에는 '승진ᄉ이인피로' 등의 각 회목이 한자 없이 한글로만 적혀 있다. 이 중 15권은 다른 卷冊과 달리 매쪽 11행으로 되어 있고, 매 행은 20~27자로 되어 있다.26) 전체 회목을 보면 다음과 같다.

25) 민관동, 앞의 논문, 274~276쪽. 민관동은 국립중앙도서관본과 규장각본의 회목을 비교하여 『서한연의』 飜譯底本은 모두가 『劍嘯閣批評西漢通俗演義』임을 밝힌 바 있다.
26) 『셔한연의』, 序文 참조.

〈표 3-4〉 국립중앙도서관 소장 국문필사본『셔한연의』목차

국립중앙도서관본 셔한연의 목차	권지일 1.슝진시이인피로	26.패왕봉텬하졔후	51.왕능영태공입한	76.회고릉초한교병
	2.불위풍감시이인	27.딘평이뎡계구한왕	52. 번쾌복금ᄉ마앙	권지십삼 77.댱냥회졔후벌초
	3.안국군부뷔입ᄉ	28.댱ᄌ방이쇼졀잔도	권지구 53. 구초듸딘평귀한	78.한왕대병츌셩고
	4.딘이인졀통쥬시	권지오 29.댱냥복위한보슈	54.동삼노챠도셰한	79.쥬란간패왕츌ᄉ
	5.블위졀이인환국	30.패왕거간핑한싱	55.초패왕핑셩디젼	80.구리산십면미복
	6.녀졍닙암졀진ᄉ	31.셰한신댱냥믜검	56.한왕슈병입형양	81.초픠왕희하대젼
	7.시황명셔븍구션	32.패왕강등시의뎨	57.댱냥디한신벌초	권지십ᄉ 82.댱ᄌ방비가산초
	8.댱냥ᄉ녁ᄉ격거	33.한신이비초주함양	58.용거젼한신승초	83.패왕댱하별우희
	9.됴괴교됴닙호희	34.한신문로살쵸부	권디십 59.허부셰위표빈한	84.초패왕오강ᄌ문
	10.망탕산뉴계참ᄉ	35.한신포등견등공	60.디한흥능모복검	85.한왕긔한신보초
	권지이 11.회계셩향냥긔의	권지뉵 36.쇼샹국심긔한신	61.한신참하열댱동	86.졔뎐횡의ᄉᄉ졀
	12.범증헌칙닙초후	37.한시위티쇽도위	62.빅슈딘한신파초	87.누경의쳔도함양
	13.댱감겁칙파항냥	38.쇼해월야튜한신	63.힝반간범증조폄	권지십오 88.한고뎨위유운몽
	14.항우살송의구됴	39.회각셔튜단빗댱	권지십일 64.츌형양긔신광초	89.한고뎨병곤빅등
	15.초항우구패댱감	40.쇼하의죄셕번쾌	65.한쥬가챵공ᄉ졀	90.댱냥탁젹송ᄌ유
	16.진됴괴권경등외	41.한신이집법참은긔	66.한왕티됴벽탈인	91.딘희감됴듸모반
	권지삼 17.항우텽간복댱감	권지칠 42.견번쾌명슈잔도	67.초패왕부취외황	92.한고뎨한딘쥬마
	18.ᄉ녁싱디챠댱냥	43.한신암계디댱평	68.녁이긔셰졔항한	93.녀후미앙참한신
	19.망이궁이셰피해	44.유부로한왕포덕	69.핑녁싱한신빈약	권지십뉵죵 94.뉵가디됴픠문통
	20.뉴패공환군패샹	45.신긔참호우한신	70.한신낭사챵농져	95.난포낙양곡핑월
	21. 범증관샹식홍쇠	46. 한신화공파댱감	71. 픅텰셰한신빅한	96.회람왕영포반한

22.항빅야쥬구쟝냥	47.엄폐구삼진실뎡	권지십이 72.패왕복노샤한왕	97.ㅅ호우익뎡태ㅈ
권지사 23.하망진홍문셜연	권지팔 48.한신용계취함양	73.광무산초한회병	98.고뎨봉됴왕여의
24.항우살영도함양	49.댱낭이셰위표항한	74.치태공협한퇴병	99.댱낙궁고뎨거의
25.항위위약춤진와	50.됴뇩가디겸신양	75.지홍구할디강화	100.한혜뎨좌향태평

위의 회목은 국립중앙도서관본 번역필사본『셔한연의』의 회목이다.
이 목차를 원문과 대조해 보면『劍嘯閣批評西漢通俗演義』를 직역하
여 번역, 필사하였음을 알 수 있다. 원문에 대해 충실하게 직역하여 필
사하였고, 가끔 의역하였거나 오자도 보인다. 이를 구체적으로 살펴보
면 다음과 같다.

제4회의 '智異人竊通朱氏'를 '딘이인졀통쥬시'로, '智'를 '딘'으로 번
역하였고, 제28회의 '張子房燒絶棧'를 '댱ㅈ방이쇼졀잔도'로, 토 '이'
를 추가하였고, 제41회 역시 '韓信執法斬殷蓋'를 '한신이집법참은기'
로 위 28회와 같은 경우로 번역하였다. 제59회의 '許負說魏豹反漢'을
'허부셰위표비한'으로, '反'을 '배'로 번역하였고, 제81회의 '楚覇王會垓
大戰'을 '초픠왕히하대젼'으로, '會垓'를 '해하'로 오독하였다. 제83회의
'楚王帳下別虞姬'를 '패왕댱하별우희'로, '초왕'을 '패왕'으로 의역하였
고, 제85회의 '漢王改韓信封楚'를 '한왕기한신보초'로, '封'을 '보'라고
오독한 것이 눈에 띈다. 또한 제92회의 '漢高帝邯鄲駐馬'를 '한고뎨한
딘쥬마'로, '邯鄲'을 '한딘'으로 오독하였다.

내용 면에서도 대체로 원문에 대응하여 충실히 번역되어 있다. 번역
된 형태를 보면 直譯이 주종을 이루고 있고, 중간 중간에 몇 글자 또

는 한 두 구절씩 뛰어넘으면서 번역한 縮譯과 意譯이 있으며, 원문의 뜻과는 다소 거리가 있게 옮겨놓은 誤譯도 있다.

우선 직역한 예를 보기로 하자. 다음은 『西漢演義』 제49回에 나오는 구절이다.

제왕 뎐영과 냥왕 딘승은 절ᄒᆞ고 모든 왕의게 고ᄒᆞᄂᆞ니, 일즉 드르니 하늘위ᄂᆞᆫ 덕 잇ᄂᆞᆫ 듸 잇고 지극ᄒᆞᆫ 덕은 큰 공번되므로써 다ᄒᆞᆫ다 ᄒᆞ니 덕이 업ᄉᆞ면 죡히 써 하늘위에 잇디 못ᄒᆞᆨ고 공번되디 못ᄒᆞ면 지극ᄒᆞᆫ 덕을 다ᄒᆞ디 못ᄒᆞᆯ 거시니 항젹과 뉴방은 회왕의 언약을 바다 몬져 관에 드ᄂᆞᆫ 재 왕ᄒᆞᆷ믈 뎐히 ᄒᆞᆫ 가지로 드럿ᄂᆞᆫ디라. 이제 뉴방이 군ᄉᆞ를 피ᄂᆡ디 아니ᄒᆞ고 관듕을 취ᄒᆞ여 회왕의 언약ᄀᆞᆺ티 ᄒᆞ여시니 맛당히 진왕이 될 거시어늘 항젹이 언약을 비반ᄒᆞ고 졔후를 좌쳔ᄒᆞ며 ᄀᆞ마니 의뎨를 죽이니 임이 덕이 업ᄉᆞ며 공되 업ᄉᆞ니 걸듀의 뉴요 망진을 니엇ᄂᆞᆫ디라 ᄒᆞᆫ갓 나라ᄒᆞᆯ 두ᄂᆞᆫ 재 하늘이 티ᄂᆞᆫ 거슬 봉힝ᄒᆞ여 이 참남코 어즈러온 놈을 버힐ᄲᅮᆫ이 아니라 모든 빅셩이 뎐디예 고ᄒᆞ고 사ᄅᆞᆷ마다 어더 버힐 거시라. 이제 젼인ᄒᆞ여 격문을 보ᄂᆡᄂᆞ니 졔휘 ᄒᆞᆫ 가디로 항젹을 죽여 그 죄를 명졍케 ᄒᆞ여 덕 잇ᄂᆞᆫ 듸 ᄉᆞ양케 ᄒᆞ면 뎐하 만민의 힝이라 격셔 닐으ᄂᆞᆫ 날에 일즉이 시힝ᄒᆞ라.

(齊王田榮, 梁王陳勝書拜諸王麾下 : 嘗聞天位以有德而居, 至德以大公而盡, 無德不足以居天位也。非公不足盡主德也。項籍, 劉邦受懷王之約, 先入關者王之, 天下所共聞也。及劉邦兵不血刃而取關中必如懷王之約, 則劉邦當爲秦王矣。籍乃背約而左遷諸侯, 大肆不道, 陰弑義帝, 旣爲無德, 又非大公, 桀紂之流, 亡秦之續, 非獨有國者當奉行天討以誅此僭亂, 凡庶民百姓亦當告諸天地, 人人可得而誅也。今專人敬齎檄文, 早賜發兵會合諸侯, 共誅項籍無道明正其罪, 以讓有德, 天下萬民之幸也。檄書到日早爲施行不宣。)[27]

위에서 번역문과 원문을 대조해 보면 두 문장이 거의 일치함을 알수 있다. 원문에 대해 충실하게 번역되어 있으며 오역도 거의 나타나지 않고 있다. 그러나 제48회에 첫머리에 '却說'이나 50회의 첫머리의 '且說' 등은 거의 번역되지 않고 생략되었다. 즉 회마다 話題 전환시에 사용되는 '却說', '且說', '話說' 등은 대부분 생략되었고, 回末에 나오는 '未知如何, 且看下回分解'같은 상투어도 한두 회를 제외하고는 거의 생략되었다.

직역이 주종을 이루고 있고, 이외에 縮譯과 意譯을 한 부분도 있다. 아래 제38회 '蕭何月下追韓信'에 나오는 첫 구절을 예로 들어 보면 다음과 같다.

쇼해 한신의 도망ᄒᆞ믈 듯고 급히 공관의 와 좌우ᄃᆞ려 무르니 즁인이 답왈,

"어제 저녁의 믈을 출히라 원ᄒᆡᆼᄒᆞ리라 ᄒᆞ거늘 우리 감히 거스디 못ᄒᆞ엿더니 불의예 나가며 벽 우ᄒᆡ 글을 지어 쓰고 가다."

ᄒᆞ여늘 쇼해 벽의 쁜 글을 보니 단가(短歌) 일편 (一篇)이러라.

(却說蕭何聞知韓信去了, 急到公館問左右衆人曰:"昨晚吩咐備馬, 今早欲遠行, 我等不敢不從。不意一夜裝束行李停當, 壁間留詩一首, 今早五更時啓行, 從東門而出, 不知何往。我等曾蒙丞相吩咐, 但韓大人或出外, 或有甚言語, 交我等一一報知。今夜遠行, 不敢不報。"蕭何看壁上詩, 乃是短歌一篇。)[28]

위의 내용은 한신이 도망가고 소하가 뒤늦게 알게 되어 신하들이

---

27) 『셔한연의』, 191쪽.

28) 『셔한연의』, 142쪽.

그 상황을 설명하는 대목이다. 밑줄을 그은 부분은 대체적으로 생략되어 있음을 알 수 있다. 이렇게 축역하거나 과감히 생략한 부분은 서사 전개를 단축시키기 위한 의도가 반영된 결과이다. 즉 서사를 빨리 진행하기 위하여, 또는 독자들에게 다음 내용을 빨리 알리기 위해서이다. 하지만 과감히 축역한 부분은 그리 많지 않고 대부분이 한 두 구절 정도는 해석하지 않고 넘어가는 경우도 종종 있어 전체적으로는 충실히 번역이 이루어지고 있다. 간혹 오류를 범하여 오역하는 경우도 있다. 위의 내용에서도 소하를 '소해' 혹은 '소헤'로 혼용하여 쓴 것을 예로 들 수 있다. 그러나 원문에 없는 내용을 필사자가 임의로 추가·부연하여 설명한 것은 찾아보기 힘들다. 따라서 『서한연의』의 번역은 축자직역을 위주로 상투어와 후대 사관이 끼워 넣은 시는 기본적으로 생략하고 있으며, 소량의 의역과 오독이 있는 것을 제외하고는 대체로 원문에 충실하게 번역되어 있다고 할 수 있다.[29]

국립중앙도서관의 번역필사본과 『西漢演義』의 내용은 거의 일치하는 바 그 전체적인 줄거리는 다음과 같다.[30]

『서한연의』의 이야기는 전국말기부터 시작하여 서한 초기까지 약 100여 년간 벌어졌던 사건을 다루고 있다. 앞부분인 1회부터 9회까지는 진나라와 조나라의 전쟁을 기술하고 있다. 진나라 황손 異人은 조나라의 인질로 잡혀간다. 조나라의 거상 呂不韋가 황손 이인을 알아보고 가산을 써서 이인을 조나라로부터 구해 낼 방도를 찾는다. 그는 자신이 아이를 잉태한 첩 朱姬를 이인과 혼인시키고, 이인을 데리고

---

29) 이재홍, 앞의 논문, 106~110쪽 참조.
30) 江蘇省社會科學院, 明淸小說硏究中心, 『中國通俗小說總目提要』, 北京 : 中國文聯出版公司, 1990, 162쪽 참조.

도망하며 진나라 華陽夫人의 양자로 삼게 한다. 이인이 진나라로 돌아온 후 昭王은 안국군에게 왕위를 물려주며, 안국군은 다시 이인에게 자리를 물려준다. 주희가 난 아들에게 政이라는 이름을 지어주고 여불위는 승상이 되어 대권을 장악한다. 政이 즉위하여 여불위를 폐하고 죽음을 내린다.

정은 6국을 통일하고 시황제가 되었으나 백성들에게 잔혹하기 그지없었다. 80만 명으로 만리장성을 쌓게 하였으며 수많은 재산을 탕진하여 아방궁을 지었으며 '焚書坑儒'를 실시하여 儒書를 불살라버리고 유학자들을 생매장해 버렸다. 백성들은 폭정을 견디다 못해 반란을 일으켰는데 크고 작은 봉기가 자주 일어났다. 진시황이 죽자 간신 趙高는 李斯와 결탁하여 유서를 고쳐 胡亥를 황제로 내세우고 扶蘇를 죽인다. 秦 2세가 등극한 후 간신들의 부패는 더욱 심해지고 백성들의 원성은 더 높아졌다.

10회부터 83회까지는 초한전쟁을 다룬 부분으로 이 작품의 핵심 이야기이다. 진시황이 죽고 천하의 호걸들은 각축전을 벌였는데, 항우와 유방의 세력이 가장 강대하였다. 항량의 조카인 항우는 대대로 초나라의 장군을 역임한 명문 귀족의 자손으로서 숙부 항량에게 병법과 검술을 배웠으며 천병만마를 호령하는 기세가 있었다. 힘도 장사였는데 무쇠 솥을 들어 올릴 만큼 힘이 셌다. 천하의 영웅들이 항량의 수하로 몰려들었는데, 이 중에는 지략이 뛰어난 범증과 한신 등 수많은 영웅들이 있었다.

유방은 가난한 집안에서 태어나 亭長으로 있었으나 비범한 용모를 가지고 있었고, 가슴에는 큰 뜻을 품고 있었다. 다른 사람의 말을 귀담아 듣고 仁義로써 사람을 다스렸기 때문에 수많은 호걸들이 구름같이 휘하에 몰려들었다.

항량은 범증의 간언을 듣고 민심을 얻기 위해 초나라 懷王의 손자를 왕으로 추대한다. 그는 진나라를 격파하기 위해 싸우다가 진나라의 명장 章邯에게 살해된다. 항우가 대신하여 병권을 쥐고 章邯을 격파하여 章邯은 위기에 처하게 되었다. 그러나 진나라 조정에는 간신배들이 많아 조고는 거짓보고를 하여 황제로 하여금 구원병을 보내주지 못하게 하였다. 결국 章邯은 항우에게 투항했다. 懷王은 항우와 유방에게 동·서 양쪽으로 나누어 진나라 함양을 공격하되, 먼저 관중에 들어가는 자가 왕이 될 것이라고 하였다. 유방은 싸움을 피하여 仁義로써 민심을 샀기 때문에 가는 곳마다 환영을 받았다. 그러나 항우는 지나가는 곳마다 전쟁을 일으켜 주검이 산을 이루어 물이 흐르지 못했다. 결국 유방이 먼저 함양에 들어가 궁문을 닫아걸고 '約法三章'을 반포한다. 뒤늦게 도착한 항우는 분을 이기지 못해 홍문에서 연회를 열어 유방을 죽이고자 한다. 유방은 장량의 계책을 받아들여 위기를 모면하게 되고, 항우는 유방을 소인배라 생각하여 그를 죽여야 한다는 범증의 간언을 듣지 않는다. 항우는 스스로 '서초패왕'이라 칭했으며 제후를 분봉할 때, 유방에게 '漢王'이라는 직책을 주어 褒中을 지키게 한다. 장량은 棧道를 태워 없앰으로써 항우에게 돌아가지 않겠다는 뜻을 보여주어 안심시킨다.

한신은 병법과 전술에 뛰어나 대군을 거느릴 능력을 갖고 있었지만 항우는 그의 출신이 미천하다고 중용하지 않고 '남의 가랑이 밑을 지나가던 소인배'라고 무시한다. 장량은 한신의 재주가 비범함을 보고 편지를 써주며 유방한테 가도록 설득했다. 유방은 처음에는 한신의 출신이 미천하여 크게 써주지 않다가 소하의 권고와 장량의 서신을 보

고 대장군으로 임명한다. 한신은 棧道를 복구하여 진창을 건너 章邯
을 패퇴시키고 삼진을 평정한다.

漢軍이 위세를 크게 떨치자 유방은 스스로 대군을 이끌어 항우와
팽성에서 대전을 벌인다. 그러나 유방은 전쟁에서 대패하고 목숨만 부
지하여 겨우 도망한다. 유방의 일가족들은 항우에게 포로로 잡혀갔다.
유방은 다시 한신을 내세워 초나라와 전쟁을 벌이는데 항우의 오만함
으로 대승리를 거둔다. 한신은 趙·燕·齊의 땅을 획득하고 자신을 齊
王으로 봉해달라고 하며, 유방은 화가 났지만 장량의 건의를 받아들여
그를 제왕으로 봉한다. 초·한 군은 홍구에서 대치상태에 처해 천하를
양분하기로 협약한다. 유방은 몰래 제후와 병마를 모집하여 항우를 정
벌했다. 항우는 한신에 의해 구리산에서 '十面埋伏'에 빠졌다. 장량의
구슬픈 퉁소소리는 楚軍으로 하여금 뿔뿔이 도망가게 하였으며, 항우
는 烏江에서 자결한다.

85회부터 101회까지는 서한의 건국에 대한 내용이다.

한고조가 된 유방은 한신이 모반할까 두려워 그를 楚王에 봉한다.
한신이 陳豨와 연합하여 모반한다는 소문을 듣고 여후는 한신을 미앙
궁에 불러들여 살해한다. 또한 진희, 팽월과 영포를 참하여 반란을 평
정한다. 육가는 지혜로 괴통을 잡아오며 괴통은 한고조에게 한신을
'제왕의 禮'로 葬禮할 것을 부탁하고 이에 한고조의 승낙을 얻는다. 한
고조가 척희의 아들 여의를 태자로 세우려 하자, 여후는 장량에게 도
움을 청한다. 쟝량의 계교로 태자는 자리를 지키게 되며 여의는 趙王
에 봉해진다. 한고조의 재위기간에 백성들은 태평하게 보내게 되며 그
가 병들어 죽자 태자인 한혜제가 등극한다.

위의 내용은『西漢演義』의 번역필사본 국립중앙도서관본의 전체

내용을 간략히 줄인 것이다. 내용에서 볼 수 있듯이『西漢演義』의 핵심 내용은 서한의 건국보다는 초·한의 전쟁을 큰 비중으로 다루고 있다.『西漢演義』가 역사연의소설 중에서 佳作으로 평가받고 있는 것은 치열한 전쟁과 인물들의 대립구도를 잘 그려냈기 때문이다. 초나라와 한나라의 갈등을 주축으로 삼고 긍정인물과 부정인물의 대비를 통하여 폭정을 반대하고 仁義를 긍정하는 대중심리에 잘 부합되었으며 흥미성과 교훈성을 강조하였다.

2. 수용계층의 확대와 원전의 재생산 : 한문필사본과 한문번안본

2.1 한문필사본의 등장과 독자계층의 확대

예로부터 한문소설을 읽을 수 있거나 필사할 수 있었던 독자들과 필사자는 식자층이었다. 그것은 한문으로 필사한다고 해도 원전 그대로 하지 않고 핵심부분만 축약하여 필사하거나 번안하는 경우가 대부분이기에 한문은 필수적인 것이었다.

『西漢演義』가 국내에 유입된 후, 필사본에 대한 연구는 주로 국문필사본을 위주로 진행되었고 한문필사본에 대해서는 거의 언급된 바가 없는 상황이다. 그러나 국내 각 대학 도서관에 한문필사본이 소장되어 있으며 이현조씨가 소장하고 있는 한문필사본만 하더라도 9종이나 된다고 한다.[31] 중국소설이 한국에 전래되어 국·한문필사본으로

---

31) 장경남, 앞의 논문, 177쪽. 이 논문에서는 이현조 소장본 9종을 대상으로『西漢演義』의 한문필사본에 대해 소개하였다.

유통되었는데 그 중에 이미 발견된 한문필사본만 10여 종에 이른다는 것은 적지 않은 수치이다. 그러나 국내의『西漢演義』의 필사본에 대한 연구들을 보면 국문필사본만 연구의 대상으로 설정하여 그 번역의 양상과 어휘학적 특징에만 국한되어 있다. 대부분의 연구자들이 한문필사본을 언급조차 하지 않아『西漢演義』는 국문필사본만 있는 것으로 인식되었다. 이에 필자는 그동안 학계에서 중시를 받지 못했던 한문필사본의 서지사항을 표를 만들어 제시하고, 목차와 내용들을 비교해보고 그 특징에 대해서도 간략하게 언급하려 한다. 현재 국립중앙도서관에 소장되어 있는 2종의 한문필사본 및 이현조씨가 소장하고 있는 9종의 한문필사본을 연구대상으로 선정하여 살펴보고자 한다.

한문필사본 11종의 書誌狀況을 살펴보면 다음과 같다.

〈표 3-5〉 국립중앙도서관 소장 및 이현조 소장 한문필사본 현황

〈楚漢演義〉	1冊, 47張, 한 면이 10행이고 字數不同, 無魚尾, 25×14.5, 앞면에 甲辰八月이라는 字句가 있으며 筆寫者未詳, 84回로 되어 있음. (국립중앙도서관 소장)
〈楚漢演義〉	1冊, 한 면이 14행이고 字數不同, 24×21 筆寫者未詳, 筆寫年未詳, 99回로 되어 있음. (국립중앙도서관 소장)
〈楚漢演義 全〉	1冊, 49張, 한 면이 10행이고 字數不同, 17×10.7 筆寫者未詳, 甲辰八月日이라는 기록이 있고 83回로 되어 있음. (이현조 소장)
〈楚漢演義〉	1冊, 42張, 한 면이 12행이고 字數不同, 20×13.4 筆寫者未詳, 筆寫年未詳, 87回로 되어 있음. (이현조 소장)
〈楚漢演義〉	1冊, 53張, 한 면이 10행이고 字數不同, 25.2×11 筆寫者未詳, 筆寫年未詳, 102回로 되어 있음. (이현조 소장)
〈楚漢演義〉	1冊, 92張, 한 면이 8행이고 字數不同, 21.3×14.1 첫 페이지에 八年史抄라는 글자와 歲在己巳八月十一日終于龍崗齋라는 기록이 있고, 99回로 되어 있음. (이현조 소장)
〈楚漢演義 抄〉	1冊, 75張, 한 면이 8행이고 字數不同, 22.3×14.2 첫 페이지에 丁卯七月十三日이라는 기록이 있고, 97回로 되어 있음. (이현조 소장)

〈楚漢演義〉	4卷 1冊, 32張, 한 면이 16행이고 字數不同, 22.2×17 겉면에 楚漢演義 卷之一 丁亥年四月二十日이라는 기록이 있고, 98回로 되어 있음. (이현조 소장)
〈楚漢演義〉	1冊, 30張, 한 면이 15행이고 字數不同, 24×21.7 첫 페이지에 丁亥正月日始라는 기록이 있고 筆寫者未詳, 83回로 되어 있음. (이현조 소장)
〈楚漢演義〉	1冊, 46張, 한 면이 14행이고 字數不同, 20×21.4 筆寫者未詳, 筆寫年未詳, 82回로 되어 있음. (이현조 소장)
〈楚漢演義〉	1冊, 79張, 한 면이 8행이고 字數不同, 27.5×19 첫 페이지 왼쪽에 楚漢演義 初卷, 오른쪽에 甲戌五月初四日, 밑에 작은 글씨로 六月十六日 辰時라는 기록이 있고 71回로 되어 있음. (이현조 소장)

표에서 보다시피 한문필사본은 필사시기와 필사자를 알 수 없는 것이 대부분이다. 그러나 한문으로 필사되고 읽혔다는 것은 한문 독자를 겨냥해 필사되었으며 필사자는 문평이 높은 지식인들이었음을 추측해 볼 수 있다. 아래 국립중앙도서관 소장 〈楚漢演義〉의 목차와『西漢演義』의 목차를 비교하여 필사의 특징에 대해 살펴보기로 하자.[32]

〈표 3-6〉 국립중앙도서관 소장 한문필사본과『西漢演義』목차 비교

目次/回	국립중앙도서관〈楚漢演義〉99回本	目次/回	국립중앙도서관〈楚漢演義〉84回本	目次/回	新刻劍嘯閣批評〈西漢演義〉
一卷 20	沛公還軍霸上	18	沛公還軍湘上	20	沛公還軍霸上
31	假作賣劒說韓信	29	假作賣劒求韓信	31	說韓信張良賣劒
32	伯王江中弑義帝	30	伯王弑義帝江中	32	覇王江中弑義帝
36	蕭相國稱奇韓信			36	蕭相國深奇韓信
43	韓信暗計智平章	38	韓信暗計智平章	43	韓信暗計智平章
49	張良說魏豹約降漢	44	張良說魏豹約降漢	49	張良說魏豹降漢

32) 수용의 관계에 대해 알아보기 위하여 목차가 일치하는 해당 회목만 표로 제시하였음을 말해둔다.

二卷					
54	董三老遮道說漢王	49	董三老遮道說漢王	54	董三老遮道說漢
58	韓信用車戰勝楚	53	韓信用車戰勝楚	58	用車戰韓信勝楚
60	韓信斬夏說張同	55	韓信斬夏說張同	61	韓信斬夏說張全
68	烹酈生韓信背約			69	彭酈生韓信背約
71	項王伏弩射漢王	64	項王伏弩射漢王	72	覇王伏弩射漢王
82	伯王帳後別虞姬	74	伯王帳下別虞姬	83	楚王帳下別虞姬
87	漢高祖僞游雲夢			88	漢高帝僞游雲夢
95	四皓羽翼定太子			97	四皓羽翼定太子
96	高帝封趙王如意			98	高帝封趙王如意
97	長樂宮高帝拒醫			99	長樂宮高帝拒醫
98	呂太后謀誅功臣			100	呂太后謀誅功臣
99	漢惠帝坐享太平			101	漢惠帝坐享太平

　　목차에서 보다시피 99장본은『新刻劍嘯閣批評西漢演義』와 회목
이 비슷한 부분이 많다. 다만『西漢演義』의 60회 '知漢興陵母伏劍'과
96회 '淮南王英布反漢' 등 회목이 빠져 있기에 101회가 아닌 99회로
구성되었다. 1회~59회까지는『西漢演義』와 크게 다르지 않지만, 60회
~마지막까지는 일부 회목 중의 한, 두 글자가 조금씩 다른 점을 보아
낼 수 있다. 예를 들면 '彭酈生韓信背約'의 '彭'을 '烹'이라고 한 것과
같은 오기들이 발견된다.

　　내용을 보면 줄거리가 대폭 축약되어 주요 사건들만 간략하게 소개
되어 있다는 점이 특징적이다. 편폭이 짧은 것은 한회가 3~4행으로
요점만 설명되어 있고, 긴 것은 10행 이상으로 字數가 부동하다. 이야
기의 앞부분에 해당하는 진나라 말의 이야기는 대체로 간략하게 소개
하는 차원에서 머물러 있고, 후반부로 들어가면서 편폭도 길어지는데
초한전쟁의 핵심 부분이나 항우와 우미인의 사랑을 이야기하는 대목

에서는 비교적 장황하게 서술하고 있다. 특히 항우가 烏江에서 자결하는 내용과 우희와의 결별 장면은 거의 모든 한문필사본에서 상세히 서술하고 있다. 이 대목은 초한전쟁을 핵심으로 다룬 전반부와는 달리 남녀 간의 사랑을 담고 있는 애정이야기로 독자들의 관심을 자아낼 수 있기 때문에 필사자가 의도적으로 장황하게 서술한 것으로 보인다.

99장본[楚漢演義]은 1回 '勝秦師異人被虜'에서 시작하여 99回 '漢惠帝坐享太平'으로 끝나며 진나라 말기로부터 초한전쟁, 초나라가 망하고 西漢 건국이 건국되기까지 전 과정을 두루 다루고 있다.

84장본[楚漢演義]은 99장본에 비하여 더 많은 축약이 이루어졌다. 또한 같은 내용에 해당되는 회목에서도 『西漢演義』와 다른 부분이 많으며 필사자가 필사과정에 임의로 더 줄이거나 첨가한 것으로 보인다. 예를 들면 『西漢演義』20回 '沛公還軍覇上'을 '沛公還軍湘上'으로, 31回 '說韓信張良賣劍'을 '假作賣劍求韓信'이라 하였다. 이 책은 1回 '趙勝秦師異人被虜'에서 시작하여 84回 '陸賈知調刪文通'으로 끝나며 84回는 회목만 보이고 내용은 누락되어 있으며 呂后가 한신을 斬한 장면까지 다루고 있다.

이현조 소장본 11종의 필사특징에 대해 보면 다음과 같다.

우선 83장본[楚漢演義 全]은 1回 '趙勝師異人度虜'[33]에서 시작하여 83回 '漢王改韓信封楚'로 끝나며 진나라의 멸망과 초한전쟁, 항우가 烏江에서 자결하고 한신이 登極하는 장면까지 다루고 있다.

87장본[楚漢演義]은 1回 '章邯劫寨破項梁'으로부터 시작하여 87回 '漢惠帝坐享天下太平'으로 끝난다. 異人이 볼모로 잡혀간 후, 呂不

---

33) '趙勝師異人度虜'에서 '度'는 '被'의 오타인 것 같다.

韋가 지혜로 異人을 고국에 돌려보내는 장면들이 모두 생략되어 있
다. 초한전쟁만을 치중하여 다루고 있으며 서한의 건국까지 서술하고
있다.

102장본[楚漢演義]은 『西漢演義』에 없는 회목인 98回와 99回를 추
가한 것이 특징이다. 1回 '勝秦師異人被虜'에서 시작하여 102回 '漢惠
帝坐享天下太平'으로 끝나며 진나라의 멸망과 초한전쟁, 서한의 건국
된 후, 한혜제가 등극하기까지 서한건국의 전 과정을 다루고 있다.

99장본[楚漢演義]은 1回 '趙勝秦師異人被虜'에서 시작하여 99回
"惠帝坐享天下太平"으로 끝나는데 역시 초한전쟁에서 한혜제가 등
극하기까지 서한건국의 전 과정을 다루고 있다. 이 필사본은 국립본
99장본과 같은 책을 필사한 것으로 보인다. 다만 회목에 한 두 글자씩
차이를 보이고, 내용에서도 임의로 추가하거나 삭제한 부분이 보이나,
전체적인 내용은 비슷하다. 97장본[楚漢演義 抄]과 98장본[楚漢演義]
도 위의 상황과 비슷하다. 회목에서 필사자가 임의로 순서를 뒤바꾸어
놓았을 뿐, 내용이 국립본 99장본[楚漢演義]과 거의 동일하다. 97장본
은 題名이 <楚漢演義 抄>라고 되어 있어 베껴 쓴 것임을 암시한다.
따라서 이들은 동일한 필사본을 여러 번에 나누어 재필사한 것으로
보이며 서로 수용관계가 있는 것으로 추측된다. 그 중에서 서한건국의
전 과정을 담고 있는 국립중앙도서관 소장 99장본이 善本이라고 할
수 있으나, 필자시기를 알 수 없어 유감스럽다. 이현조 99장본은 '歲在
己巳八月十一日終于龍崗齋'라 적혀 있고, 97장본은 '丁卯七月十三
日'라는 글자가, 98장본은 '丁亥年四月二十日'이라는 기록이 있다.

83장본[楚漢演義]은 1回 '趙勝秦師異人被虜'에서 시작하여 83回
'漢王改韓信封楚'로 끝나며 위에서 언급한 83장본[楚漢演義 全]과 서

지사항만 다를 뿐 내용은 동일한 것으로 보인다. 같은 필사본을 필사했거나 한 사람이 필사한 것을 재필사한 것으로 보인다. 회목에서는 한두 글자씩 다른 점이 보인다. 이 작품은 한신의 登極까지 다루고 있다.

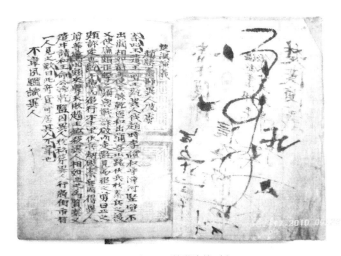

그림 3-4 〈楚漢演義 全〉

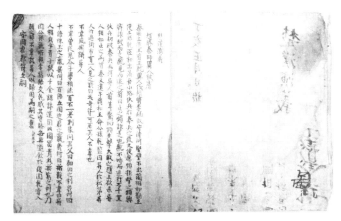

그림 3-5 〈楚漢演義〉

82장본[楚漢演義]은 1回 '趙勝秦師異人被虜'에서 시작하여 82回 '伯王帳下別虞姬'로 끝나며 진나라의 멸망과 초한전쟁, 항우와 우미인의 이별 장면으로 끝난다. 항우가 죽는 장면이나 서한의 건국과정은 다루지 않고 있다.

79장본[楚漢演義]은 1回 '芒碭山劉季斬蛇'에서 시작하여 '伯王帳中別虞姬'로 끝나며 유방이 뱀을 베는 내용으로부터 항우와 우미인의 이별하는 내용까지 다루고 있다.

이상의 11종의 한문필사본들을 내용에 따라 계열별로 나누면 아래와 같다.34)

① 秦의 멸망, 초한전쟁, 서한건국의 과정을 다룬 작품군(국립중앙도서관 소장 99장본, 이현조 소장 87장본 97장본 98장본 99장본 102장본)
② 한신의 登極 장면까지 다룬 작품군(이현조 소장 83장본 2종)
③ 한신을 斬한 장면까지 다룬 작품군(국립중앙도서관 소장 84장본)
④ 항우와 우미인의 이별 장면까지 다룬 작품군(이현조 소장 82장본 79장본)
⑤ 기타 작품군

위에서 보면 서한건국의 전 과정을 다룬 필사본이 가장 많다는 것을 알 수 있다. 『西漢演義』의 전체 내용을 그대로 필사하지는 않았지만, 줄거리 위주로 축약하여 진의 멸망에서부터 서한건국의 과정을 서술한 것으로 보인다.

---

34) 장경남, 앞의 논문, 177쪽 참조. 작품의 내용에 따라 4가지 유형별로 나누었다.

　두 번째로 많은 분량을 차지한 것은 한신의 등극 장면까지 다룬 작품
군이다. 서한건국에 큰 공적을 세운 한신의 죽음에 대해서는 서술하지
않아, 필사자가 한신의 공적을 높이 찬양하고자 하였음을 알 수 있다.

　세 번째는 한신의 등극 이후, 여후에 의해 살해되는 장면까지 다룬
작품군이다. 서한건국의 과정에서 가장 많은 공을 세웠지만 통치계급
에 의해 비극적인 결말을 맺게 되는 그의 처량한 신세를 동정하는 의
미에서 필사한 것으로 보인다.

　네 번째는 항우와 우미인의 결별장면까지 다룬 작품군이다. 한문필
사본들을 보면 거의 대부분이 진나라 말기의 상황을 다룬 전반부에서
는 간략하게 서술하고 있지만 후반부로 갈수록 서술이 길어지는데 특
히 항우와 虞美人의 결별장면에 이르러서는 장황하게 서술하고 있다.
이것은 필사자가 이 대목을 전체 이야기 중의 명장면으로 보았기 때
문이다.

　이외에 다른 필사본들이 더 있을 것으로 추정되지만 아직까지 발견
되지 않았기에 '기타 작품군'까지 포함하여 모두 다섯 개 유형별로 분
류하였다.

　한문필사본은 원전을 그대로 옮긴 것은 보이지 않고 필사과정에 과
감한 삭제와 축약, 필사자의 의도에 따른 내용 변이 등으로 자유롭게
필사한 것이 대부분이다.

　편폭이 제일 긴 것은 이현조 소장 '102장본'이고 제일 짧은 것은 이
현조 소장 '71장본'이다. 이들 모두 사건위주로 축약하여 필사하였기
에 사건전개에 중요하지 않다고 생각되는 부분에 대해서는 回나 章을
과감히 삭제하였다. 필사본들을 대조해본 결과 어휘와 용어들이 재인
용되고, 매 장의 내용과 분량도 크게 다르지 않은 점으로 미루어 보아

초기필사본을 재필사한 것으로 보인다. 그러나 필사시기를 추정할 수 없기에 어떤 것이 초기 필사본인지는 확정짓기 어렵다.

'71장본'과 '102장본'에서 '芒碭山劉季斬蛇'의 해당 내용을 비교해보고 필사특징을 구체적으로 살피고자 한다.

芒碭山劉季斬蛇(71장본)
二世欲盡除蒙氏子嬰諫不聽恬聞之飮鴆死乃從蒙氏于蜀郡單父人呂公以女與劉季時有一壯士來訪乃樊噲也公以其次女與之季爲泗上亭長送徒驪山徒多道亡季盡觧縱之因亦逃去斬大蛇于澤畔有嫗老哭曰吾子白帝子也今赤帝子斬之因忽不見人多附者蕭何曹叅等勸使附書沛城之中沛人開門降

芒碭山劉季斬蛇(102장본)
二世欲盡除蒙氏子嬰諫不聽恬聞之飮鴆而死乃從蒙氏于蜀郡單父人呂公以女與劉季有一壯士來訪劉季乃樊噲也又以其次女與之季送徒驪山而多道亡者季觧徒之因以逃走斬蛇于道人多附者蕭何曹叅等初使附書于沛城中沛人開門而降之

'진나라 2세 황제'가 몽념을 죽이려고 한 내용과 呂公이 자기의 두 딸을 각각 유계와 번쾌에게 시집보낸 내용, 유계가 驪山에 도주하다가 뱀을 베어내자 많은 사람들이 그의 수하에 모여들었는데 소하와 조참이 沛城을 공략하자 패현의 사람들이 문을 열고 항복했다는 내용이다.

위의 내용은 원전의 내용을 대폭 축약하였고, 중요하지 않다고 생각되는 부분은 과감히 삭제하여 줄거리만 남기고자 한 필사자의 의도가 드러난다. 원전에 기록된 내용은 다음과 같다.

胡亥가 즉위하여 2세 황제가 되고 이사와 조고가 정권을 잡게 된다. 2세 황제가 蒙恬을 죽이려고 하자 子嬰이 극구 만류한다. 2세는 간언을 듣지 않고 蒙恬의 구족을 멸하려고 하며 그 소식을 들은 蒙恬은 약을 먹고 자결한다. 2세는 蒙氏의 형제를 蜀郡에 옮기게 한다. 진나라의 포악한 정치제도로 인하여 사처에서 봉기가 일어나며 진승, 오광이 기병하여 반란을 일으킨다. 이때 패현에도 한 사람이 있었는데 그가 곧 유방이며, 그의 모친은 그를 낳을 때, 교룡이 그의 몸에 서려있었다는 신이한 출생담이 서술되어 있다. 그 후, 아들을 낳았는데 다리에 72개의 黑子가 있었고 隆準龍顔이었다. 유방은 자라서 泗上의 亭長이 되었다. 單父人 呂文이 유방의 용모가 비범한 것을 보고 자기의 딸과 혼인을 맺어주었다. 이때 한 사람이 유방을 찾아왔는데 번쾌였다. 呂文은 둘째 딸을 번쾌에게 주었다. 이튿날 패현이 유방으로 하여금 役軍을 거느려 驪山으로 가도록 시키는데 중도에서 많은 사람들이 도망친다. 유방은 남은 몇몇 사람들과 함께 小路로 달아나며 얼마 안가서 앞에 큰 뱀이 서리고 있는 것을 보았다. 그는 단칼에 뱀을 두 토막 내며 그 이후에 이상한 노인이 밤마다 나타나 자신의 아들이 죽었다며 슬피 울고는 사라졌다. 유방이 뱀을 베어냈다는 소문이 퍼지자 사방에서 영웅들이 그의 수하에 몰려들었다. 蕭下와 曹參이 포악한 진나라의 賦役이 날로 심해짐을 보고 의논하여 유방한테 귀속한다. 유방은 글월을 만들어 성중에 보낸다. 항량과 항적은 은통을 죽이려 한다.

보다시피 원전의 내용을 과감히 삭제했다는 것을 알 수 있으며, 다른 장의 내용도 이와 같이 줄거리 위주로 전개되고 있다. 물론 축약의 과정에서 필사자의 의도에 따라 수용의 정도가 달라지게 된다. 예를

 들면, '71장본'에서는 유계가 뱀을 베어내자 한 노파가 나타나 자기아들은 백제자인데 적제자에 의해 죽게 되었다고 울었다는 신화적인 내용이 추가되어 있다. 실제로 원전에는 이 내용이 기록되어 있음을 살펴본 바 있다. 그러나 '102장본'에서는 유계가 뱀을 베었다는 내용만 서술되고, 신이한 노인의 등장은 생략되어 있다. 이는 필사자가 자신의 의도에 따라 역사적인 이야기만을 부각시키고자 한 데 있다고 짐작된다. 史書에 가깝게 역사적인 사실만을 강조할 경우는 초월적인 존재의 등장을 생략하게 될 것이고, 역사적인 사실을 흥미롭게 부연하려고 하거나 그 신이한 이야기 자체를 역사로 간주할 경우는 별도의 삭제 없이 필사한 것으로 짐작된다.

 분량으로 볼 때, 두 필사본 모두 원전의 이야기를 최대한 축약하거나 삭제하여 기본 줄거리만 남겼음을 볼 수 있다. 이 두 필사본에서 유방의 신이한 출생담은 아예 서술되지 않고 있으며 따라서 72개의 흑자가 있다는 신화소도 찾아볼 수 없다. 다른 필사본에서도 마찬가지로 출생담이 생략되고 있는데, 이는 필사자가 비교적 史書에 가깝게 필사하고자 했음을 알 수 있다. 이외에도 변문에서 장황하게 부연한 王陵과 陵母의 이야기, 원잡극에서 찾아볼 수 있는 이야기들이 등장하지 않고 줄거리 위주로 요약 필사되어 있다. 허구성이 비교적 강한 이야기들을 선별적으로 생략한 것으로 보이며 역사적 진실성을 강조하기 위한 의도에서라고 할 수 있다.

 이에 비해, 대부분의 한문필사본에서 항우와 우미인의 이야기를 긴 편폭으로 서술하고 있어 주목할 만하다. '패왕별희'의 대목은 우미인의 열녀 형상에 대한 찬미와 아름다운 사랑이야기까지로 고금동서에 널리 알려져 있다.

절세의 미모를 소유하고도 젊은 나이에 목숨을 초개같이 버린 열녀의 형상은 한·중을 막론하고 예로부터 지금에 이르기까지 동경의 대상이 되었다. 일찍이 당나라 教坊曲 중에는 <虞美人曲>이 있었고, 우미인의 무덤가에 피어났다고 하는 '虞美人草'라는 이름은 宋代에서부터 전해져왔다고 한다. 『水滸傳』중의 "魯智深大鬧五臺山"이라는 대목에서 "九里山前作戰場, 牧童拾得旧刀槍. 順風吹動烏江水, 好似虞姬別覇王."이라는 시가 있어 '패왕별희'는 오래전부터 역사의 한 페이지로 기록되어 있음을 말해준다.[35]

항우와 우미인의 지고지순한 사랑이야기는 조선사회에서도 흠모의 대상이 되었다. 역사연의소설이 조선에 전래되어 읽혔던 시기는 임진왜란과 병자호란으로 사회적으로도 많은 변화를 겪던 시기와 맞물려 있다. 전쟁으로 인한 죽음과 가정의 파괴, 남녀 간의 이별 등 이야기는 많은 작품들에서 소재로 활용되었다. 그러나 역사적인 사실을 바탕으로 이루어진 항우와 우미인의 결별 장면은 비현실적 개입이 없이 현실을 배경으로 이루어졌다는 점에서 독자들의 심금을 울린다.[36] 초한전쟁은 역사적으로 있었던 사건이며, 항우와 우미인도 실존했던 인물

---

35) 周騁, 「覇王別姬解」, 人文社會科學版 第2期, 揚州大學學報, 1998.

36) 박희병, 『韓國傳奇小說의 美學』, 돌베개, 1997, 73쪽/최연희, 「愛情 傳奇小說에 나타난 사랑과 죽음: <李生窺墻傳>, <雲英傳>, <沈生傳>을 중심으로」, 목포대학교 교육대학원 석사학위논문, 2005, 29쪽. 박희병은 "임진왜란 이전까지는 환몽의 세계, 신선의 세계, 천상의 세계, 冥府의 세계 등 기괴한 이야기가 주를 이루었지만, 그 이후로는 약간의 환상성의 요소가 있기는 하나 전체적으로 현실성을 지향하는 의식을 볼 수 있다."고 말하고 있다. 최연희는 "「운영전」, 「숙영낭자전」 등 이야기에서는 전대의 애정 전기소설의 주된 방식인 명혼구조나, 천상계의 재회 등이 나타난다. 그러나 구체적인 배경과 인물, 사건의 설정으로 작품의 사실성 강화에 더 역점을 두었다."라고 하여 17세기 이후로 가면서 천상계가 인간의 운명을 보장해 주거나 지원해주는 이원론적 세계관이 나타나지 않고, 사회적 제약으로 인해 현실에서 겪는 고난이 심각하게 드러나는 점을 서술한 바 있다.

이기에 여타의 애정소설에도 비할 수 없을 만큼 애달프고 현실적인 이야기로 독자들에게 다가왔을 것이다.

작품의 表題에서도 필사자의 의도를 읽어낼 수 있다. 서한의 건국을 다룬 작품이나, 혹은 한신의 등극 등 서로 다른 계열의 작품인지를 막론하고 거의 대부분이 <楚漢演義>라고 題名을 하고 있다. 간혹 <楚漢演義 抄>, <楚漢演義 全>으로 된 것도 있으나 초점을 '초한'에 두었다. 필사자나 필사시기를 알 수 없지만 서술과정에 字句나 文章을 임의로 생략하고 추가한 부분이 있는 것으로 보인다.

2.2 한문번안소설의 등장과 한국적 變容

『西漢演義』는 국내에 유입되어 많은 번역·번안작과 改作된 작품들을 파생시켰는데, 주요 사건이나 주요 인물을 소재로 스토리를 재구성한 소설들이 대표적이다. 그 중에 충의와 절개를 보여준 장자방을 소재로 한 소설들이 특히 많은데, 『유악귀감』·『초한실긔』·『장자방전』·『초패왕실기』 등과 같은 것들이 있다.[37] 이러한 것들은 유교적 이데올로기를 강조하던 조선인에게 忠義가 가장 중요한 덕목으로 인식된 결과라고 생각한다.

『유악귀감』은 장자방이라는 인물에 포커스를 맞추어 구성된 6권 6책의 한문 번안소설이다. 이 작품은 『西漢演義』에서 파생된 작품이라 할지라도 원전과는 다른 심미 특징과 작자의식을 갖고 있다. 때문에 유악귀감에 대하여 두 가지 견해가 병존하고 있다. 하나는 『西漢演義』의 일부분을 적출하여 재구성한 작품이라고 보는 견해이고,[38] 다른 하나

---

37) 『초한실긔』와 『장자방전』은 구활자본 고소설들을 다루면서 언급할 것이다.

는 작품이 『西漢演義』를 비평적 안목으로 바라보고 쓰여진 새로운 창작물이라고 보는 견해이다.[39] 필자는 이 작품이 『西漢演義』의 사건과 인물을 수용하되 작자가 의도적으로 원작품을 개조하여 쓴 번안작이라고 생각한다.

서대석[40]은 번안소설의 개념을 첫째는 외국소설에서 핵심적인 줄거리를 빌려 오는 것이고 둘째는 자국의 소설 유형에 맞추어 개작한 것으로 요약하였다.

유연환[41]은 번안소설들을 다섯 가지로 유형화하였다. 첫째는 創作的 飜案類型이다. 원작품의 줄거리를 기초로 하여 이를 흡수·소화한 후에 인물·장소·무대배경을 완전히 원작과 다르게 개작한 것으로 창의성이 가장 높은 것이다. 둘째는 全面的 飜案類型이다. 원작품의 인물·장소·무대배경과 줄거리에 기본적으로 근거하지만 작자가 의도적으로 원작품을 개조하고 사건의 발전을 다르게 만든 것으로 창작적 번안유형과 비슷한 정도의 창작의식이 번안과정 중 전면적으로 발휘된 것이다. 셋째는 一部 改造類型이다. 원작품에 근거하고 있으면서도 작가가 강한 창작의식과 개편의도를 가지고 원작품에 개작을 가하는 것으로 그 개작이 원작 내용의 일부에 영향을 미치는 것으로 『三國志演義』에서 파생된 『黃夫人傳』을 예로 들고 있다.

『유악귀감』은 원작의 인물·장소·무대배경과 줄거리에 의해 재구성되었지만, 원작보다는 더 세밀한 환경묘사, 심리묘사, 대화묘사를

---

38) 김태준 위의 책, 99~100쪽.
39) 김정은, 위의 논문, 2쪽.
40) 徐大錫, 「『蘇知縣羅衫再合』系 翻案小說研究」, 『東西文化』 5집, 啓明大東西文化研究所, 1973, 4쪽.
41) 유연환, 「韓國古典 翻案小說의 研究」, 고려대학교 박사학위논문, 1990, 204~209쪽.

추가하고 작가의 의도적인 목적으로 창작된 번안소설이라 할 수 있다.
『유악귀감』은 그전까지 번역필사로 읽혀지거나 원전 그대로 읽혀지던
『西漢演義』를 작자가 일정한 목적의식을 갖고 새로운 번안소설로 재
탄생시킨 초기의 장회체 연의소설이라는 데 의의가 있다. 그 이후의
작품들은『西漢演義』의 개별 사건이나 개별 인물을 주인공으로 삼아
소설화함으로써 영웅소설적인 면모를 보여 주었다.

　『유악귀감』은 현재 세 개의 판본을 가지고 있는데, 그들은 각각 장
서각소장본, 국립중앙도서관소장본과 규장각소장본이다.42)

　金苑43)은『유악귀감』의 판본과 필사시기, 작자에 대해 살펴본 즉
장서각본 序尾에 '歲己未孟冬上浣聾菴老人　書于眉南墨室'이라는
기록이 있어 농암노인이 '己未年十月上旬, 眉南墨室'에서 필사했다
고 했으며, 己未年은 1859년일 가능성이 가장 크다고 하였다. 국립중
앙도서관본은 소화 15년(1940년) 十月二十五일에 조선총독부도서관
에서 간행되었다. 이 책은 첫머리에 序文이 있고 序末에 '崇禎紀元後
四丙寅肇夏上浣 書于眉南墨室', '吳錫瑜印'이라는 기록이 있어 1866
년 여름에 眉南墨室에서 필사되었음을 알 수 있다. 또한 필사특징에
의하여 규장각본은 맨 나중에 필사된 판본이라고 하였다.44)

　이 작품에 나오는 핵심 인물인 장량은 호가 子房이며 한나라의 책
략가이자 軍師이다. 초한전쟁의 승패를 결정한 핵심 인물이기도 하다.

---

42) 이외에 한국한문소설전집에도 수록되어 있는데 이 작품이 끝나는 결미부분에 "本篇小
　說(帷幄龜鑑)係根據韓國國立漢城大學奎章閣圖書館所藏版本編輯而成."라는 구절이
　있어 규장각본을 참조하여 최근에 간행되었다. 이 작품은 한국한문소설전집 제4권 歷
　史·英雄類에 수록되어 있다.
43) 金苑, 「翻案小說『帷幄龜鑑』板本, 寫作時代與作者考」, 『亞細亞文化研究』 3집, 한국
　경원대학교 아시아문화연구소, 1999.
44) 金苑, 위의 논문, 271~274쪽 참조.

초한시대에 수많은 영웅호걸들이 출현하였는데, 한신, 소하, 조참, 번쾌 등 헤아릴 수 없이 많았다. 그러나 장량을 긍정하고 숭배하는 사람이 많은 것은 그의 충심과 義를 높이 샀기 때문이다.

　장량의 선조는 韓나라 사람으로 삼대가 한나라 승상을 지낸 귀족집안의 출신이었다. 진나라가 한나라를 멸망하자 장량은 한나라를 다시 세울 뜻을 품고 진시황을 암살할 계획을 세운다. 그는 모든 가산을 써서 滄海公의 도움으로 大力士를 구한다. 기원전 218년 진시황의 御駕가 동쪽을 지나 陽武縣[오늘의 原陽縣]에 도착하게 되었는데 장량은 이 소식을 듣고 博浪沙에서 大力士와 함께 진시황을 암살하고자 鐵椎를 던졌으나 시황이 이미 알고 방어한 탓에 실패하고 말았다. 장량은 후일을 도모하기 위하여 下邳로 도망간다. 진말에 농민봉기가 많이 일어났는데 사회가 혼란해진 틈을 타서 그는 유방한테로 간다. 그 이후에 漢나라를 위하여 많은 공적을 세웠는데, 한군이 먼저 관중에 들어가자 유방에게 건의하여 約法三章을 반포하게 하여 민심을 산다. 이로 인해 유방은 항우에게 미움을 사게 되며 항우는 홍문에서 연회를 열어 유방을 죽이려고 한다. 장량은 미리 그 속임수를 알고 대책을 세워 유방으로 하여금 절체절명의 위기에서 무사히 빠져나오도록 한다. 이 대목은『西漢演義』의 명장면이며, 근대계몽기에 와서도 국내에서『홍문연』이란 구활자본 소설로 수차 출판되었다. 항우는 灞上에서 제후들을 분봉할 때, 유방을 漢中땅에 들어가도록 권고하였다. 유방은 한번 들어가면 살아서 나올 수 없는 땅이라 생각하여 가기를 꺼려했으나 장량의 거듭되는 권유에 들어가게 되며 棧道를 불태워 항우를 안심시켰다. 義帝가 항우에게 살해당하자 장량은 유방한테로 돌아가 謀士가 된다. 한신의 재능이 비범한 것을 보고 한신을 중용하도록 편지를 써 보내는데 이는 유방이 한신을 대장군으로 중용하게 되는 결정적인 이유가 된다. 나중에 한신이 제후를 평정하고 齊王으로 봉해줄 것을 요구하였을 때, 유방은 화를 내면서 처벌하려고 한다. 그러나 이때에도 장량이 나서 설득한다. 楚漢이 홍구에서 경계를 나누고 천하를 나누어 가지려고 했을 때에도 그는 유방에게 항우를 추격하여 화근을 없애도록 지략을 알려주어 유방은 다시 군사를 돌려 진공한다. 한신의 계책으로 초군이 垓下에서 '十面埋伏'에 처했을 때, 장량은 구리산에서 퉁소를 불었는데 구슬프고 처량한 노래는 부모와 처자를 두고 온 강동 8천 명 자제들의 심금을 울리게 하였다. 그들은 무기를 두고 뿔뿔이 도망하여 항우는 파국을 초래한다. '四面楚歌'라는 고사성어도 이 이야기로부터 나온 것이다. 유방은 장량에 대해 높이 평가하였는데 '運籌帷幄之中, 決勝于千里外, 吾不如子房'이라고 하였다. 서한 건국 후, 장량은 병을 핑계로 조정에 나오지 않고 명철보신한다. 유방이 한고조가 된 후, 척부인에게 마음을 빼앗겨 아들 여의를 태자에 봉하려고 할 때에도 여치[呂后]는 장량의 도움을 받아 태자의 보위를 지켜 훗날 제위에 오르게 한다.

한신은 전쟁에서 백전백승하는 뛰어난 실력을 가지고 있었기에 유방은 늘 그가 반란을 일으킬까 두려워했다. 반란의 조짐이 보이자 여후는 후환이 두려워 미앙궁에서 한신을 죽이고 만다. 그러나 장량은 군주에 대해 시종일관 충성을 다하였으며, 전쟁의 승패와 상관없이 유방을 따랐다. 충의를 최고의 덕목으로 간주했던 조선시대에 장량은 영웅적 인물로, 충의지사로 추앙되었을 것이다.『유악귀감』의 작자 농암 노인은 "제갈공명(武侯)에 관해서는 후세에 전해지는데, 장자방(留侯)에 관한 일은 전해지지 않아 애석함을 느낀다."고 하면서 장량에 대한 이야기가 많이 전해지지 않아 안타까워하는 심정을 드러냈다. 또한 序文에서 장자방은 '子牙後一人'이라고 하였는데 여기서 子牙은 고대로부터 유명한 병법가로 손꼽히던 태공망[呂尙]을 말한다. 『全相平話五種』에 포함된 『武王伐紂平話』에서 태공망의 사적을 찾아볼 수 있다. 그는 주나라 무왕의 軍師로서, 무왕이 紂를 멸망시키는 과정에 그의 활약상이 돋보인다. 때문에 역사서에서는 태공망을 가장 유명한 軍師로 평가한다. 장량을 '子牙後一人'이라고 한 것은 농암노인이 장량을 태공망의 뒤를 잇는 걸출한 명군사로 높이 추대하고자 한 것이다. 『西漢演義』에서 장량은 초월계의 인물처럼 묘사된다. 그는 黃石公이라는 비범한 인물로부터 책을 전수받아 유명한 군사가 되는데, 그 책은 태공망이 남긴 책이라고 서술하고 있다.

가쿠 고조[45]는 "장량은 늘 삼국지의 제갈공명과 비견되고 있는데, 장량이 유방을 도와 천하를 잡게 한 데 반해 공명은 '천하삼분지계[天下三分之計]'를 역설하면서도 유비가 천하를 잡도록 하지는 못했다. 결과만을 본다면 장량이 위라고 하겠다."라고 하여 장량은 제갈공명을 초월하는 인물임을 보여주었다.

『유악귀감』의 작자는 장량의 덕목을 널리 찬양하고자 '충의'에 초점을 맞춰 서술하였다. 작품 곳곳에서 '충'과 '의'라는 글자가 반복적으로 사용되고 있음을 찾아볼 수 있다. 『西漢演義』와는 어떻게 다른 목적의식으로 서술했는지 예를 들어 보기로 하자.

다음은 『西漢演義』에서 장량이 창해공을 찾아간 대목이다.

---

45) 가쿠 고조 엮음, 이원두 옮김, 『(90분에 읽는) 『삼국지』 난세의 영웅들』, 동방미디어, 1998, 62쪽.

"내 성은 黎이고, 바닷가에서 사는 사람이오, 사람들이 나를 滄海公이라 부르니, 등골에 힘이 있어 일백 근 되는 鐵鎚를 쓰고 천하의 불평한 일을 갚으려 하더니 마침 그대를 보니 기상이 범상치 않고 말씀이 빼어나니 반드시 특별한 사람일 것이다. 그러므로 간담을 나누니 원컨대 성명이 무엇인지 가르쳐주시오."⁴⁶⁾

『西漢演義』에서는 창해공이 자신의 이름을 알려주고 장사가 있어 일백 근 철퇴를 쓴다고만 간략하게 언급되어 있고 장사가 어떤 사람인지 나와 있지 않다. 그러나 『유악귀감』에서는 장자방과 창해공의 대화를 비교적 많은 분량으로 다루고 있으며 '충의'에 대해 강조하고 있다.

자방은 "忠과 義는 어떤 다른 점이 있습니까?"라고 말하였다. 답하기를, "군주를 위해 목숨을 다하는 것이 忠이요, 다른 사람을 위해 힘을 쓰는 것은 義이다." 자방이 듣고 놀라서 마음속으로 '이 사람의 말은 범상치 않다. 내가 따져봐야겠다.' 고 생각하고는 웃으면서 물었다. "당신은 제나라 사람으로 굴욕을 참을 수 있으니 松柏歌를 잊은 것입니까?", "어찌 감히 잊겠는가! 방도를 찾지 못해 안타까울 뿐이네." 자방은 또 물었다. "다른 사람을 위하여 힘을 쓴다고 했으니, 만일 내가 불행스럽게 굴욕을 당했다면 당신은 힘을 써줄 수 있겠습니까?"

웃으면서 답하기를, "내가 하늘을 떠받치고 땅에 우뚝 선 남자로써 어찌 말을 바꿀 수 있겠는가?" 자방은 자리에서부터 내려와, 다시 절을 올리면서 울면서 말하였다. "저의 조부는 5대가 韓나라의 재상을 지냈습니다. 韓나라를 멸망한 秦나라에 원수를 갚고 싶지만 능력이 부족하여 매일 눈물만 흘릴 뿐입니다. 오늘 제가 당신을 우연히 만나 만일 당신의 승

---

46) 『西漢演義』卷一, 「張良使力士擊車」. "某姓黎, 住居海邊人, 人稱某爲滄海公. 頗有膂力, 使一百斤鐵鎚, 單報天下不平事. 迪見公器宇不凡, 語言超衆, 必是奇特之士, 故敢剖露肝膽, 願聞姓名, 有何指敎?"

낙을 얻는다면 죽어도 여한이 없겠습니다."[47)

위의 예문은 장량과 창해공의 대화이다. '忠'이라고 하는 것은 '군주를 위해 목숨을 다하는 것'이며 '義'라고 하는 것은 '다른 사람을 대신하여 힘을 쓰는 것'이라 하였다. 장량은 진나라에 대해 분노와 원한을 갖고, 매일 눈물을 지으며 복수를 다짐하는 굳은 의지를 가지고 있음을 보여준다. 『西漢演義』에서 소개된 짤막한 내용을 흥미롭게 부연하였는데 심리묘사, 행동묘사 등 미세한 부분까지 서술한 것이 특징적이다. 장량과 황석공 모두 충의를 소중히 여기는 인물임을 예시한다. 벽에 걸려있는 鐵椎에 대해서도 '忠義椎'라는 三字가 쓰여 있다고 하였다. 대화 및 환경에 대한 묘사는 작자가 이야기를 재구성함에 있어서 목적의식을 가지고 의도적으로 서술했음을 알 수 있는데, 충의와 정통성을 염두에 두고 후세사람들에게 교훈을 남겨주고자 했음을 알 수 있다. 유방의 측근인 여러 인물에 대해서는 아주 긍정적으로 서술하였고, 항우에 대해서는 부정적인 인물로 묘사하였는데 이것은 정통성을 옹호하는 입장을 보여주고자 한 것이다. 따라서 유방의 출생담에서 유모가 꿈속에서 용과 교합했을 뿐만 아니라 다리에 72개 혹자가 있다는 대목을 그대로 수용하였다.

충의와 정통성에 대한 옹호는 유교사회에서 늘 강조하는 덕목이었

---

47) 임명덕, 『韓國漢文小說全集』 4卷, 국학자료원, 1999, 10쪽. 子房道 : 「忠義有二致麽?」答道 : 「爲君致命曰忠, 替人出力曰義.」子房聞益驚異, 暗算道「這人語頗殊常, 姑且激詰.」就笑道 : 「子誠齊人忍, 忘松柏歌耶?」答道 : 「何敢忘也! 但恨未得其便.」子房道 : 「旣雲替人出力, 籍使僕不幸有負屈訴情, 其肯出力麽?」笑道 : 「旣頂天立地矣, 敢改性乎?」子房下席再拜涕泣道 : 「僕之父祖五世相韓, 韓亡欲報秦之仇, 力不從心, 只淚滄桑, 今遇足下, 倘承允諾, 死可瞑目.」

고,『유악귀감』이 나오게 된 19세기의 시대 상황에서도 마찬가지였다.
『유악귀감』은 원전 그대로 필사하거나 번역 필사하던 상황을 종말
짓고, 장자방이라는 인물을 내세운 번안소설로 재탄생하였다. 이 작품
이 창작된 후, 방각본소설과 구활자본소설에서 인물을 중심으로 사건
을 전개한 소설들이 다량으로 쏟아져 나왔다.『유악귀감』은 필사본과
그 이후의 구활자본 소설들을 이어주는 교량 작용을 충분히 했을 것
이라 짐작된다.

18세기 이후, 소설의 상업화 속에서 통속적인 경향을 띠었던 국문영
웅소설과 이러한 국문영웅소설의 통속적인 경향을 극복하면서 상층의
새로운 읽을거리를 마련하고자 하는 시도들이 중첩되어 나타났다.『유
악귀감』이 창작된 시기는 바로 19세기 국문소설의 통속성을 극복하려
는 상층 지식인들이 새로운 소설을 창작한 시기와 맞물려 있다.

권도경[48]은 19세기의 한문소설들의 작가에 대해 "한문소설이 19세
기에 와서 국문소설이나 다른 서사문학의 전통을 받아들이면서 상층
의 식자층 작가들에 의해 장편화 된 작품들을 산출했음에도 불구하고
이들 작가들은 국문소설과는 다른 상층의 고급 독서물들을 창작한다
는 의식을 가지고 있었다."고 말하였다. 한 작품에 등장하는 전형적 인
물을 내세워 새로운 소설을 재창작하는 것이 조선후기 소설의 창작방
식이었다. 이러한 창작방식에 의해서 성립된 작품을 派生作이라고 지
칭할 수 있다.『유악귀감』은 원전의 인물과 사건을 적출하여 재구성하
였는데, 역사상의 실존한 인물을 등장시켜 소설화하는 것은 독자들이
친숙함을 가지고 텍스트에 접근할 수 있다는 장점이 있었다.『유악귀

---

48) 권도경, 「조선후기 통속적 한문소설 연구 : 영웅소설류를 중심으로」, 이화대학교 석사학
위논문, 1998, 106쪽.

감』의 작자는 자국의 시대 상황에 맞게 독자들이 지향하는 가치를 충분히 담아냈다. 혼란한 사회 상황에서 대중독자들은 버거운 현실의 억압으로부터 탈출하기를 갈망했으며, 뛰어난 능력을 지닌 영웅인물이 나타나 사회의 모순을 타개해 주기를 간절히 원했을 것이다. 『유악귀감』의 작자는 序文에서 "초한의 흥망사에서 장자방을 본받을 사람으로 바라보고 俗儒들이 이 책을 보고 조금이라도 도움을 받기를 원한다."고 하여 장자방과 같은 사람들이 많이 나오기를 기대하였다.

장자방은 태공망을 능가할 지략을 갖추고 있는 군사였다. 작품에서 그는 신의 도움을 받은 초월계의 인물처럼 묘사된다. 황석공이 기이한 병법서를 주어 나중에 큰 인물이 될 것을 예시하는데, 이런 초월적 존재의 도움은 서사전체의 흥미를 더할 뿐 아니라 억압된 현실을 회피하고자 하는 독자들의 기대심리를 충족시켜준다는 점에서 흥미롭다. 소설에서 주인공의 적대자는 곧 국가의 적대자였다. 이런 점은 한고조와 그의 신하들을 긍정적으로 서술한 반면, 항우와 범증은 부정적인 인물로 서술한 것에서 확인할 수 있다. 작자는 장자방과 같은 충의지사를 내세워 국가의 질서 회복을 위한 가치를 지향하고자 했을 것이다.

조선 후기의 사회는 두 차례의 전쟁에 따른 정치·경제적인 혼란과 위기 속에서 몰락 양반과 신흥 부호의 등장과 같은 지배체제의 급격한 변화가 일어났다. 이 시기에는 개인의 힘으로는 어찌할 수 없는 강력한 사회변동이 일어났으나, 오히려 신분제의 붕괴로 인해 자신의 능력에 따른 성취지위의 획득이 가능해졌다. 즉 조선 후기는 불안과 희망이 공존하는 시기였다. 이러한 시대적 상황을 염두에 둘 때, 작자는 영웅적 주인공을 내세워 국가를 위하여 목숨을 바치는 충의지사들만 있다면 전쟁과 같은 극한적 상황도 얼마든지 이겨낼 수 있다는 기대효과를 얻으려 했을 것이다.

3. 대중성의 발현과 새로운 수요의 창출 : 방각본

한국의 板書出版은 고려 때부터 있었다. 그런데, 이것은 板主의 귀
속에 따라 官刻本, 寺院刻本, 私刻本, 坊刻本 등으로 나누어진다.[49]

방각본의 板種으로는 木活字本, 木板本, 土板本, 石板本, 鉛活字
本 등이 있다. 목활자본은 애초에 방각을 목적으로 한 것이 아니고, 英
正 이후에 族譜 내지 文集 印行의 유행과 더불어 私刻本에 많이 사
용되었던 것으로 방각본에도 일부 사용되었다. 그러나 이 목활자는 그
인쇄효과에 있어서나 다량 인쇄나 판을 보존하는 데 있어서는 木板에
미치지 못하여 많이 사용되지 않았다.[50] 방각본은 17세기에 성립되었
는데, 일반서적이 먼저 간행되고, 그 뒤를 이어 한문소설방각본이 나
오고, 그 뒤에 한글소설방각본이 나온 것으로 밝혀졌다. 방각본 소설
의 대부분은 한글소설이며, 목판본이다. 그들이 주로 간행된 곳은 서
울, 안성, 전주 지방인데 지금까지 전해오는 방각본소설은 약 179종이
다. 이들은 지방에 따라서 京板, 安城板, 完板 등으로 나뉜다. 방각본
으로 등장한 『楚漢傳』은 수십 종이 전하는데 '초한전'이라고 表題를
단 것이 가장 많다.[51] 그 가운데서 완판본은 두 종류가 있는데 86장본
과 88장본이다.

---

49) 김동욱, 『방각본에 대하여』, 동방학지 제11집, 연세대학교 동방학 연구소, 1970, 97쪽.
50) 김동욱, 위의 책, 110쪽.
51) 조희웅, 『古典小說 異本目錄』, 집문당, 1999. 조희웅의 『고전소설 이본 목록』에는 방각
    본 35종이 소개되어 있다.

완판본이라는 것은 전라북도 전주 지방에서 간행된 방각본을 일컫는 말이다. 완판으로 간행된 한글소설 방각본은 모두 19작품인데, 47회에 걸쳐서 간행되었다. 완판본에는 세 유형이 있는데 원래의 간기가 적혀 있는 본, 판권지가 붙어 있는 본, 간기는 없고 판권지만 붙어 있는 본이 있다. 그런가 하면 간기는 물론 판권지도 붙어 있지 않아 版元을 알 수 없는 것도 있다. 86장본 『楚漢傳』에는 간기가 있고 판권지도 붙어 있다.

유탁일은 완판본에 대한 연구에서 완판본은 가장 일찍 간행된 『구운몽』(1803)에서 가장 늦게 간행된 양책방의 간본들(1932)까지 약 130여 년간 간행되었으며, 그 중에서 활발히 간행되던 시기는 1850년 이후 한일합병까지 약 60년 동안이라고 하였다.[52]

완판 방각소설은 모두 순 한글로 표기되어 있으며, 誤字·脫字가 많고, 그 글씨들이 『구운몽』을 제외하고는 모두 전주 특유의 庶民 書體였다. 완판 한글 서체의 시대적 변천은 草書에서 行書로, 행서에서 楷書로 변이되었다. 1850년~1870년대까지는 초서가 주로 쓰였으며, 1889년~1902년에는 행서가 주로 쓰였고, 1902년 이후부터는 완판 특유의 從厚橫薄의 해서체가 사용되었다. 이처럼 완판 방각소설의 서체가 변한 것은 완판소설 독자층의 성향에 기인한 것이다. 경판 방각본이 주로 초서로 되어 있는 것은 경판의 독자들이 능히 이것을 읽을 수 있었기 때문이다. 경판의 주된 독자층은 여성들이었지만, 완판의 주된 독자층은 남성들이었다. 이 남성 독자들은 초기에는 대개 '중인·서리

---

52) 유탁일, 『完板坊刻小說의 文獻學的 硏究』, 동아대학교 박사학위논문, 1980, 67쪽. 재인용. 또한 유탁일은 완판본 중 동형이판본이 간행된 목록 중에는 <초한전>, <화룡도>, <유충열전>, <심청전>, <열녀춘향수절가>, <소대성전>, <용문전>, <장풍운전>, <조웅전> 등 9종이 있다고 하였다.

층'이었으나, 후기로 오면서 그 독자층이 농민층으로 이동하였다. 이들이 초서로 된 소설의 내용을 읽고 이해하기란 그리 용이한 일이 아니었을 것이다. 그래서 이들은 또박또박 쓴 글씨체를 요구하게 되었고 販路를 개척해야 하는 간행자들도 이러한 독자층의 욕구를 충족시킬 수 있는 해서체로 책을 만들었을 것이다.[53]

간기에 나타난 완판 『楚漢傳』의 지명을 보면, 완남과 완서가 대부분이며 완남은 전주의 남문, 즉 풍남문 밖을 말하며, 龜石里, 龜洞은 완남의 半石里(九石里)를 지칭하는데, 이곳은 주로 수공업이나 성업을 하는 하층민이 살고 있었던 곳이다. 완판본 『楚漢傳』이 간행되었다는 점은 독자층이 폭넓게 확대되었음을 말해준다.

완판 『楚漢傳』의 서지사항에 대해 살펴보면 다음과 같다.

86장본 『초한전』(楚漢傳)은 上下卷이 1冊으로 되어 있으며 상권의 內題는 '초한전권지상이라'로 되어 있고 하권의 內題는 '셔한연의권지하라'고 되어 있다. 상권 42장, 하권 44장 등 도합 86장 172면으로 이루어져 있으며, 한 면은 13행이고, 한 행은 20字이다. 책의 마지막 페이지에 '丁未孟夏完南龜石里新刊'이라는 간기가 있어 1907년에 간행되었음을 알 수 있다. 丁未年에 간행되어 丁未本이라고 한다. 版權紙에는 發行所가 多佳書鋪이며 朝鮮總督府 警務局長의 허가를 받아서 '大正五年十月七日印刷 大正三年十月八日發行'이라고 되어 있다. 多佳書鋪는 '全州郡 全州面 多佳町 123番'''이며 저작 겸 발행자는 梁珍泰이다.

88장본 『쵸한전』은 上·下卷이 1冊으로 되어 있으며 86장본에 비

---

53) 유탁일, 위의 책, 77쪽.

하여 상권 앞부분의 판형이 약간 다르고 일부 어휘의 표기가 있으나 같은 내용을 담고 있다. 이 책은 '隆熙二年戊申秋七月 西漢記完西溪 新刊'이라는 간기가 있어 86장본보다 한 해 뒤인 隆熙二年(1908)에 간행된 것임을 알 수 있다. 戊申年에 간행된 戊申本은 상, 하 각각 44장, 총 88장으로 이루어져 있다.54) 이 책은 김동욱55)의 방각본 소설 목록 50번째에 기록되어 있으나 86장본은 기록되지 않았다.

서울이 아닌 전주에서 방각본이 발달한 이유가 있다. 전주 지방은 한지의 생산지였기 때문에 종이의 공급이 용이하였고, 板材의 구득이 어렵지 않았다. 또한 완서, 완남에 관영 수공업에 종사하던 사람들이 집단으로 살고 있어서 기술자를 구하기가 쉬웠다. 다음으로 이곳은 조선조 3대 시장의 하나인 전주 시장을 끼고 있어서 판로 개척이 용이하고, 소작농들이 소작은 하지만 지주와의 관계가 자유롭고, 경영방법이나 노력에 따라 수익이 증가하여 경제적 안정을 얻은 소작농 층이 형성되었다. 이들이 농한기에 소견거리로 소설을 요구하였다. 마지막으로 호남 지방은 판소리가 발생하여 널리 성행했던 곳이므로 판소리에 심취된 농민들이 시간과 공간을 초월하여 이를 감상하려는 욕구에서 판소리계 소설을 원하였다. 이러한 요인들이 완판본 소설이 많이 간행된 이유라고 할 수 있다.56)

호남 지방이 판소리를 발생시킨 곳이고 또한 서민들이 판소리를 즐겨했다는 것은 아주 중요하다. 88장본 『초한전』의 下卷에 나와 있는

54) 장경남, 위의 논문, 183쪽.
55) 김동욱, 『影印 古小說 板刻本 全集』 1~5집, 연세대학교 출판부, 1973.
56) 崔雲植, 「古小說의 異本 研究」, 『서경대학교논문집』 13집, 서경대학교, 1985, 18쪽 재인용.

항우와 虞美人의 이별 장면은 아주 생동하게 묘사되어 있는데 전반적
인 분위기가 판소리 사설을 읽고 있는 듯한 느낌을 주어 더욱 특징적
이다. 원문 내용을 예로 들어 보면 다음과 같다.

> 우미인 거동 보소 월틱화용 고혼 틱도 칠보단장으로 옥수를 곱게 드러
> 이미을 나직ㅎ고 옥빈홍안 양귀 밋틱 구실갓턴 져 눈물이 녹의홍상 다
> 적시며 쳬읍 양구의 ㅎ난 마리 신쳡이 펴ㅎ을 모시고 장중의 동힝ㅎ와
> 평싱을 으탁ㅎ고 후은을 입어 틱위을 바리옵더니 국운이 불힝ㅎ와 틱환
> 을 당ㅎ믹 쳘이 젼장 험한 고틱 무졍이 바릴진틴 쳥춘 소쳡 혈혈단신 뉘
> 을 위ㅎ야 보젼ㅎ리요 구곡간장 다 녹난다 셤셤옥수 게우 드러 픽왕의
> 오슬 잡고 목이 며여 말을 못ㅎ고 옥안의 눈믈리 가득ㅎ며 연연한 그 거
> 동은 차마 보지 못할네라 눈믈을 금치 못ㅎ야 좌을 분별치 못ㅎ고 쳬량
> 한 익원셩 신셰을 자탄하니 듯고 보난 사람들도 자연이 감심되야 뉘가
> 안이 쳬읍ㅎ리 차마 보지 못할네라 (하권 35쪽)

위의 인용문에서 서술이 판소리와 비슷한 자유로운 구성을 보인다
는 것을 알 수 있다. 즉 독자들이 좋아하는 판소리와 비슷한 형식으로
문장을 리듬감 있게 표현되었다. 실제로 항우와 우미인의 이별장면은
虛頭歌인 <초한가>나 가사 <우미인가>로도 유명하다. 독자들을 의식
하여 판소리 사설의 형식으로 이야기를 전개했다는 사실에서 『西漢演
義』가 다양한 양상으로 수용되고 전파되었다는 것을 알 수 있고, 그리
고 독자층 또한 사대부나 상층부류에서 하층민에 이르기까지 폭넓게
존재했다는 것을 알 수 있다. 손대현[57]은 <초한가>는 초한간의 전쟁

[57) 손대현, 「<초한가>와 <우미인가>의 <서한연의> 수용 양상」, 『한국민요학』 31집, 한국
민요학회, 2011.

중 가장 극적이라 할 수 있는 사면초가 부분을 가창화한 작품으로 잡
가와 단가를 중심으로 향유 및 전승이 이루어져 왔으며, <우미인가>
는 사면초가로 인한 항우와 우미인의 이별, 그리고 우미인의 죽음을
가창화하고 있는 작품으로 가사를 중심으로 향유 및 전승이 이루어져
왔음을 확인하였다. 오늘날까지 길이 전승되는 항우와 우미인의 이별
장면은 애정소설을 능가할 만큼의 미적의식을 갖고 있으며 실패한 영
웅에 대한 동정과 그리움을 유발하는 정서, 영웅을 위하여 목숨을 바
치는 우미인의 절개는 독자들을 감동시키는 명장면으로 자리 잡기에
충분하다.

내용 면에서 『초한젼』은 楚·漢의 전쟁에서 가장 흥미가 있다고 생
각되는 부분을 위주로 사건을 재구성하고 있다. 秦始皇의 출신 내력
에서 시작하여 진시황의 천하통일, 진나라의 폭정과 이에 따르는 반란
의 과정 진나라의 멸망에 이르기까지 서술되고 있으며 그 뒤에는 楚
와 漢의 대결구도를 다루고 있다. 그 중에서도 주요 장면에 대하여 서
술하고 있는데 '鴻門宴', '四面楚歌', 한신의 '兎死狗烹' 등 이야기가
흥미롭게 전개된다. 원전의 전개에 영향을 미치지 않고, 전체 이야기
를 두루 포용하고 있으면서도 단권으로 축소시켜 흥미 위주로 변형시
킨 것이 방각본의 특징이라 할 수 있다.

4. 사건 인물의 초점화와 통속성의 강화 : 구활자본

1910년 이후, 구활자본으로 된 역사소설들이 다량으로 출판된 것은
그 시대적 상황과 갈라놓을 수 없다. 역사에 대한 관심의 증대와 독자

층의 확대는 역사 소재의 구활자본 고소설이 증대할 수 있는 기반을
마련해 주었다.[58] 또한 일제의 국권 침탈 아래, 역사는 단순히 과거에
대한 기록이나 해석의 문제가 아닌 제국주의에 맞서는 중요한 무기가
되었다. 곧, 역사 이해의 근대적 자각이 일제에 대한 항거의 의지와 결
부되어 역사·전기소설의 발전을 촉진시키기에 이른 것이다.[59]

구활자본 고소설들은 근대문학 전환기인 1910년을 전후하여 등장
하기 시작하여, 1915~1919년에 전성기를 이루게 되며, 그 이후에는
출판이 거의 시도되지 않을 정도로 형세가 급격히 위축된다. 권순긍[60]
은 구활자본 고소설들을 출판 성격에 따라 네 시기로 나누었는데,『西
漢演義』를 개작한 작품들도 언급하고 있다. "1912~1913년까지 가장
먼저 등장했고, 주류를 형성했던 것은 李海朝의 판소리 개작소설이고,
그 다음은 '몽자류 소설'의 등장과 중국소설의 번역·번안작의 성행을
들 수 있다.『玉樓夢』·『玉蓮夢』·『九雲夢』·『三國志』·『水滸志』·
『西遊記』·『張子房實記』·『華容道實記』등의 번역·번안 소설이 등
장하게 된다. 1917~1918년에는 중국소설의 번역·번안작이 많이 등
장했다. 1917년에는『項莊舞』·『張飛馬超實記』·『關雲長實記』·『郭
汾陽傳』·『楚漢戰爭實記』·『蘇妲己傳』·『郭汾陽忠孝錄』등이, 1918
년에는『孫龐演義』·『三國大戰』·『隋唐演義』·『打虎武松』·『隋煬帝

---

58) 방각본은 주로 목판에 의한 판각형태로 18~19세기 상업의 발달과 함께 등장했다. 구활
    자본은 신식 활기(연활자)의 도입과 근대 인쇄술의 발달로 나타나게 되었다.

59) 이승윤, 앞의 책, 78쪽.

60) 권순긍, 앞의 책, 24~31쪽. 1912~1913년까지 가장 먼저 등장했고, 주류를 형성했던
    것은 李海朝의 판소리 개작소설이고, 그 다음은 '몽자류 소설'의 등장과 중국소설의 번
    역·번안작의 성행을 들 수 있다. 1914~1916년으로 이 시기에는 군담소설이 본격적으로
    출판되었으며, 1917~1918년에는 중국소설의 번역·번안작이 많이 등장했다. 1919년 이
    후에는 활자본 고소설의 새로운 작품들은 급격히 줄어든다.

行樂記』·『項羽傳』·『蘇秦張儀傳』·『楚覇王』·『伍子胥』·『五關斬
將記』·『齊桓公』·『漢水大戰』·『趙子龍實記』·『諺文 三國志』등이
각각 출판되었다.”

즉 『西漢演義』의 개작본은 1913년 『張子房實記』를 대두로, 1917
년을 전후하여 전성기를 이루었다고 볼 수 있다.[61]그동안 필사본이나
방각본의 형태로 유통되던 『西漢演義』가 구활자본으로 출판되어 꾸
준히 읽혔다는 점은 주목할 만하다. 이주영[62]은 1910년을 전후하여
등장한 구활자본 고소설은 250여 종으로, 역사 관련 소설만 100여 종
에 달하며, 그 중에서 10회 이상 간행된 20종의 작품 중 『초한연의』가
22회나 간행되었음을 밝힌 바 있다. 최근에는 그 수치가 더 많아졌는
데, 필자는 조사를 통해 구활자시대에 출판된 '『西漢演義』 계열' 작품
들의 총 발행량은 30회 이상에 달한다는 것을 알게 되었다. 그 작품들
을 유형별로 정리해보면 아래와 같다.[63]

① 『楚漢傳』[초한전]·『고대초한전쟁실기』·『언문 셔한연의』등으
로 題名을 단 작품들은 초한전쟁 전체 내용을 바탕으로 번안·개작한
작품들이다.[64]

---

61) 『西漢演義』가 구활자본으로 간행된 작품에 대해서는 대상 시기를 1913~1930년으로
   한정하고 광복 이후의 작품은 본 연구의 제4장에서 다루기로 한다.
62) 이주영, 『舊活字本 古典小說 研究』, 월인, 1998 106쪽.
63) 이주영, 위의 책. 105~119쪽을 참조/權純肯, 『活字本古小說의 편폭과 지향』, 보고사,
   2000. 조사 결과가 실제 간행 횟수와 정확히 일치하는 것은 아니다. 조사된 작품만을
   대상으로 했기 때문에 미조사된 것을 포함하면 횟수가 더 늘어날 가능성이 있다. 본 연
   구에서는 이주영과 권순긍의 조사목록을 토대로 기타 서적을 참고로 수정하고 보완하여
   정리했음을 밝혀둔다.
64) 한 작품을 서로 다른 출판사에서 간행할 경우, 중판에서 초판 일자를 달리 하거나, 표지
   만 바꾸는 경우도 있다. 위에서 예시한 목록 중에 단권 72면 『초한전』과 79면으로 된

『**초한연의**』[**초한전**][65]

京城書籍業組合 : 1915년/79면, 1921년

唯一書館 :『쵸한젼』 1권 79면, 1917년

漢城書館 : 79면, 1917년, 1918년

永昌 · 韓興 · 三光 : 79면, 1925년

大成書林 :『쵸한젼』 1권 79면, 1929년

이문당 :『초한연의』[일명항우전], 134면, 1918년/『쵸한젼』 1권, 79면,
　　　　申泰三 발행, 1926년

世昌書館 :『쵸한젼』 1권 72면, 1921년

博文書館 :『초한전』 1권, 1925년

全州 梁冊房刊行 :『쵸한젼』, 昭和7년(1932년)

『**고대초한전쟁실기**』

태학서관 :『고대초한전쟁실기』 72면, 1917.

光東書局 : 李鐘楨 저작 겸 발행,『고대초한전쟁실기』 1권, 1917년

태학서관 :『楚漢戰爭實記 쵸한젼징실기』 72면, 1917년

『**언문 셔한연의**』

永昌書館 : 李柱浣 編譯,『언문 셔한연의』 1권/1권 3권 4권, 1917년

책들이 반복 등장하는데, 이는 同一本을 각각 다른 출판사에서 간행한 것으로, 방각본
『초한전』의 형태 혹은 시작부분만 바꾸어 구활자본으로 재출간한 것으로 보인다.『고대
초한전쟁실기』나『홍문연』과 같은 작품들도 위의 상황과 비슷하다.

65) 이능우,「古代小說 舊活版本 調査 目錄」,『숙명여대 논문집』 8, 1968, 87쪽. "초한전,
1種(79쪽) 경성서적조합[6판](1926)記를 보면 [初版]이 1915년으로 되어 있다. 경성서
관 · 유일서관에서 1917년 발행. [再版](한성서관)이 1918년. 1925년엔 版順記 없이 영
창 · 한흥 · 삼광이 公發行. 1926년에 이문당에서 발행"

　② 『장자방실기』· 『항장무』 등 인물 중심으로 부제를 단 작품들은 주요 인물에 포커스를 맞추어 이야기를 전개하였다.

『장자방실기』[66]

　조선서관 : 『장자방실기』 2권 상(106면), 하(113면), 1913년/1915년/하 (95면), 1917년

　회동서관 : 『장자방실기』, 125면, 1926년

　세창서관 : 『장자방실기』, 125면, 1926년

　朝鮮書館 : 박건회 역술, 『초한건곤 장자방실기』 1권 하, 1918년

　박문서관 : 박건회 역술, 『초한건곤 장자방실기』, 1권, 大正13(1924년)

『초한연의』[항장무[67]**/항우전**[68]**/『楚覇王實記』]**[69]

　박문서관 : 『항장무』 40면, 1917년/『항장무』 40면, 1918.

　이능우 : 『항장무』, 1920년

　박문서관 : 金文演·이광종 저작 겸 발행, 『항우전』 1권 130면, 1918년/ 玄丙周 저작 겸 발행, 『홍문연회 항장무』 1권, 1919년

　이문당 : 『楚覇王實記 초픽왕전』, 1918년/李源成 저작 겸 발행, 『초패 왕』 大正7(1919년)/1923. 1권

---

66) 이능우, 위의 책, 83쪽. "장자방실기 版 3種(上---pp.106本, 未考-本 : 下---pp.113本, pp.95本 : 單券---pp.125本) 상편, 1~13回, pp.106, 조선서관, 1913년 4월 11일 방행. 하 권, 14~31回, pp.113, 조선서관 1913년 10월 10일 발행. 또 한版 상권 未尋, 하권 pp.95 本, 조선서관 [三版](1917) 記에 의하면 [初版] 일자가 pp.113本과 같다. 또 [再版]은 1915년으로 記錄되어 있다. 分卷 없는 單券 pp.125本이 있는바 이는 1926년 회동서관 發行"

67) 이능우, 위의 책, 89쪽. "항장무, 版 2種(pp.40本, pp.73本) 박문서관에서 1917년 pp.40本 發行으로, 1919년 [再版] 發行. 1920년 pp.73本으로 發行"

68) 이능우, 위의 책, 89쪽. "항우전, 1種(130쪽) 1918년 박문서관 발행"

69) 이능우, 위의 책, 87쪽. "초패왕전, 1種 (134쪽) 1918년 이문당에서 발행"

③ '홍문연'으로 부제를 단 작품들은 초한전쟁 중에서 명장면이라 생각되는 '홍문연 사건'을 중심으로 이야기를 전개하였다.

홍문연70)
　회동서관 : 이규용, 『홍문연』 95면, 1916년/『홍문연』 90면, 1918/『홍문
　　　　　　 연』, 90면, 1926년
　경성서적조합 :『홍문연』 90면, 1926년

이상 구활자본으로 간행된 작품들을 세 가지 유형으로 일별해 보았다. 첫 번째 유형은『초한전』·『고대초한전쟁실기』·『언문 셔한연의』등으로 題名을 단 작품들이며,『초한전』이란 이름으로 가장 많이 출판되었다. 그것은 간행자가『西漢演義』의 핵심 부분은 초한의 싸움이라 생각하여 '초한'이란 부제를 단 것으로 보이며, 따라서 진나라 말의 시대 상황은 요점만 기술하고 있는 반면 초한의 싸움은 비교적 상세히 다루고 있다. 내용 면에서 방각본『초한전』을 거의 그대로 답습하고 있는데, 이런 점은 여타의 구활자본 소설에서도 찾아볼 수 있다. 방각본은 필사본보다 쉽게 출판할 수 있다는 장점을 가지고 있으나, 노동력을 필요로 하므로, 다량 분량은 출판은 쉽지 않았다. 이에 비해 구활자본은 원하는 만큼 많은 분량을 거듭 출판할 수 있었다. 그럼에도 불구하고 구활자본은 출판 성격이나 유통 방식에 있어서뿐만 아니라 작품의 발행 형식까지도 방각본에 많은 부분을 기대고 있다. 방각본을 저본으로 삼아

---

70) 이능우, 위의 책, 90쪽. "홍문연, 版 2種(pp.95本, pp.90本) 章 20回 작품으로 1916년 8월 3일 회동서관이 pp.95本으로 발행. 이 뒤 [三版]은 pp.90本이 되어 1918년 발행. 중판은 未尋이고 이 pp.90本은 [七版](1926)이 있는 바 刊記의 [初版] 날字에 月日이 (1916) 2월 29일로 되어 있다. 한편 pp.90本은 경성서적조합 발행의 1926년 [初版]이 있다."

그대로 간행하거나, 분권이나 부록 첨가 등 발행 체재까지도 답습한 구활자본 작품이 많은 이유는 이미 방각본으로 상업적 성패가 검증되었기 때문에 같은 경로로 유통될 구활자본 고전소설을 발행하는 데 방각본 목록이 중요한 고려 항목이 되었을 것이다.71) 따라서 『西漢演義』가 방각본 『초한전』으로 개작되어 인기를 얻자 방각본의 내용을 거의 그대로 수용하여 구활자본으로 간행한 것으로 보인다.72)

두 번째 유형은 『장자방실기』·『항장무』·『초패왕』등으로 인물 중심으로 이야기를 전개한 작품들이다. 『西漢演義』의 수많은 영웅인물 중에서 장자방과 항우에 포커스를 맞추어 새롭게 작품을 구성했다는 점이 특징적이다. 이 중에서 전면 개작한 작품은 보이지 않고, 제목이나 일부 내용, 표지 등에 윤색을 거쳐 간행된 경우가 대부분이다. 작품의 제목에 제재나 수식어를 붙여서 출판한 소설로는 『초한연의』[일명 항우전]·『홍문연회 항쟝무』·『초한건곤 장자방실기』등이다. '일명 항우전', '홍문연회', '초한건곤' 등 수식어를 붙여 독자들의 홍미를 유발하기 위한 의도로 보인다.

세 번째 유형은 초한전쟁 중에서 가장 홍미 있는 대목이라고 생각되는 '홍문연 사건'을 이야기로 엮은 것이다. 이 부류의 작품들도 인물이나 배경을 전면 개작한 것은 보이지 않고, 제목을 바꾸거나 작품의 서술형태를 바꾸는 등 소극적인 개작을 진행하였다.

보다시피 이 시대에는 『西漢演義』의 全文 개작은 보이지 않고, 원

---

71) 이주영, 위의 책, 119쪽. 그는 검열에서 문제가 되었을 것으로 추정되는 『임진록』을 제외하고 모든 방각본 소설이 활자본으로도 간행되었다고 주장한다.

72) 작품을 대조해보면, 일제시대 경성서적조합에서 간행한 구활자본 『초한전』은 시작 부분 10행정도만 다를 뿐 전체 내용이 방각본과 똑같다는 점을 확인할 수 있다.

전을 토대로 줄거리를 축약하거나, 가장 흥미 있는 사건이나 인물을 발췌하여 간행한 작품들이 주류를 이룬다.

형식 면에서는 분권·분책 등 대하 장편에서 벗어나 단권으로 출판되었다. 『서한연의』(3책)는 완판 방각본의 경우, 상·하권을 1책으로 만든 것을 볼 수 있다.[73]

이주영[74]은 이러한 원인에 대해 "인쇄술의 발달과 작품 분량의 축소 경향이 分冊을 줄여 나가게 한 이유라 하겠지만, 일반적으로 경판본 고전소설보다 후대에 출판된 것으로 알려진 완판 방각본의 경우까지 고려하면 독자들에게 작품이 전해지는 경로의 변화가 주요한 원인이다"고 말하고 있다.출판사는 상업적인 목적으로 인한 비용 절감의 문제도 고려하지 않을 수 없다. 구활자본 소설들은 중판을 거듭하면서 지면을 축소하면서 한자병기를 생략하거나 띄어쓰기를 적용하지 않음으로써 출판업자는 생산비를 줄여 비용 절감 효과를 낳을 수 있었던 것이다. 독자들의 입장에서도 비교적 싼 가격으로 구매할 수 있기에 경제적인 부담을 줄일 수 있었다.

이런 형식의 변화는 작품 성격의 변화를 뒤따르게 하였는데, 『초한전』의 경우, 단권으로 출판되면서 장회체의 역사연의소설에서 역사적인 사건과 인물을 중심으로 다룬 역사소설로 변모되었고, 『장자방실기』·『항장무』는 역사 인물에 초점을 맞춰 서사를 전개하였기에, 역사영웅소설에 근접한 문체로 변모되었다. 이는 한국적 특징에 잘 부합되는 문학양식으로서 큰 의의를 갖는다. 역사연의소설은 대하 장편이

---

73) 유탁일, 『한국문헌학연구』, 아세아문화사, 1990, 128~139쪽. 『초한전』 86장본과 88장본을 예로 들 수 있다.

74) 이주영, 앞의 책, 124쪽.

기에 편폭이 길어, 독자들로 하여금 지루한 감을 주게 된다. 이에 비해 단권으로 된 역사소설은 책 한권에 전체 이야기를 두루 포용하고 있어 효율적인 동시에 독자들의 경제적인 부담도 줄일 수 있었다. 다음으로 역사적 인물 중에서 전형성을 띤 인물들로 작품을 재창작하는 경우가 많은 것도 이 시대의 문학양식이라 할 수 있다. 역사 인물을 부각시켜 독자들에게 역사적 인식을 심어주고자 한 것이며, 이는 민족 영웅들을 호출하여 국권회복을 이루려는 당대의 과제와도 밀접한 연관을 가진다.

아래 유형별로 『초한전』·『楚覇王實記』·『홍문연』 등 세 작품을 선정하여 줄거리를 분석해보고, 구활자본 시대의 수용 양상에 대해 알아보고자 한다.75)

『초한전』은 『西漢演義』의 개작 소설이라 할 수 있다. 역사적 인물과 사건, 배경은 그대로 두고 작품 제목을 바꾸고, 서술자가 개입하여 이야기를 엮어나가는 등 소극적인 개작이라 할 수 있다. 이 작품은 앞의 도입부분 열 줄 정도만 다를 뿐, 방각본 『초한전』(1908)의 복제작이라 할 수 있어 한계로 지적된다. 『초한전』의 앞부분은 진나라 시황의 출생 내력과 진나라의 흥망성쇠를 서술하고 있고, 뒷부분은 초나라와 한나라의 치열한 싸움 끝에 한왕 유방이 천하를 통일한 내용을 다루고 있다. 이 작품의 결말은 한신을 斬한 내용과 더불어 한나라가 400여 년 동안 태평성세를 누리다가 왕망의 篡逆으로 멸망하게 됨을 제시하고 있다. 단권 분량이지만, 『西漢演義』의 전반 내용을 모두 포함

---

75) 인천대 민족문화연구소 편, 『구활자본 고소설전집』 12권~15권, 1983. 『楚漢傳 쵸한전』 [京城書籍業組合, 1915년], 『楚覇王實記 초픽왕젼』[以文堂, 1918년], 鴻門宴[회동서관, 1916년]을 텍스트로 한다.

하고 있다. 따라서 진나라가 6국을 통일한 내용과 진나라 말의 사회 상황은 간략하게 요점만 설명하고 있고, 초한 싸움은 줄거리 위주로 서술하고 있다.

작품은 개성 넘치는 인물형상을 생동하게 그려내고 있으며, 궁극적으로 항우와 유방의 대립을 통해, '인의후덕'을 숭상하고 '독단정치'를 반대하는 심미 의식을 보여주고 있다. 그 외에 손자병법, 태공망 전술, 변복술 등 흥미로운 전쟁담과 풍부한 고사성어와 다양한 4자성어의 사용, 생동감 넘치는 장면묘사, 초월적 존재의 개입 등을 통한 서사기법으로 미학적 효과를 높여준다.

작품 전체의 흐름을 지배하는 요인은 '大義名分'과 '仁義政治'라 할 수 있다. 이 두 요인은 각각 따로 작용하는 것이 아니고, 불가분의 관계에 있다.

항우는 명문귀족의 후예로 천병만마를 호령하는 능력을 가지고 있었기에 '역발산기개세'로 불리웠다. 그러나 유방은 출신이 미천하여 제왕이 될 수 있는 명분이 없었기에 그의 출생담에는 흔히 '천자의 상징'인 용을 등장시켜 신비로운 인물로 그려내고 있다. 『초한전』은 초한전쟁의 핵심 내용만 서술하고 있기에 부차적인 요소들은 생략하고 있지만, 유방의 탄생담, 뱀을 베어내는 장면묘사, 진승·오광의 실패원인, 의제를 추대하는 등 대목은 장황하게 서술하고 있다. 이 부분은 초한전쟁과는 큰 관련이 없는 내용이고, 야사에 가까워 역사적 사실과는 거리가 있지만 구활자본에서는 오히려 상세히 서술하고 있어 작자가 정통성을 옹호하려는 의도를 갖고 서술했음을 알 수 있다.

잇째의 패자에 한 사람이 잇스되 셩은 유요 명은 방이오 자난 계라 그

모친 은씨 일몽을 으드니 홀연 큰 못가으로 오색채운이 영농하고 서기 공중에 어렷더니 황용이 오운에 싸여 나려와 부인 품에 들거날 놀내 깨다르니 남가일몽이라 그 부친 태공으로 더부러 몽사를 의논하니 태공이 듸희하야 태긔 잇슴을 기다리더니 과연 태긔잇서 유방을 탄생하니 준슈한 골격이 융준용안이요 웬편 다리에 칠십이 혹자 잇난지라 유방이 점점 자라남에 마음이 인후하고 의사 활달하여 큰 도략이 잇고 지모 장약과 지인지감이 억만 사람에 지닉난지라 잇째 션보싸에 려공이라 하난 사람이 잇스되 사람의 상보기를 잘하더니 맛참 유계에 상을 보고 대찬왈 내 사람에 상보기를 만이 하엿스되 계에 상갓함은 보지 못하엿노라 하고 인하야 유계의게 청하야 왈 내 일즉 일녀을 두엇스되 재덕은 용열하나 그대게 끼치고져 호오니 원컨대 유계는 허락을 사양치 마르소셔76)

유계 술이 대취하야 한곳의 다다르니 큰 못이 잇난지라 월야 삼경에 못가으로 지내더니 큰 배암이 길을 막어 누엇거날 칼을 쌔여 그 배암을 베히고 갓더니 그 후에 한 사람이 배암 베힌 곳에 당하니 엇던 한 노고 울며 가로대 내 아달은 백졔자러니 젹졔자 칼에 베히노라 하고 인홀불견 이어날 그 사람이 괴히 역겨 유계에게 말하니 유계 듯고 심히 깃거하더니 그 후로 유계를 싸로난 재 부지기슈러라77)

범증이 바라본이 또한 용문오채라 자셰이 살펴보니 한 소년대장이 일군을 거나려 오난거동은 진실노 천자의 긔상일너라 범징이 대경하야 문왈 져 엇던 사람인고 좌위 답왈 이난 패쌍 사람 유방이로소이다 범징이 내렴에 항우에게 몬져 몸을 허신함을 탄식하고 그러하나 패공 해할 뜻슬 두더라78)

---

76) 『楚漢傳 쵸한젼』, 6쪽.
77) 『楚漢傳 쵸한젼』, 7쪽.
78) 『楚漢傳 쵸한젼』, 13쪽.

『西漢演義』에서도 유방의 출생담을 찾아볼 수 있지만 그가 성인이 되기 전에는 술을 좋아하고 여색을 좋아하여 태공이 그를 망부라고 불렀다는 대목이 있다. 그러나 구활자본에서는 유방의 출생담을 장황하게 설명하고 있고, 게다가 '점점 자라남에 마음이 인후하고 의사 활달하여 큰 도략이 잇다', '계에 상갓함은 보지 못하엿다' 등의 허구로 비범성을 극대화하고 있다. 그 외에 범증이 유방을 보고 항우를 따른 것을 후회한다는 내용도 추가되어 있는데, 물론 흥미 차원에서 기인한 것일 수도 있으나, 원전에 없는 내용까지 과장되게 묘사한 것은 작자가 '대의명분'을 염두에 두고 서사화했음을 알 수 있다.

이런 명분론은 유교사회의 天命思想에서 찾아볼 수 있다. 유교의 天命思想은 바로 天命政治思想으로서 帝王은 하늘의 命을 받아 하늘을 대리하여 정치를 하지만, 천명을 어길 때에는 災異를 내려 譴告하고 그래도 안 될 때에는 天命을 바꾸어[革命] 그 제왕을 갈아치우고 새로운 제왕을 세워 天命을 代理하게 한다는 것이다.79) 그러나 이것은 통치계급의 지배이데올로기에 의거한 것으로, 대대손손 권력을 이어가려는 통치계급의 지배질서를 구축하기 위한 방편에 불과하다. 피지배계급은 무지한데다 힘이 없었기 때문에 그러한 이념에 수긍할 수밖에 없었던 것이다. 유방의 탄생에 등장하는 황용은 최고의 권리에 있는 황제를 상징한다. 따라서 용이라는 초월적인 존재를 개입시켜 명분을 얻게 한다. 또한 유방이 성인이 되어 뱀을 베어 죽이게 되자 신비한 노인이 나타나서 '적제자'가 자기 아들 '백제자'를 죽였다고 울부짖는 장면에서도 초월적 존재를 개입시켜 황제가 교체될 것임을

---

79) 김기렬, 「朝鮮建國의 名分論 研究」, 동국대학교 대학원 박사학위논문, 1994, 34쪽.

암시하고 있다.

작품에서는 진승과 오광의 봉기를 비록 짧은 분량으로 소개하고 있지만 명분론을 내세우고 있다. "왕후장상에 어찌 씨가 있겠는가?"라는 구호를 외치며 진나라에 반기를 든 사람은 평민 출신의 진승이었다. 그는 '張楚'라는 나라를 세우고 한동안 진나라를 위협했지만, 몇 달 만에 패망했다. 신분질서가 엄격하던 시대에 이름 없는 평민이 하루아침에 왕이 되는 것은 명분을 얻지 못하는 일이었다. 범증은 항우에게 진승과 오광이 실패한 원인은 스스로가 왕이 되고자 하였기에 민심을 사지 못한 것이라 하였다. 이에 항우는 진승의 실패를 거울로 삼아, 의제를 왕으로 추대하였으나, 의제가 약속대로 유방을 왕으로 세우자고 하자 항우는 의제를 강에 빠뜨려 죽인다.

> 의제 마음이 불안하나 항우 청하난 일을 막지 못하여 삼강에 모왔더니 항우 의제를 다리고 배에 올나 노다가 의제를 강중에 밀쳐 죽이니 천하 만민이 막불뉴체라[80]

『西漢演義』에서는 衡山王[吳芮]과 臨江王[共敖]을 시켜 의제를 죽이는 것으로 되어 있지만, 『초한전』에서는 항우가 의제를 강중에 밀쳐 죽이는 것으로 서술하여 그의 포악함이 유방의 의로움과 비교가 되게 서술한다. 천하 제후들은 항우를 '만민의 부모를 죽인 원수'라 생각하고 반기를 든다.

다음으로 작자가 강조하는 것은 '仁義政治'이다. 작품에서는 장량의 대화를 통해 그 주제의식을 분명하게 드러낸다.

---

80) 『楚漢傳 쵸한젼』, 35쪽.

그런고로 유덕자난 창성하고 무덕자난 망하나니 옥새 유무를 의논치 마르시고 덕을 닥그시면 흥하리다[81]

유방은 능력·출신 등 모든 면에서 항우에 비해 열세했기에, 늘 신하들의 충고에 귀를 기울이고 인재를 중용하기에 힘썼다. 그는 여러 사람들의 얘기를 경청하고, 유리하다고 생각하면 행동에 옮겼다. 仁義로 신하를 대할 줄 알았기에 그의 수하에는 장량과 한신을 비롯한 뛰어난 인재들이 모여들었다. 이와 반면에 월등한 조건을 타고 난 항우에게는 두 가지 치명적인 결함이 있었는데 그 중 하나는 오만함이었다. 명문출신에 태어날 때부터 字를 가지고 있었으며[82], 가마솥을 들어 올릴 수 있는 힘과 용맹을 지닌 그는 최고라는 자만심으로 차 있었다. 홍문연에서 유방을 죽일 수 있는 기회가 왔음에도 유방을 무시하고 죽이지 않았으며, 한신과 같이 출중한 신하를 곁에 두고도 출신이 미천하다고 써주지 않았다. 범증을 모사로 두었지만 간언을 듣지 않고 독단적으로 행동했는데, 수도를 팽성에 옮긴 것이 한 실례가 된다. 한마디로 항우는 자신의 능력을 자부하고 있었기에 타인을 품을 수가 없었다. 다른 하나의 결함은 그의 무도함이었다. 장량의 계교에 빠져 진시황의 무덤을 파헤쳐 재물을 탈취하고, 자영을 비롯한 진나라 왕족들을 살해하며, 아방궁을 불태웠다. 또한 의제마저 죽이는 무도한 성격은 곧 '독단정치'에로 나아가게 하였다.

봉건사회에서 덕 있는 군주를 만나 태평성세를 갈망하는 것은 모든 사람들의 염원이라 할 수 있다. 진시황이 만리장성을 쌓고, 焚書坑儒

---

81) 『楚漢傳 쵸한젼』, 20쪽.
82) 『西漢演義』에서 字를 가지고 있는 인물은 항우 외에 장량[자방]밖에 없었다.

를 실시하는 등 폭정으로, 진나라 말에는 농민봉기가 끊임없이 일어나
고 사회는 혼란하기 그지없었다. 단명한 진왕조의 멸망은 후기 노예주
가 세운 통일된 전제 정권이 당면한 최초의 실패였다. 실패의 원인에
는 여러 가지가 있지만 가장 중요한 것은 최초로 정권 보좌에 오른 후
기 노예주 계급이 비록 굳건한 행동의 역량을 지니긴 했으나, 여전히
만족할 줄 모르는 미성숙한 계급이었다는 점이다.[83] 진 왕조의 통치
자는 법가 사상으로 지도 이념을 삼고, 사회생활에서 정신문화가 끼치
는 영향을 멸시했으니, 유가가 제창한 인의 도덕을 퇴비처럼 버리고,
사람을 단지 이익만을 구하고 해로움을 피하기만 하는 존재로 간주하
여 근본적으로 도덕 원리를 말하지 않았으며, 엄한 형법과 법률만이
통치를 영원히 보존하는 영험의 법보로 삼았다. 의제를 죽이고, '독단
정치'를 실시하는 항우의 포악한 행위로 백성들은 진나라의 폭정과 다
를 바 없다고 생각한다.

　유방은 진왕조의 멸망을 교훈으로 받아들였는데, 그것이 곧 '도덕을
지탱하고 仁義로써 돕는다'는 것이었다. 그는 진나라 관문을 향하여
전진하면서 곳곳에서 진나라 신하들을 항복시키고, 약법삼장을 반포
하여 백성들의 환심을 사게 된다.

　'仁義政治', '덕 있는 군주'를 갈망하는 민중 심리는 봉건사회뿐만
아니라 국권회복을 갈망하는 시대 상황에서도 마찬가지였을 것이다.
따라서 『초한전』은 이 시기에 많이 읽혔던 역사소설들처럼 단지 흥미
위주의 오락적 차원이 아닌 역사서나 교학서, 그 이상의 가치를 실현
했을 것이다.

---

83) 李澤厚 劉綱紀 主編, 權德周 金勝心 共譯, 『中國美學史』, 대한교과서주식회사, 1992, 539쪽.

『楚覇王實記』는 회목이 따라 나뉘어져 있지 않고, 진시황이 6국을 통일하고, 장량이 시황을 암살하려고 力士를 구하는 것으로부터, 초나라와 진나라의 싸움에서 항우가 패하여, 우미인과 이별하는 패왕별회에서 결말을 맺고 있다.

유탁일[84]은 구활자본 고소설은 이전에 존재하던 필사본이나 방각본 작품의 '이름을 바꾸고 사연을 고쳐' 출판한 것으로 간주되어, 이를 텍스트로 하여 연구한다는 것은 대단히 위험한 일로서 주의가 필요하다고 언급한 바 있다. 따라서 구활자본 고소설 대부분이 방각본을 그대로 복사한 결과물에 지나지 않으며, 내용이 상투적인 동시에 천편일률적 양상을 보여 큰 의미가 없는 것으로 간주된다. 『초패왕전』은 항우를 중심으로 이야기를 엮어나갔기 때문에 새로운 개작소설이다. 그러나 원전의 배경이나 사건들을 완전히 개작한 것이 아니고, 제목 등만 바꾼 소극적인 개작이라 할 수 있어, 구활자본 소설의 한계에서 크게 벗어나지 못했다.

그러나 방각본을 거의 그대로 복사한 『초한전』에 비해 진보적이라 할 수 있으며, 작품 전체에 항우를 영웅시하는 작자의식이 깔려져 있다는 것이다. 표면상으로는 항우와 유방의 성격을 대비시켜 유방의 인의로움을 긍정하는 것처럼 서술하고 있지만, 그 이면에는 항우를 영웅으로 바라보고 숭배하는 시각이 깔려 있다. 따라서 유방의 접약한 성격을 항우의 의젓함과 대비시켜, 예술적 효과를 높여주었다고 할 수 있다. 구체적인 예를 들어보기로 하자.

---

84) 유탁일, 앞의 책, 249쪽.

범중 왈 제후와 픠공이 드러와 볼씨의 갈가 아니 갈가 무러셔 간다 ᄒ
면 제복이오 아니 간다 ᄒ면 이ᄂ 관중에 왕ᄒ라 ᄒ미니 그씨 곳 버혀
후환이 업게 ᄒ소셔 픠왕 왈 올타 ᄒ고 이날 픠공 등이 와 ᄒ직을 고ᄒ거
늘 픠왕 왈 ᄒ아 네 ᄒ중으로 갈랴 ᄒᄂ야 아니 갈야 ᄒᄂ냐 픠공 왈 임
군이 한번 허락ᄒ시미 엇지 두 번 말ᄒ리오 임군이 명ᄒ시미 소신은 임
군의게 달인지라 엇지 가고 아니가믈 말ᄒ리오 신은 비유ᄒ건ᄃᆡ 폐ᄒ의
탄 말과 갓ᄐ여 치직을 치면 가고 곱비를 붓들면 아니갈지니이다[85]

이 대목은 항우가 유방을 한왕에 봉하여, 한중 땅에 내쫓으려 할 때,
범증이 유방의 목을 베라고 간청하는 내용과 유방은 항우에게 자신은
'폐하가 탄 말과 같다'고 비유하면서 목숨을 부지하기 위해 필사적으
로 아양을 떠는 모습을 그리고 있다. 항우는 이런 유방을 큰일을 하지
못할 겁약한 인간이라 깔보고, 앞으로 벌어지게 될 반전 상황은 생각
도 하지 않은 채, 무시해 버린다. 항우는 사나이다운 의기를 가지고 있
었기에, 어떤 이유에서든 남한테 머리를 조아리는 사람은 '소인배' 혹
은 '약자'라 생각했다. 목숨도 예외가 아니었다. 죽음을 앞두고 한 어부
가 강동까지 배를 태워주겠으니 다시 재기할 것을 권유하자 그는 추
호의 망설임도 없이 스스로 목숨을 끊었다. 항우는 큰일을 도모할 사
람, 적어도 자신과 왕위를 쟁탈할 사람은 사나이다운 의기가 있어야
적수가 될 자격이 있다는 신념을 가지고 있었다. 그러나 유방과 한신
은 그렇지 못했다. 위기의 상황에서는 늘 머리를 조아리며 구걸했다.
특히 유방은 항우 앞에서는 순한 말과 같았다. 관중을 함락하기 전, 유
방은 패현에서 봉기를 일으켰지만, 스스로 군사를 이끌 힘이 없어 항

---

85) 『초패왕전』, 72쪽.

량의 수하로 들어왔고, 항량은 그에게 똑같이 군사를 나누어 주었다. 초나라의 도움이 없었다면 유방이 어찌 먼저 관중에 들어갈 수 있겠는가? 유방은 먼저 관중에 들어가지 않겠다는 맹약을 했지만, 성문을 닫아걸고, 약법삼장을 반포했다. 이에 분한 항우가 홍문에서 연회를 열어 유방을 죽이고자 했지만 유방은 또 온갖 아첨을 다하며 목숨을 구걸한다. 한신과 유방은 큰 대사를 도모하기 위해 한때 자신의 절개를 굽히는 것은 비록 치욕스러운 일이지만 참을 수 있다고 생각했다. 최후의 승자만 될 수 있다면 치욕을 당하는 것쯤은 견딜 수 있었다. 이는 그들의 출신과도 관련이 있다. 유방과 한신은 미천한 출신이었고, 심지어 한신은 먹을 것도 없어 매일 저잣거리를 헤매고 다녔다. 이에 비해 항우는 명문집안의 자제로서 의기가 하늘을 찔러, 누구한테 빌붙거나 절개를 굽힌 적이 없는 사람이었다. 한신은 '항우는 匹夫의 용기와 아녀자의 인정을 가진 사람'이라고 비웃었다. 오만한 항우는 자신의 재주만을 믿고 인재를 소홀이 했으며, 유방은 그런 인재를 끌어들여 반격을 가했다. 유방은 적에게 애걸을 해서라도 곤경을 모면하였는데 항우는 단 한 번의 패배로 목숨을 끊었다.

『초패왕전』에서는 항우와 유방의 성격 차이를 선명하게 대비시켜 서술하며, 또한 작품 곳곳에서 비유나 과장의 서사기법을 찾아볼 수 있어 이야기가 한층 흥미롭게 진행된다. 언어의 표현에 있어서도 '범을 기르다가 산으로 보느미오', '힘은 구정을 들고 긔셰는 산을 쎈다', '굶은 호랑이 개를 놓친다' 등 생동한 필치로 서사의 진미를 장식해주었다.

대부분의 소설에서 항우를 부정인물로 형상화된 데 비해, 이 작품에서는 뛰어난 재능을 가지고도 비극적 결말을 맺는 그의 현실에 대해 동정하는 시선으로 바라보고, 그 불행까지 감싸 안는 인간 이해가 자리 잡고 있다. 결말도 항우가 자결하는 대목에서 끝이 나는 것이 아니라, 항우와 우미인이 이별을 앞두고 화답시를 주고받는 대목에서 끝을 맺고 있어, 읽는 독자들로 하여금 애절함과 슬픔이 묻어나게 한다. 영웅적 주인공이 자신의 재능을 발휘하지 못하고 사랑하는 사람과 이별해야 하는 뒷모습에는 비장함까지 묻어 있다. 평범하지 않으면서도 때로는 빈틈 있는 범용한 존재로서 독자들과의 공감대를 형성하며, 독자들은 주인공 항우가 되어 슬픔과 기쁨을 같이 나누게 되고 연민과 안타까움을 느끼게 된다. 수백 명밖에 안되는 군사를 거느리고도 당당하게 힘과 용맹으로 적진을 뚫고 나가는 데서는 마음의 정화를 느끼기까지 한다. 유방을 주인공으로 내세운 작품은 찾아볼 수 없지만, 『항장무』·『항우전』·『초패왕실기』 등 항우를 중심으로 부각시킨 작품들이 다량으로 출판되었다는 것은 독자들이 항우를 통해 희열과 교훈을 동시에 얻을 수 있다는 매력 때문이었다.

힘의 논리가 지배하는 현실에서 힘을 소유하지 못한 대중, 특히 일제 시기라는 억압된 공간에서 독자들은 영웅의 활약상, 애절한 사랑이야기 등을 통해 억압된 욕망을 해소할 수 있으며, 대리만족을 느끼게 된다. 독자들은 이상적 세계와 현실적 세계를 넘나들며 역사적인 공간을 현실적인 공간으로 느끼기도 하고, 의식적인 세계로 느끼기도 한다. 대부분의 영웅소설에서 주인공은 대개 초월적 세계의 지원을 받아 현실 세계의 고난을 극복하고 성공을 이루는 반면, 이 작품에서는 주인공은 실패로 끝난다. 항우는 비록 비운의 주인공에 그치지 않지만, 고금동서에 명장으로 거듭난 영웅인물의 전범이었다.

구활자시대에도 『초패왕전』·『항장무』 등 항우를 주인공으로 내세운 소설들이 다량으로 창작되었고, 출판을 거듭한 것으로부터 이런 부류의 소설들이 흥미 본연의 특성과 오락성으로, 잡다한 생각에 빠지지 않게 독자들에게 휴식의 공간을 제공해 준다는 의미 차원도 물론 개입되어 있다. 그러나 오랜 시간이 흐른 뒤에도 독자들은 항우의 실패를 아쉬워하며, 소설을 통해 회상하고, 그리워하는 것은 항우의 성패를 통해 마음의 정화를 느낄 수 있는가 하면 교훈적인 이야기로 뒤돌아보고 반성하게 하는 매력을 가지고 있기 때문이다.

『홍문연』은 1~20회로 되어 있으며 구체적인 회목은 아래와 같다.

데일회 시황이 셔복을 명ᄒ야 신션을 구ᄒ다
데이회 쟝냥이 역스로 거가를 치다
데삼회 됴고가 됴셔를 거짓ᄒ야 호희를 셰우다
데스회 망당산에서 류계 비암을 버히다
데오회 회계셩에서 항냥이 긔병ᄒ다
데륙회 범증이 계칙을 드려 초나라 후를 셰우다
데칠회 쟝감이 치를 겁박ᄒ야 항냥을 파ᄒ다
데팔회 항위 송의를 죽이고 됴나라를 구ᄒ다
데구회 초나라 항우 아홉 번 쟝감을 파ᄒ다
제십회 진나라 됴고의 권셰 즁외에 기우리다
데십일회 항우가 간ᄒ는 말을 듯고 쟝감을 항복 밧다
데십이회 역싱을 거두고 지혜로 쟝냥을 빌다
데십습회 망니궁에서 이셰가 희를 입다
데십스회 류픠공이 군스를 픠상으로 돌아가다
데십오회 범증이 건상을 보고 흥망을 알다
데십륙회 항빅이 밤에 가 장냥을 구하다
데십칠회 진나라 망ᄒ 것을 하례ᄒ야 홍문에 잔치를 베푸다

> 뎨십팔회 항위 ᄌᆞ영을 죽이고 함양을 뭇질으다
> 뎨십구회 항우가 언약을 어긔고 참남히 왕호를 ᄒ다
> 뎨이십회 패왕이 텬하 제후를 봉ᄒ다[86]

회목에서 보다시피 진나라 말의 이야기로부터 항우가 제왕을 분봉하기까지 초한전쟁의 전반부만 서술하고 있으며 따라서 유방이 파촉 땅에 들어가 병력을 키워 재기하는 내용은 생략되어 있음을 알 수 있다. 소설의 핵심 내용은 '홍문연 사건'이므로, 그 이후의 이야기는 생략된 것이다.

소설에서 '홍문연 사건'의 역사적 배경을 살펴보면 다음과 같다.

유방은 먼저 관중에 들어가서 궁문을 닫아걸고 다른 사람들이 들어오지 못하게 하였다. 뿐만 아니라 진나라의 혹독한 법을 폐지하고 '약법삼장'을 세웠는데 이는 항우의 노여움을 사게 되며, 항우는 범증과 함께 유방을 죽이기로 모의하고 홍문에서 잔치를 열게 된다. 장량과는 우의 관계에 있던 항량이 이 소식을 전해주어 유방이 알게 된다. 홍문에서 연회가 있던 날, 장량은 유방에게 탈출할 방법을 알려주며, 이외에 번쾌와 유방의 仁義를 동경한 초나라 신하의 도움으로 유방은 위기를 모면한다. 이 '홍문연'이란 유명한 일화는 전반 『西漢演義』에서도 명장면으로 꼽히며, 유방이 위기를 탈출하는 대목에서 독자들은 손에 땀을 쥐는 아슬아슬한 긴장감을 느끼게 된다.

유방은 하급관리 출신에 항우처럼 '역발산기개세'도 지니고 있지 않았고 특히 전장에서 싸움을 하는 능력은 항우에 비할 수 없을 만큼 뒤

---

86) 다른 회목은 '뎨'로 되어 있으나, 10회는 '계'로 되어 있고, '장냥'과 '쟝냥'을 같이 사용하고 있다.

지는 촌부였다. 그는 자신이 잘난 사람이 아님을 알고 있었기에, 늘 부하들의 士氣를 고무하였으며 인재를 중용하려고 노력하였다. 또한 仁義로 신하들을 대할 줄 알았기에 그의 곁에는 장량을 비롯한 충신들이 목숨을 아랑곳하지 않고 충심을 다하여 보필해 주었다.

항우는 8척 장신에다 힘이 능히 산을 뽑고 기개는 하늘을 찌를 것 같은 희대의 장사였다. 그는 대대로 초나라의 장군을 역임한 명문 귀족의 자손으로서 숙부 항량에게 병법과 검술을 배웠으며 천병만마를 호령하는 뛰어난 능력을 인정받았다. 그는 자신의 출신과 능력을 자부하고 있었기에 타인을 품을 수가 없었다. 범증과 같은 출중한 신하가 있었음에도 불구하고 간언을 받아들이지 않고 독단적으로 행동하고 한신과 같이 병법을 잘 아는 인재를 두고서도 출신이 미천하다고 업신여겨 유방한테 빼앗기고 만다. 사람들은 항우는 사람의 탈을 쓴 원숭이와 다름없다고 하여 '沐猴而冠'이라 하였다. 결과적으로 보잘것없는 일개 촌부에 해당하는 유방은 유년시절에는 망나니 호색한으로 불렸지만, 자신의 결점을 알고 있었기에, 신하들에게도 머리를 숙일 줄 알았고, 실패하였지만 재기할 수 있는 용기를 가지고 있었다. 유방은 진나라 관문을 향하여 전진하면서 곳곳에서 진나라 신하들을 항복시키고, 먼저 성문에 당도하여 세 가지 법률을 제정하였으며 이로 인하여 백성들이 기뻐하였다. 항우는 진나라 성문에 이르기까지 가는 곳마다 사람을 죽여 시체가 뫼같이 쌓였다고 한다. 진나라의 폭정 때문에 시달리던 백성들은 항우의 행동은 진나라의 폭정과 하나도 다를 바 없는 것을 느끼게 되었던 것이다.

『홍문연』에서는 권력을 손에 쥐고 사람을 죽이는 것을 두려워하지 않는 포악한 항우와, 죽지 않기 위해 필사적으로 노력하는 유방의 대립을 잘 포착하여, 성군을 待望하는 민중 심리에 맞게 각색된 개작소설이라 할 수 있다. 역사적인 사건을 바탕으로 하였기에 진실성을 강조하며, 실존했던 인물의 삶과 행적에 초점이 맞춰져 있어 독자들과의 공감대를 형성할 수 있다.

이상 『초한전』·『楚覇王實記』·『홍문연』 등 세 작품의 줄거리를 통해 구활자시대의 수용 양상에 대해 알아보았다. 구활자본 고소설은 긴 역사이야기를 짧은 편폭에 담아 서술했기 때문에 사건구성이 시간의 흐름에 따라 명료하게 씌어져 있지 않다는 단점을 가지고 있다. 또한 열악한 창작 환경, 출판 조건, 이윤을 추구하는 다량 출판과 소비의 문제 등으로 통속적인 면모에서 벗어나지 못하였다. 『西漢演義』의 계열의 구활자본 고소설도 일부 내용을 적출하여 부분 개작한 작품만 보일 뿐, 완전 개작한 작품은 보기 힘들어 기대 이상의 작품성은 운운하기 어렵다. 이러한 현상은 구활자본 고소설의 쇠퇴를 촉진시킨 중요한 원인으로 작용하였다.

5. 楚漢古事의 차용과 새로운 미학의 발현

『西漢演義』가 전래된 이후, 국내에서는 국·한문 필사본과 방각본, 구활자본들과 이를 개작한 작품들이 다량으로 쏟아져 나왔다. 이 부류의 소설들은 '『西漢演義』 계열작'에 포함시키려 한다. 여기서 계열 작품이란 『西漢演義』가 국내에 유입된 이후, 형성된 새로운 작품군을 지칭하는 말로, 기존에 '파생작'이라고 불리던 개념을 포함한다. '파생작' 중에서도 서한연의 내용을 부분적으로 답습하였거나, 일부분을 적

출한 작품은 '『西漢演義』 계열작'으로 분류하고,『西漢演義』 내용과
는 많은 차이를 보이지만 초한고사 소재인 인물이나 사건만을 차용하
여 다른 스토리로 재구성한 작품들은 본 연구에서는 '초한고사를 차용
한 소설'로 보고자 한다.

　　민관동[87]은 중국고전소설『西漢演義』의 번안소설로는『장자방전』
3册,『초패왕실기』,『홍문연』,『유악귀감』이 있다고 하였으며, 김태
준[88]은「초패왕실기」,「장자방전」, 농암노인이 발선한「유악귀감」등
은『西漢演義』에서 적출한 작품으로 보았다.

　　그러나 초한고사의 소재나 인물만 인용했을 뿐,『西漢演義』와는 전
혀 다른 스토리로 재구성한 작품들이 있다. 이들은『西漢演義』나『史
記』에 등장하는 초한고사를 차용하여 자국의 심미 특징에 부합되도록
완전히 다른 이야기로 재구성한 것이다. 이 계열에 해당하는 작품들로
는『제마무전』·『왕회전』·『만옹몽유록』등이 있는데,『西漢演義』와
의 상관관계를 다룬 연구를 찾아보기 힘든 이유로 아직까지 학계에서
조명을 받지 못했음을 알 수 있다. 대부분의 연구자들은 초한고사의
소재 또는『西漢演義』와의 연관성을 중심으로 연구하기보다는 몽유
록의 부류도 언급하고 있다. 세 작품은 모두 꿈이라는 요소를 도입하
여 사건전개를 풀어나가되 꿈에서 깨면서 이야기가 끝나는 몽유록의
형식적 특징을 지닌다. 다만『왕회전』은 한문 장편이며 장회체 형식을
택했다는 것이 주목할 만하다. 내용 또한 절대 분량을 역사군담으로
개작하여 군담적인 통속성을 강화하였다.

---

87) 민관동,「中國古典小說流傳韓國之影響」, 國立文化大學中文硏究所博士學位論文, 1994,
　　312쪽.
88) 김태준, 앞의 책, 99~100쪽.

초한고사를 소재로 한 수많은 자료들은 존재 자체만으로도 적지 않은 의미를 가지고 있다. 이것은 초한고사가 중국에서 뿐만 아니라 한국에서도 큰 영향을 끼쳤음을 시사하는 바이며, 『西漢演義』의 문학사적 위상을 조명하는 데도 큰 도움이 된다. 이 밖에 소설은 아니지만 『시조대사전』에 수록되어 있는 79수의 시조가 초한고사의 소재를 차용하여 재가공한 것이다.[89] 가령 초한고사 소재만을 인용하였다 할지라도 작자들은 『西漢演義』나 『史記』의 내용을 훤히 알고 있었던 문인이었음은 자명한 일이다. 중국에서 간행된 『西漢演義』가 한국에 전래되어 번역·번안 및 완전 개작한 작품들을 산출하였다는 것은 『西漢演義』가 여타의 문학 작품에 다양한 제재나 소재를 제공할 수 있는 무궁무진한 생명력을 가지고 있다는 것을 방증하는 자료이다.

『제마무전』은 작자·연대 미상의 고소설이며 국문 활자본으로는 1914년에 간행된 新舊書林과 1952년에 재간행된 世昌書館本이 있다.[90] 그러나 필자가 조사해본 결과 조선도서주식회사에서 大正 五年에 초판으로 발행한 『제마무전』은 내용 면에서 신구서림본의 내용과 차이를 보인다는 것을 알게 되었다.

신구서림본에는 한글 옆에 한자로 '池松旭'이라고 작자명을 병기해 놓았다. 주인공의 이름은 '져마무'라 쓰고 옆에 한자로 '篩馬武'라고 써 놓았다. 세창서관본은 표지에 '古代小說 夢決楚漢訟'이라 하였으나, 본문 앞의 제목에는 '제마무젼'이라 되어 있고 괄호 안에 '一名 夢決楚漢訟'이라 기록되어 있다.

---

89) 이형대, 앞의 논문, 384쪽.

90) 장하연, 「고소설에 나타난 還魂 모티프와 저승관 연구」, 단국대학교 교육대학원 석사학위논문, 2010.

조선도서주식회사본은 '古代小說 졔마무젼 권지단' 이라 되어 있고 그 아래에 작은 글자로 '텬연ᄌ 찬뎡'이라 기록되어 있다. 뒷면에는 '著作兼 發刊者 南宮楔'이라고 기록되어 있다.

『졔마무젼』의 내용에 대해서는 『中國全相平話三國志』에 있는 「司馬貌傳」에서 번안된 작품이라는 견해[91]와 『喩世明言』중의 「鬧陰司司馬貌斷獄」의 번안작이라는 견해가 있다.[92] 또한 번안작이 아니라 완전 개작한 작품이라고 보는 견해도 있다.[93]

이야기 줄거리를 보면 다음과 같다

> 도입부: 한나라 호환황제 즉위 초년에 졔마무라는 사람이 있었는데 문필이 뛰어나 천하제일이었다. 그의 집안은 대대로 명문거족이었으나 가세가 빈한하여 생계가 넉넉지 못하였다. 때는 임금이 유약하고 나라가 어지럽고 조정에 간신이 가득한 탓에 권세 있고 돈 있는 집안의 자제들만 합격할 수 있었던 상황에서 졔마무는 과거에 여러 번 응시하였으나 합격하지 못하였다.
>
> 발단: 부패한 사회에 대해 한탄하던 그는 집에 돌아와 밤마다 정화수를 떠다 놓고 하늘을 향하여 소원을 빌었다. 그렇게 백 여일이 지난 어느 날, 그는 옥황상제에게 올리는 원서를 써서 마을 뒤 높은 산에 올라가 낭독하였다.

---

91) 김태준, 위의 책, 94~95쪽. 김태준은 "「몽결초한송」·「졔마무젼」·「마무젼」은 내용이 동일한 책이며 「젼상평화삼국지」(속의) '사마모젼'이 이조 오백 년을 지나는 동안에 더욱 한글로 번역되며 傳寫하는 동안에 語音의 변화로써 사마모가 졔마무로 되고 졔마무가 다시 마무로 변하며 혹은 「초한송」[楚漢訟]의 별칭도 생긴 듯하다"고 하였다.

92) 신재홍, 「초기한문소설집의 전기성에 관한 반성적 고찰」, 『관악어문연구』 14집, 서울대, 1989, 67쪽.

93) 鄭東國, 「三國演義與韓國古小說之關係硏究」, 『人文科學硏究』 16집, 대구대학교 인문과학 연구소, 1997, 18쪽.

발전 고조 : 집에 돌아오니 홀연 방안에 향취 진동하며 문득 공중으로
　　　　부터 말소리가 들려왔다. 형옥지군은 옥황상제의 명을 받고 제마
　　　　무를 데리러 온 사신이었다. 제마무는 옥황상제로부터 염라부도
　　　　왕이라는 칙명을 받고 염라왕에게 불려가게 되는데 漢나라로부
　　　　터 300년 묵은 訟事를 해결하여야 하는 임무를 맡게 된다. 제마무
　　　　는 한나라 인물들을 인과응보에 따라 삼국시대의 인물로 환생시
　　　　킨다.
　결말 : 옥황상제는 크게 칭찬하고 인간 세상에서 부귀영화를 누릴 수
　　　　있는 인물로 환생시키는데 삼국을 통일한 사마염으로 환생시킨
　　　　다. 제마무는 인간 세상으로 돌아오면서 구름다리를 지나다가 실
　　　　족하여 놀라 깨어보니 꿈이었다고 한다.[94]

　『제마무전』은 "인생은 천지 기운을 받아 쇠하고 興한다"는 숙명론
적 세계관에 기반을 둔 작품이다. 작품의 도처에 "전생에 적선한 집은
이생에 복을 받고 이생에 죄 지은 자는 후생에 앙화를 받는다."는 권
선징악, 인과응보, 숙명론적 세계관이 개입되어 있다. 꿈속에서 염라
왕이 되어 질서를 바로잡는다는 설정은 숙명론적 질서를 초월하는 것
처럼 보이지만, 궁극적으로 "사람의 운수는 하늘이 정한다"는 운명론
이 작품의 전반적인 흐름을 지배한다. 작품의 고조 부분은 초한풍진의
영웅인물들을 삼국시대의 인물로 환생시키는 내용으로 전생에 공이
있는 자는 인간 세상에 환생하여 복을 받고, 악한 자는 환생하여서도

94) 인천대 문화연구소 편, 『구활자본 고소설전집』, 31권에 수록되어 있는 『제마무전』을 텍
스트로 한 것이다. 신구서림본은 내용 면에서 다소 차이를 보인다. 東漢 靈帝 때 제마무
라는 사람이 있었는데 옥황상제에게 불려가서 문초를 받게 된다. 또한 漢나라로부터 400
년 묵은 訟事를 해결하는 임무를 맡게 된 것으로 되어 있다. 결말부분에서도 옥황상제가
제마무를 저승과 이승으로 드나들게 하며 여러 임무를 맡기는 것으로 되어 있고 꿈에서
깨어나 상황이 종료되는 것으로 이야기가 끝을 맺는다.

벌을 받게 된다는 관점이 투영되어 있으며, 공정한 訟事를 통해 대리 만족을 느끼려는 작자의식이 개입되어 있음을 알 수 있다. 작품에서 한고조[유방], 항우, 한신, 우미인, 여후, 팽월, 소하 등 강동 자제 8천 명은 전생의 원통함과 억울함을 호소하며 訟事를 기다리고 있다. 제 마무는 그들을 심판하는 과정에 전생의 공적과 과실을 서술하고 있어, 치열했던 초한의 싸움을 상기시킨다. 따라서 작자는 『西漢演義』와 『三國志演義』를 숙달하고 그 시대의 역사마저 훤히 꿰뚫고 있던 인 물임에 틀림없다.

『제마무전』에서 유방·항우·한신 등 주요 인물들의 공적과 과실을 평가하여 인간 세상에 환생시킨다.

> 신왕이 위션한 틱조 류방을 불너왈 그딕ㅣ 본딕 픽풍 씨에 술츄렴군이 라 수양의 미미한 명당으로셔 진나라의 어즈러온 씨를 타고 여러 영웅의 도음을 힘닙어 항우를 파ᄒ고 텬하를 엇엇스니 부귀영화ㅣ 극진ᄒ거니 와 그딕의 힘을 의론ᄒ지면 삼강오륜일 다 모르나니 그딕는 주셰히 들으 라 부즈의 친분은 일륜의 읏듬이라(중략)
>
> 항왕이 그딕를 항복밧고져 ᄒ야 틱공을 도마우에 놉히 안치고 그딕에 게 통고ᄒ기를 만일 항복지 아니ᄒ면 틱공을 삶으리라 ᄒ딕 그딕 화답ᄒ 야 굴ᄋ딕 내 너로 더브러 함계 회왕을 섬길식 그 명을 밧아 미즈 형데 되앗스나 내 어버이는 곳 네 어버이라 만일 네 어버이를 삶을진딕 다힝 이 한그릇 국을 난어 보느리 ᄒ얏스니 이는 텬하 엇기만 싱각ᄒ고 어버 이는 가뷔여이 넉이미니 이 엇지 사름의 주식된 도리라 ᄒ리오(생략)
>
> 이졔 그딕로 ᄒ야곰 인간에 나가 한나라 헌뎨 되게 ᄒ노니 몸은 텬즈라 ᄒ나 동란의 슈모와 곳곳 핍박을 밧아 날노 마ᄋ미 상ᄒ고 간이 슬다가 맛참닉 죠비에게 그 지위를 쎅앗기게 ᄒ노니 이는 목션화음ᄒ는 한울 리티 라 악훈 은원을 길은자ㅣ 필경 악훈 열믹를 엇으미니 나를 원망치 말나.95)

유방에 대한 평가는 어느 시대에나 있었다. 출신은 비록 미천하나 관인대도하여 제왕으로 적절하다고 여기는 사람이 있는가 하면, 출신이 미천하여 정통성에 어긋나며, 주색을 좋아하는 일개 촌부로 보는 사람도 있어 '정반 대칭론'으로 나뉜다. 『제마무전』의 작자는 유방을 부정적인 인물로 보았다. '삼강오륜을 모르고, 평생 교사함을 주장하여 남을 속였으며, 척희의 아들을 태자로 삼는다는 망녕된 계획을 하여 母子로 하여금 여후의 해를 받아 참혹히 죽게 하였다'고 질책한다. 또한 나라를 위해 공을 세운 공신들인 한신·팽월·영포 등을 죽이고 삼족을 멸하였으니 사람이 차마 할 짓이 아니라고 강조하였다. 유방에 대한 그의 비판에는 통치계급에 대한 불만의 감정이 여실히 드러나 있다. 제마무가 처해 있던 현실에 대한 불만, 지배계급에 대한 불만의 정서가 유방의 송사를 통해 드러난 셈이다.

이와 달리 항우에 대해서는 긍정적인 시선으로 바라보고 있음을 알 수 있다.

> 그딕는 눈즈위가 즁동이오 긔상이 웅장ᄒ며 힘이 능히 틱산을 쎅고 긔운이 능히 셰샹을 덥흐며 ᄒ번 춤밧고 ᄭᅮ짓는 쳔 사름이 스스로 죽으니 쳔고의 싹이 업는 영웅이라 글은 족히 성명을 긔록홀 ᄯᅡ믈이란 말은 진실노 즈고급금 썩은 션비 붓딕를 잡아 여간 문쟝을 즈랑ᄒ며 남의 시비 평론ᄒ는 쟈를 ᄭᅮ지즈미니 엇지 샹쾌치 아니ᄒ며 ᄯᅩ 홍문연에 범즁이 그딕를 위ᄒ야 픽공을 죽이려 ᄒ야 옥결을 자조들되 그딕 죠금도 긔의치 안이ᄒ니 가이 님금의 큰 도량이 잇다 ᄒ것이오 ᄯᅩ 슈슈ᄊᆞ홈에 한왕의 빅만딕병을 파ᄒ고 그 이비 틱공과 그 안히 려후를 사로잡아 삼년을 딘즁에 두엇스되 죽이지 안앗스니 이는 인인 군즈의 마음이오 (중략)

---

95) 『구활자본 고소설전집』, 31권, 38~40쪽.

잘흔 일은 만코 잘못흔 일은 적으니 족히 용셔홀 것이오(중략)

이제 그딕를 인간에 보닉야 한동히량현에 탄싱케 ᄒ노니 셩명 관우요 즈는 운쟝이라 용밍를 만인을 딕젹ᄒ고 의긔는 산악과 갓ᄒ며 글은 츈츄 쟈젼을 닑으며 무에는 쳥룡언월도를 쓰고 류현덕과 댱익덕으로 더부러 도원결의 ᄒ야 황건젹을 쳐파ᄒ고 그 후에 불힝이 류현덕이 하비싸에셔 됴표와 쓰우다가 픽ᄒ야 그 간곳을 물으거든 그 형슈 미부인과 감부인을 모시고 토산에 둔쳣다가 댱료의 권ᄒᄂᆞᆫ 말을 듯고 잠간 조조에게 도라갈 졔 셰 가지 언약을 뎡ᄒ되(중략)96)

잔인무도하고 포악한 인물로 평가되는 견해와는 달리 과실보다는 공로가 많은 긍정적인 인물로 평가하였다. 심지어 유방의 부친과 처를 인질로 잡아 두고 3년 동안 돌려보내지 않았던 행동에 대해서도 "죽이지 않고 살려 두었으니 군자의 마음이라"고 하였다. 항우는 타고난 용맹과 뛰어난 재능을 가지고 있었으나, 충분히 펼치지 못하고 결국 패자로 되었다. 이는 제마무가 처한 현실상황과 부합된다. 제마무는 학문에 정통했으며, 대대로 내려온 명문집안의 출신이었다. 그러나 사회가 부패하고 집안이 빈곤한지라 과거시험에 합격할 수 없었다. 제마무는 자신의 능력을 마음껏 펼칠 수 없는 원인은 하늘이 도와주지 않기 때문이라 생각하였다. 항우도 오강에서 자결할 때, 하늘이 도와주지 않는다고 서술한 대목이 있어, 두 주인공이 모두 숙명론적인 관점을 가지고 있음을 알 수 있다.

초한고사를 소재로 한 시조에서도 항우에 대해 긍정적으로 바라보고 동경한 작품들을 찾아볼 수 있다. 항우를 소재로 한 작품이 대량

---

96)『구활자본 고소설전집』, 31권, 45~48쪽.

존재한다는 것은 주목할 만하다. 싸움에서 승자인 유방보다 항우를 소
재한 작품이 더 많다는 것은 역발산기개세와 불굴의 의지를 흠모하는
사람들이 많다는 이유에서도 찾을 수 있겠지만 항우의 결점까지도 공
감하면서 패배한 영웅의 불행에 대한 연민과 안타까움의 감정, 걸출한
영웅의 뒷그림자에 배인 현실적 고뇌와 불행까지 감싸 안는 새로운
인간 이해가 자리 잡고 있는 역동적 요인이 있기 때문이다.97)

그듸는 한틱조 류방을 위흐야 세상의 덥히는 큰 공을 세웠거늘 필경
왕후의영화를 누리지 못흐고 무죄이 죽엇스니 엇인 가엽지 아니흐리요
그듸를 세상에 닉보닉오니 셩명은 조조오 즈는 밍덕이라 모략은 손빈이
나 오긔 갓고 지혜는 세상 스름의 쒸여 틱평흔 쎠에는 능흔 신하오 어즈
런 세상에는 간웅이라 텬즈를 씌고 졔후를 호령흐며 헌뎨를 허도에 가두
고 날노 판박흐며 복황후를 죽여 묵은 원억을 풀고 텬하에 황힝흐야 일
홈이 우쥬에 더하게 흐노라98)

작자는 한신에 대해서도 동정의 시선으로 바라보았다. 한신으로 하
여금 삼국시대의 조조로 환생시켜 헌제[유방]를 가두고 복황후[여후]를
죽여 철천지원수를 갚게 한다. 한나라의 개국공신이 부패한 권력 앞에
서 무기력하게 죽은 현실을 동경하고 인간 세상에 다시 환생시켜 원
수를 갚게 함으로써 숙명적 질서를 초월하는 것으로 그려내고 있다.
권력을 손에 쥐고 온갖 악행을 저지른 여후는 복황후로 환생시켜 한
신의 손에 죽게 하여 인과응보의 원리를 구현하였다. 이러한 것들은
통치계급에 대한 비판적 의식과 직결되어 있으며, 제마무가 처한 문란

97) 이형대, 앞의 논문 참조. 395쪽.
98) 『구활자본 고소설전집』, 31권, 40~41쪽.

한 정치적 현실과 대조되어 염라국에서나마 부패한 현실을 바로잡아 대리만족을 얻고자 하는 정서를 표출한 것이다.

이외에도 우미인·팽월·소하·조참 등 초한고사에 등장하는 인물들을 인과응보의 원리에 따라 인간 세상에 환생시킨다. 『제마무전』은 초한고사의 인물을 등장시켜 현실세태에 대해 비판하고 작자의 주관적인 세계를 보여주었다.

『왕회전』은 역사상의 실존 인물을 등장시켜 이야기를 재구성한 장편 한문 소설이다. 이 작품은 19세기인 1840년에 김제성(1803~1882)이 창작하였다. 현재 한국학중앙연구원에 유일본[2권 1책]으로, 총 72장 143면으로 구성되어 있다.[99] 작품에는 초한시대의 영웅인물도 등장하는데 그들이 적지 않은 비중을 차지하고 있다. 한고조·항우·한신·장량 등 인물을 등장시키며 한고조는 긍정적인 인물로, 항우는 부정적 인물로 형상화되어 있다. 작품은 초한고사를 바탕으로 군담적 색채가 짙은 이야기로 재구성하였기 때문에 완전개작이라 할 수 있다. 이 작품에 대해서는 『금화사몽유록』을 수용하였다고 보고 따라서 몽유록의 향방과 관련하여 언급되었는가 하면, 몽유록의 장르적 관습에서 많이 벗어난 것으로 보는 견해도 있다.[100]

작품의 도입부분은 몽유록의 구조로 이루어져 있는데 숭정 기원후

99) 임치균, 「『王會傳』연구」, 『장서각』 2집, 한국정신문화연구원, 1999, 67쪽. 『왕회전』은 표지에 한문으로 『王會傳』으로 적혀 있고, 그 다음 장에 '王會傳 上 目錄'이라고 하여 제7회까지의 회장체 제목이 제시되어 있다. 본문을 시작하기 전에 '王會傳 上 南湖夢錄'이라고 글자가 보이며, 하권이 시작되는 39장에도 '王會傳 下 南湖夢錄'라고 적혀 있다.
100) 이병직, 「『王會傳』연구」, 『고소설연구』 14집, 한국고소설학회, 2002, 154~155쪽. 이 논문에서는 작품 구조를 통해 작가의식을 검토하는 데 주안점을 두었는데, 작품 구조의 가장 큰 특징은 군담을 설정하여 작자의 의도를 표출한 것이라 하였다. 『왕회전』을 몽유록의 범주에 포함시키지 않은 것이 특징적이다.

경자년 봄에 「전후 적벽부」를 읽고 있던 南湖居士 김제성이 봄볕에 잠깐 졸다가 어딘지 모르는 곳으로 날아가는 것으로 시작된다. 『왕회전』은 상권이 7회, 하권이 6회로 도합 13회로 구성되어 있다. 상권과 하권의 내용을 요약하면 다음과 같다.

> 상권 : 蘇軾이 나타나 '그대를 믿을 수 있어 왔다'면서 실제로 숭정 기묘년에 4인의 창업지주가 모여 잔치를 벌인 '金華寺創業演義'의 전말에 대해 얘기한다. 한고조가 당·송·명 3국의 창업주 및 중흥지군을 초청하여 창업연을 열게 된다. 장량의 군신들을 품평할 것을 제외하고 한고조는 받아들인다. 명태조는 諸帝를 품평하고 제갈량이 군신의 高下와 次序를 정한다. 208명의 군신의 포폄을 진행하고 문신에게는 獻詩를 하도록 하고, 武臣에게는 兩隊로 나누어 무예를 겨루게 한다. 한고조의 명을 받은 제갈량이 여기에 참석하러 온 진시황과 초패왕을 창업주가 아니라는 이유로 물리친다. 모임에 초청을 받지 못한 元太祖가 쳐들어온다. 제갈량이 원군을 대패시키고, 蘇軾이 지은 詔書를 천하에 반포한다. 宋主 劉裕가 열국 대회를 열고 洛會에 소외된 군주 및 元의 신하들과 힘을 합쳐 전쟁을 일으킨다. 劉穆之는 明太祖의 선봉 항왕을 설득하여 배반하도록 한다.
> 하권 : 항왕이 되돌아와 기습하자 제갈량이 군사를 모아 진법을 훈련시키나 연패한다. 제갈량이 재차 지략으로 승리를 거두고 항왕은 목숨을 건져 달아난다. 당태조가 제갈량의 계책에 따라 항왕을 사로잡고, 항왕은 자결한다. 한고조는 한신의 마음이 흔들림을 알고 체포하였으나 다시 고향으로 돌려보낸다. 한고조가 여러 공신들을 三等으로 봉한다.
> 　거사가 꿈에서 깨어 기이하게 생각하면서 차례를 지어 기록하고는 이름을 『왕회전』이라고 하였다.[101]

『왕회전』에는 역사상 실존했던 영웅인물들이 등장한다. 그 중에서 항우는 부정적인 인물로 가장 비중 있게 다루어져 있다. 그는 창업연에 참석하려다가 공명의 제지를 받고 覇者가 있는 西樓로 갔으며, 제왕의 是非에 참여하기를 원했다가 명태조로부터 10죄를 질책 받으며, 무예 겨룸에서 재주를 과시하려다가 낭패를 당하기도 한다. 宋主의 유유가 침입하자 漢의 선봉으로 출정하지만, 유목지에게 유세되어 한을 배반하면서 한고조와 갈등을 일으키는 등 사건에서 그는 주요 인물로 활약하게 된다.『왕회전』에서는 항우의 힘만 믿고 겸손하지 못한 태도를 부정하면서 한고조 유방을 긍정적으로 바라보았다. 통치계급에 대해 비판적 의식을 가졌던『제마무전』의 작자와는 상반되는 입장을 취하였다. 이병직[102]은 "항우를 부정적으로 형상화한 것은 작자의 의도적인 설정"이라고 보았으며, 장효현[103]은 "작자 김제성은 生員試에 합격했으나 별다른 성취를 이루지 못했던 近畿士族으로, 春秋大義를 최고의 덕목으로 여겼다 한다. 때문에『왕회전』에서도 이와 상통하는 尊王攘夷 의식을 발견할 수 있다"고 하여 작자의 주관의지와 상통하는 것으로 보았다.

『왕회전』은 초한고사의 소재를 차용하고 있지만『西漢演義』와는

---

101) 장효현 외 4명,『校勘本 韓國漢文小說 몽유록』, 고려대학교 민족문화연구원, 2007, 457~590쪽. 장효현은 "『왕회전』에 대해서는 '유일본이기 때문에 교감하지 않았으며, 인명과 지명에 대해서만 오자 여부를 밝혀 주석을 달아 설명하였다"고 하였다. 따라서 텍스트를 이 책에 실려 있는『왕회전』으로 함을 밝혀둔다.

102) 이병직, 위의 논문, 164쪽. 이병직은 또한 항우를 부정적으로 비중 있게 다루었다는 점을 지적하면서 "결국 항우의 배반과 그 응징을 다룸으로써 작가가 의도하고자 한 점은 포악한 항우를 배척하고, 덕을 베풀고 正道로써 천하를 평정한 한고조의 정통성을 높이려는 데 의도가 있다"고 말하고 있다.

103) 장효현, 위의 책, 457쪽.

서로 다른 사건전개를 통해 주제의식을 표명하였다.

> 항왕은 오추마를 타고, 손에는 방천극을 들었고, 위풍이 늠름하고, 기
> 세당당하여 오거늘, 공명을 보자 물어 왈, "主宴者는 누구냐?" 공명 왈,
> "한고조와 더불어 唐·宋·明 삼국의 창업지주들이 태평연을 베풀었는
> 데, 의외로 대왕께서 찾아오니, 실로 다행입니다." 항왕이 앙천대소하여
> 왈, "천지가 翻覆하고, 일월이 盈虧하여도, 어찌 유계가 주인이 되고, 항
> 적이 客子가 될 수 있겠느냐?"[104]

항우에 대해서는 오추마를 타고 손에는 방천극을 들고 위풍이 늠름
하고 의기충천하다고 묘사하고 있다. 또한 한고조가 연회를 베푼다고
하자 한고조라는 명칭을 쓰지 않고 '유계'라고 비웃는다. 유방 역시 항
우는 창업지주가 아니기에 同席을 거절하기는 마찬가지이다. 작품의
전반에 항우의 배신과 반항의 정서가 깔려 있다. 항우는 "방자하고 거
역하여 어지러움이 치우보다 심하고, 포악하여 명을 어김이 사흉보다
지나치며, 잔학함이 걸주보다 넘치고, 무도하고 포악함이 진시황보다
더하며, 거기에다가 반역을 일삼는 것으로 천지신인이 용서하지 못할
것이다"라고 하였다.[105]

이와는 달리 한고조에 대해서는 '四國之首'라고 높이 평가한다. 한
고조는 어질고 성인의 자질을 갖추었으며, 천명을 받고 기강을 수립하
여 백성에게 은혜를 베풀고 사직종사의 기초를 정하였으니, 이는 하늘

---

104) 장효현, 위의 책, 466쪽. 項王坐下烏騅馬, 手中方天戟, 威風凜凜, 壯氣堂堂, 軒昻而
　　 來, 見孔明問曰: "主宴者, 誰也?"孔明曰: "漢高祖與唐宋明三國刱業之主, 設太平之
　　 宴, 不意大王來臨, 實是所幸也."項王仰天大笑曰: "天地翻覆, 日月盈虧, 豈知劉季爲
　　 主人, 而項籍爲客子耶?"
105) 이병직, 위의 논문. 164쪽.

의 응함이요 신민이 경하할 일이라고 하였다. 한고조는 겸손한 성품을
갖춘 선비로 형상화되어 있다.

> 한고조 왈, "과인이 덕을 쌓고 공을 세운 것은, 어찌 三代와 비교할 수
> 있겠는가? 漢家 400년의 기업을 연 것은 실로 군신들의 힘에 의지한 것
> 이지, 과인의 공로가 아니요. 張良은 運籌帷幄하고, 蕭何는 근본을 고수
> 하고, 陳平은 계책을 사용할 줄 알고, 蕭何는 형세를 분석할 줄 알며, 酈
> 食은 道로 어지러움을 다스리고, 陸賈는 변론에 능하여 입으로 승리할
> 수 있으며, 張倉은 律令을 정하고, 叔孫通은 예의를 만들고, 한신은 戰
> 必勝하고, 曹參은 정벌에 뛰어나고, 灌嬰은 용병에 뛰어나고, 樊噲·王
> 陵은 萬夫不當之勇이 있고, 紀信·周苛는 천추에 썩지 않을 절개를 가
> 지고 있으며, 조정에서는 周勃의 충성을 다하고 밖에서는 彭越이 聲勢
> 를 도와준 이 모든 것이 과인의 공업을 이루게 하였소."[106]

당태종은 한고조의 약법삼장에 대하여 칭찬하고 창업지주로는 4국
중의 으뜸이라고 칭찬한다. 그러나 한고조는 자신의 과업은 신하들이
이룬 것이라고 겸손하게 대답하며, 초한전쟁에서 공을 세운 신하들의
이름과 공적에 대해 말하고 있다.
『제마무전』과 『왕회전』의 작자 혹은 주인공이 처해 있는 입장이 서
로 다르기 때문에 선호하는 인물들도 다를 수밖에 없다. 통치계급에
의해 자신의 재능을 발휘할 수 없었던 제마무는 부패한 사회현실에

---

106) 장효현, 위의 책, 461~462쪽. 漢祖曰 : "寡人稹德累功, 安敢望三代乎? 創開漢家四百
   年基業者, 實賴羣臣之力, 非寡人能也。張良, 運籌帷幄, 蕭何, 固守根本, 陳平, 仗計策,
   隨何, 定形勢, 酈食, 其道其治亂, 陸賈, 論其勝敗, 張倉, 定律令, 叔孫通, 制禮儀, 韓信,
   戰必勝, 曹參, 善征伐, 灌嬰, 善用兵, 樊噲·王陵, 萬夫不當之勇, 紀信·周苛, 千秋不
   朽之節, 周勃, 內竭忠誠, 彭越, 外助聲勢, 以成寡人之勳業也."

대한 불만을 토로하고, 명분론적 당위성을 강조하였던 김제성은 정통
성을 주장하였다. 작자의 주관적 세계가 다르기 때문에 같은 소재를
차용하여 썼을지라도 서로 다른 기대효과를 얻을 수 있다. 한신을 형
상화한 모습에서도 서로 다른 작가의식을 엿볼 수 있다. 『제마무전』에
서 한신은 개국공신이면서도 여후에 의해 비참히 살해되는 억울한 영
웅으로 형상화되어 있으나, 『왕회전』에서는 "임금에게 충성하고 위를
향하는 뜻이 없는 '不義侯'의 모습"으로 그려지고 있다. 『史記』를 쓴
사마천은 한신의 공로에 대해서는 찬양하였으나 반역을 꾀하여 죽음
이 마땅하다고 하였다. 김제성도 마찬가지로 정통성에 입각하여 썼기
때문에 통치계급에 불만을 가지고 있는 백성들이 바라보는 시각과는
다르다. 중요한 것은 그들이 자신의 이상과 욕망을 소설 속의 인물들
에 寓意的으로 투영시켜 당대 현실의 문제를 迂廻的으로 표현했다는
것이다.

　『왕회전』에서 작자는 꿈이라는 소재를 도입하여 창업연의 참여를
두고 벌어지는 갈등을 중화세력과 夷狄 간의 대립을 중심으로 다루고
있으며 철저하게 '尊王攘夷' 의식을 구현하고 있다.

　『만옹몽유록』은 尹致邦(1794~1877)의 문집인 『謾翁遺稿』 卷1[錄
篇]에 실려 있는 것으로 19세기에 창작된 몽유록 소설이다.[107] 작품은
몽유자 不慍齋가 꿈에 한 신선을 만나 그의 인도로 九節杖을 잡고 중
국의 泰山·衡山·華山·恒山·嵩山 등 五岳을 둘러 본 뒤, 金陵·箕
山·洞庭湖·龍門·滄水·巫山·楚伯王의 廟 등을 거쳐 태백산에 이

---

107) 김정녀, 「『謾翁夢遊錄』연구」, 『고소설연구』 9집, 한국고소설학회, 2000, 298쪽. 이 논문
　에서는 작가의 생애와 작품의 성격에 대해 연구하였는데 19세기 몽유록의 활로를 모색
　한 작품으로 보았다. 『謾翁遺稿』는 1961년 石印本으로 간행되어 고려대와 연세대 도서
　관에 소장되어 있다.

르러서는 신선이 주는 술을 받아 마신 뒤에 꿈에서 깬다는 내용이다.
이 단편소설에는 아주 짧은 분량으로 항우에 대한 언급이 나온다.

> 물을 따라 가다가 동쪽을 바라보니 초패왕의 묘가 있었는데, 그 기상
> 을 우러러 본 즉 진실로 천하의 영웅이었다. 장차 나아가 참배하고자 하
> 였는데, (선인이) 옷자락을 잡아끄는 바람에 (참배를 못하고) 태백산에
> 이르게 되었다. (선인이) 노하여 질책하였다. "항왕은 비록 영웅이긴 하
> 지만 무자비하고 교활하여 남을 해친 사람이다. 더욱이 그 임금을 시해
> 하고 스스로를 세웠는데, 어찌 참배할 마음을 지니리오?" 이에 심기가
> 갑자기 불편하여 두려움에 떨며 땀을 흘렸다.108)

몽유자는 초패왕의 묘지를 지나면서 참배하고자 하나, 선인은 그런
몽유자를 질책한다. 항우는 의제를 시해하고 스스로 왕이 되고자 하여
크게 의를 상실한 부정적인 인물로 평가하고 있다. 항우에 대한 평가
는 두 개로 나뉘는데, 만고의 영웅이라는 긍정적인 평가와 의제를 시
해하여 걸주보다 더한 폭군이라는 것이다. 이 글에서 몽유자는 항우를
영웅으로 숭배하는 것이 잘못된 일임을 깨우쳐 준 선인의 가르침을
따르고 있다.

위의 세 작품은 초한고사의 소재나 인물을 차용하였지만,『西漢演
義』와는 전혀 다른 이야기로 재탄생하였다. 이 작품들은 사건구성에
서 초한고사만 차용하였을 뿐, 초한전쟁과는 상관없이 이야기가 진행
되고 있어 완전개작된 작품이라 할 수 있다.

---

108)『謾翁夢遊錄』. "順流而東見, 有楚伯王之廟, 仰觀氣像, 則眞天下英雄也。將欲施禮,
掺裾曳之, 而至太白山, 怒叱曰, 項王雖英雄, 殘忍猾賊者也, 況弒其主而自立, 寧有施
禮之心乎?心-氣急, 汗出戰栗。"

이외에도 『고후전』이라는 작품이 있는데, 유방이 죽고 그의 부인 여치가 권력을 손에 쥐고 충신들을 살해하는 과정을 그린 것으로 『西漢演義』의 연장선상에 있는 작품이라 할 수 있다. 이 작품은 한고조 가 죽은 후, 혜제가 즉위한 것으로부터 시작하여 유방의 황후였던 태후 呂雉가 수렴청정하여 척부인과 여의를 죽이고 여러 왕들을 암살 하는 내용, 여후가 죽고 문제가 즉위하여 태평성세가 이어지는 내용 등 20여년의 역사를 배경으로 하고 있다. 『西漢演義』가 혜제의 등극 까지 다루고 있다면, 『高后傳』은 혜제가 등극하고 나서 여씨천하가 된 漢初의 역사를 여후의 행적에 포커스를 맞추어 다루고 있다.

한국학중앙연구원 장서각에 소장되어 있는 『高后傳』은 4권 4책의 한글 필사본으로, 최근 2004년에 비로소 발견되어 국내에 소개되었다. 그것은 『高后傳』이 소설임에도 불구하고 '史部-傳記-別傳'에 분류되어 있어 주목을 받지 못하였기 때문이다.[109]

『高后傳』은 앞에서 얘기한 『全漢志傳』중의 '西漢志傳' 일부를 번 안한 것으로 추정되고 있다. 『全漢志傳』의 두 판본 가운데서 寶華樓 本 卷8(53則)~卷9(66則)까지 수용한 것으로 밝혀져 있다.[110]

'고후전'이라는 서명은 『장서각한국판도서총목록』뿐 아니라, 19세기

---

109) 연구저서로는 명대소설 번역필사본에 대해 연구한 김영의 박사학위논문과 허원기의 학술논문이 있다.

　김영, 앞의 논문, 67쪽. 그는 서지사항에 대해 밝혔는데 "책의 전체 크기는 27×17.4cm 이다. 綿裝本이며 楮紙에 5침으로 엮어져 있고, 표지 상당에 "高后傳"이라 제목이 쓰여 있다. 반엽 9챙, 매 행 29자 내외의 가지런한 궁서체로 써내려갔으며, 권1은 106면, 권2는 100면, 권3은 106면, 권4는 98면으로 도합 410면으로 이루어져 있다."고 하였다.

　허원기, 「외로운 여성 권력자의 초상-고후전 연구」, 『藏書閣』, 17집, 한국학중앙연구원, 2007.

110) 김영, 위의 책, 72~74쪽. 『全漢志傳』과 『高后傳』의 일치하는 부분을 표로 제시하여 비교하였다.

초 순조연간(1801~1834)에 작성된 것으로 보이는『大畜觀書目』에 '高后傳 諺四冊'이라고 수록되어 있으며, 장서각에 소장된『演慶堂諺文冊目錄』의 서목에도 기록되어 있다.111)

『高后傳』은 조선 왕실의 연경당에 소장되었던 소설이고, 그 독자는 왕실의 여성들이었다. 당시 조선 왕실의 여성들이 선호하는 형상은 후덕하고 순종적인 여인으로 여후와는 대비되는 형상이었다. 따라서 이 책은 교화와 흥미의 차원에서 읽힌 듯하다. 여후는 외척세력을 끌어들여 최고의 권력을 장악한다. 그리고 권력을 대대손손 이어나가기 위해 제후들을 살해하는 것을 꺼려하지 않는 잔혹한 인물로 묘사되어 있다. 이 작품 또한 교화나 주제적인 측면에서 '권선징악'을 강조하는 소설로, 조선왕실의 여성들에게는 아주 흥미로운 이야깃거리가 되었을 것이다.

고대로부터 여성의 수렴청정은 불길한 징조로 여겨져 "암탉이 새벽에 울면 집안이 삭막해진다."라는 말로 표현한 바 있다. 여후는 측천무후, 서태후와 더불어 최고의 권력을 누렸던 3대 여걸이었다. 측천무후는 당태종의 궁녀였고, 서태후는 청나라 만주 귀족 출신의 궁녀였던 사실에 비하면 여후는 유방의 정실부인이었기 때문에 명분을 갖고 있었다.112) 그러나 여후의 잔혹한 행위는 아들인 혜제까지도 참을 수 없게 하였으며, 여후가 죽은 후, 유씨가 아닌 여씨들이 왕권을 장악하게 되면서 정통을 거스른다는 이유로 신하들은 반란을 일으키게 된다.

중국역사에서 악녀형상의 전형으로는 『무왕벌주평화』의 소달기를 들 수 있다. 은나라 31대 왕인 紂王은 나라의 평안을 기원하는 행사에

---

111) 허원기, 위의 책, 143쪽. 허원기는 필사시기를 18세기 후반에서 19세기 초반 사이였을 것이라고 추정하고 있다.
112) 허원기, 위의 책, 154쪽 참조.

서 돌로 조각된 여신에게 마음을 **빼앗겨** 그를 모욕하는 말을 한다. 이게 화가 난 여신이 호리정인 달기를 인간 세상에 보내 紂나라를 멸망하게 한다. 달기는 경국지색의 미녀였는데, 간사하고 잔인했으며 사람을 죽이는 것을 좋아했다. 紂王은 달기의 미모에 **빠져** 전혀 정사를 돌보지 않았다. 달기는 왕후의 자리에 오르기 위해 잔인한 방법으로 왕후를 살해하고, 수족인 하인들과 궁녀들까지 죽이는 것도 모자라 주왕에게 큰 구덩이 속에 뱀을 넣고 매일 한명의 하인들을 옷을 벗겨 그 속에 처넣게 하였다. 또한 서백후 희창의 아들 백읍고에게 반하여 유혹하나 읍고가 넘어오지 않자 화가 난 달기는 억울한 누명을 씌워 읍고를 죽이며, 그 살로 떡을 만들어서 아비 희창에게 먹인다.[113]

이외에도 달기와 주왕은 커다란 연못을 파서, 한 쪽에는 술을 가득 채워 酒池를 만들고, 다른 한 쪽에는 고기를 걸어 '酒池肉林'을 만드는 등 갖은 악행을 저지른다.

달기가 정실부인을 죽이는 대목은 『高后傳』에서 여치가 유방에게 총애를 받던 척부인을 죽이는 대목과 비슷하다. 그 대목을 예를 들어 보면 다음과 같다.

> 척희 왈,
> "오늘날 이에 니르믄 네 사오나오믈 조차 날을 죽게 ᄒ니 내 사라셔 능히 이 원슈를 갑디 못ᄒ나 맛당히 죽은 후의 새오ᄂᆞᆫ 겨집으로 더브러 머리를 되호리라."
> ᄒ고 꾸짓기를 그치디 아니ᄒ거늘 좌우 궁관이 급히 손으로써 그 입을 막은대 태휘 대로 왈,

---

113) 이홍란, 「낙선재본 『서주연의』연구」, 숭실대학교 석사학위논문, 2008, 47~48쪽.

"쳔흔 죵이 말로뻐 내 뜨들 격노케 ᄒ니 수이 죽으믈 요구ᄒᄂ냐! 내
쳔비로 ᄒ여곰 편히 못 죽게 ᄒ리라!"
드듸여 좌우를 명ᄒ야 몬져 슈족을 버히고 두 눈을 빠히고 두 귀를 지
져 귀 먹게 ᄒ고 벙어리 되는 약을 먹이고 불근 오슬 니펴 ᄒ여곰 측등의
두고 일홈을 사름도티라 ᄒ야 두어날의 뎨를 블러 人彘를 보라 흔대…
(중략)114)

여후는 한고조의 총애를 받던 척부인을 오래전부터 시기하고 미워
하며 害할 기회만을 찾고 있었다. 그러던 어느 날, 한고조를 위해 향을
태우던 척부인을 발견하고 풍기를 문란하게 한다는 이유로 영항에 가
둔다. 거짓 서신을 꾸며 척부인의 아들 조왕[여의]을 불러와 죽이고,
척부인의 수족을 자르고 두 눈을 빼고 귀를 지져 귀먹게 하고 벙어리
되는 약을 먹여 '인간 돼지'라고 부르게 하며, 아들 혜제에게 보여준다.

뎨의 거개 궁의 니르러 태후ᄭ 뵈옵고 뭇ᄌ오듸, "人彘 어듸 잇ᄂ니
잇가?"
휘 왈, "측등의 이시니 뎨ᄂ 가히 흔 번 보쇼셔." 뎨 드듸여 측등의 가
인뎨를 보고 슬프믈 이긔디 못ᄒ야 좌우ᄃ려 문왈, "이 인뎨 아니라 반듸
시 척부인인가 ᄒ노라." 좌위 감히 숨기디 못ᄒ야 ᄀ만이 고왈, "낭낭이
척부인의 더러온 말로 ᄭ지ᄌ믈 인ᄒ야 뻐곰 人彘를 밍그라 폐하로 보시
게 ᄒ시ᄂ이다."
뎨 드르시고 슬피 울기를 마디 아니샤 드듸여 태후를 보디 아니시고
즈러 궁의 나가 편뎐의 와 병드러 누으시고 됴회예 나디 아니신대 휘 뎨
즈러 궁의 도라가 병드러 됴회예 나디 아니믈 보시고 사름 브려 문안ᄒ
신대 뎨 ᄀ르샤듸,

114) 金瑛 校注,『高后傳』, 선문대학교 중한번역문헌연구소, 2006, 19~20쪽.

"낭낭이 션데를 뫼셔 창업을 여러 흔가지로 텬하를 두시니 맛당히 積
德ᄒ고 어딜믈 힘ᄒ야 만셰예 법을 사마 사름으로 ᄒ여곰 그 어딜믈 일
콧게 ᄒ미 가ᄒ거늘 엇디 젼일 참혹ᄒ믈 즐겨 이럿틋 사름의 못홀 바를
ᄒ시니 신이 태후의 ᄌ식이 되어 능히 간권티 못ᄒ고 비록 데위 이시나
ᄆ춤내 텬하를 다ᄉ리디 못홀소이다. 일로브터 심신이 졈졈 팀곤ᄒ고 날
로 희미ᄒ야 몸의 병이 되엿ᄂ니라. 또 셰예 머므러 태후를 봉양티 못홀
가 ᄒ노이다."[115]

혜제는 여후의 행동에 크게 실망하여 술을 마시고 정사를 돌보지
않으려 한다. 여후는 한고조와 마찬가지로 창업하여 천하를 두었으니
마땅히 덕을 쌓아야 하지만 참혹함을 즐겨 한다고 한탄한다. 나중에
혜제가 정사에 관심을 갖게 되자 수렴청정에 방해가 될까 저어하여
계교를 생각해 낸다. 그는 미인을 선발하여 혜제가 주색에 빠져 정사
를 돌볼 수 없게 만든다. 병이 많던 혜제는 주색에 빠져 결국 죽게 되
지만 여후는 슬퍼하는 기색은 전혀 없고 여씨 일가로 하여금 정권을
잡는 데 몰두한다. 작품에서는 人倫을 거스르는 여후의 행동이 여실
히 드러난다. 참된 어머니의 형상이라면 아들이 덕을 쌓고, 정사를 잘
돌보게 하여 백성들이 좋아하는 성군으로 성장하도록 이끌어 주어야
하지만 여후는 오히려 아들이 정사에 참여하지 못하도록 술수를 쓰며,
권력을 위해서라면 자식의 목숨까지도 해치는 악녀의 형상으로 그려
지고 있다. 신하들은 외척세력이 권력을 손에 쥐고 무고한 사람을 해
친다는 이유로 반항을 일으킨다. 여후가 죽은 후, 각국의 제왕들이 반
란을 일으켜 여씨 일가를 몰살하며 한때 권력을 손에 쥐고 천하를 휘

---

115) 『高后傳』, 20쪽.

두르던 여인은 비참한 결과를 맞게 된다.

이 작품에서도 인과응보, 권선징악의 사상을 보아낼 수 있는데, 달기나 여치와 같이 '악인'형 인물들이 비참한 최후를 맞게 된다는 이념은 조선시대 소설의 주요한 특징이었다.

여후나 달기와 같은 '악인'형 인물은 '선인'형 인물의 상대역으로서 선을 강조하는 단순한 역할만 하는 것이 아니라 나름의 가치관과 행동 양상을 보여주고 있다. '악인'형 인물들은 기존체제를 적극적으로 유지하고 순응하는 삶을 사는 당대 사회의 이상적인 여성상과 대조되는 것으로 '악'이 있음으로 해서 '선'을 추구하게 되는 문학적인 가치를 발견하게 된다. 조선 궁실에서 『高后傳』이 필사되고 읽혔다고 하는 것은 바로 이러한 '악'을 비판하고 이와 대조되는 '선'을 강조하려고 하는 의도이며 왕실여성이 이 책을 읽고 몸소 깨달아 교화되고 왕실의 질서가 바로 선 태평성세를 갈망하는 의도에서 비롯되었다고 할 수 있다.

이상으로 초한고사 소재를 차용한 소설 『제마무전』·『왕회전』·『만옹몽유록』과 『西漢演義』의 연장선에서 씌어진 『고후전』에 대해 알아보았다. 초한고사의 소재를 차용하여 몽유록의 형식으로 개작된 작품들은 자국의 특징에 부합되게 새롭게 재창작된 소설이기에 독자성을 가진다고 할 수 있다. 그러나 『西漢演義』가 조선에 수용되어 다양한 개작소설들을 탄생시킨 것으로 보아 그 영향력과 인기를 실감하게 한다.

제4장 『西漢演義』의
현대적 계승 양상과 문학사적 의의

　시대를 초월하여 부단히 재해석되고 새로운 장을 개척하는 고전문학은 무궁무진한 힘을 갖고 있는 분야이다. 현대에 와서는 대중들에게 더 근접할 수 있는 매체를 통하여 스토리텔링 되고 있는데, TV드라마뿐만 아니라 영화·애니메이션·게임·캐릭터 산업 등 문화콘텐츠 산업 전반에서 원천자료로 사용되고 있다. 중국의 고전소설 중에서 가장 먼저 조선에 전래되어 읽힌 것으로 알려진 역사연의소설도 마찬가지이다. 대중적 서사 매체가 발달한 오늘날도 역사소설은 그 자체로 독자들의 관심을 받고 있을 뿐 아니라, 영화나 드라마 혹은 만화 등으로 변용되어 다양한 매체를 통해 우리에게 다가오고 있다.

　역사연의소설은 여러 면에서 볼 때, 장편 대하소설과 유사하다. 역사연의소설은 오랜 시간동안 전승되어 오던 설화, 민간문예, 전설, 옛 이야기가 집대성되어 역사전적을 바탕으로 하여 생겨난 지혜와 문화의 소산이다. 역사연의소설은 역사적 인물과 사건을 부각함에 있어서 역사기록을 바탕으로 하였기에 계몽적 차원에서나, 흥미의 차원에서 다른 부류의 소설들과 차이가 있다. 『三國志演義』, 『西漢演義』와 같은 이야기들은 원대에 이미 『全相平話五種』에 포함되어 서사화되었

다. 이러한 평화와 역사전적을 바탕으로 민간의 문예를 집대성하여 후
기의 『三國志演義』·『隋唐演義』·『西漢演義』·『西周演義』·『殘唐
五代演義』등 연의소설의 창작이 활발히 이루어지게 된다. 그 중에서
『三國志演義』는 고전이면서 현재까지 한·중 양국에서 폭넓은 독자
층을 형성하고 있는 작품으로 국내에서도 많은 연구가 이루어져왔다.
국내에서는『三國志演義』에 편향된 연구가 이루어져왔기 때문에『西
漢演義』의 연구와 논의는 활발한 경지에 이르지 못하였다. 그러나 이
작품은 명·청 시대 연의소설 중에서 佳作으로 평가받고 있으며 국경
을 초월하여 한·중 양국의 문학과 예술, 문화 등 다양한 분야에 막대
한 영향을 끼쳤다. 작품의 인물묘사, 전쟁묘사, 병법과 심리전, 항우와
우미인의 가슴 아픈 이별이야기 등은 고금동서에 널리 전해지고 있다.
　『西漢演義』가 각광받고 있는 요인 중의 하나는 전형 인물들의 대
립 관계를 형상적으로 부각한 데 있다. 항우와 유방의 대립, 범증과 장
량의 대립, 한신과 항우의 대립, 한신과 유방의 대립 등으로 서사는 더
흥미롭게 진행된다. 또한 초한의 싸움이라는 그 내면에는 항우와 우미
인의 지고지순한 사랑이야기까지 포함되어 있기에 '영웅과 미녀의 사
랑'이라는 로맨스까지 곁들어져 독자들의 심금을 울린다. 사랑을 위해
목숨을 초개같이 버린 우미인의 열녀 형상은 길이 전해지고 있으며,
사람들은 그의 무덤가에 피어난 풀을 '우미인초'라 불렀다는 기록이
있다. 장량·한신·소하·번쾌 등 개성 있는 영웅의 활약상들이 대중심
리에 파고들어 문학적 演變을 초래하였고, 국경을 뛰어넘어 한국·일
본 등 동아시아 여러 나라에까지 전해진다.
　국내에서『西漢演義』는 선조 이전에 유입되어 '삼척동자도 항우를
모르는 사람이 없다'고 할 만큼 남녀노소가 좋아하는 작품이 되었다.

『西漢演義』에서 파생된 수많은 작품들은 국가라는 경계를 허물고 역사와 문학이라는 범주만이 아닌 일상생활에서도 즐길 수 있는 이야깃거리가 되어 공감대를 형성하였다. 국문필사본은 원전을 번역 필사한 것으로 중국소설의 전래와 번역의 양상에 대한 이해에 도움을 주었으며, 한문필사본은 축약과 의역을 통해 독자층의 폭을 넓혀주었다. 그 이후 『유악귀감』의 창작을 계기로, 구활자시대에는 초한고사의 인물이나 사건을 중심으로 부각한 소설들이 다량으로 쏟아져 나왔다. 이 작품들은 『西漢演義』에서 가장 흥미 있는 사건을 발췌하거나, 전형 인물에 포커스를 맞추어 스토리를 재배치하였다. 이 작품들은 왕조의 흥망성쇠를 다룬 역사연의소설과는 달리 역사적인 인물이나 사건을 초점화한 역사소설로 재탄생하였다는 점에서 자국의 특징에 맞는 문학양식이라고 할 수 있다.

항우의 '역발산기개세'·장량의 '충의지절'·한신의 '용병술' 등은 여타의 작품에도 많이 인용되고 있는데, 몽유록의 형태를 갖춘 소설 『만옹몽유록』·『왕회전』·『제마무전』에 차용되었다. 『왕회전』에서는 『西漢演義』의 인물들을 대거 등장시켜 군담소설의 형식으로 재편성하고 있으며, 『제마무전』에서는 인과응보의 원리에 따라 송사를 해준다는 전개를 바탕으로 초한영웅에 대한 그리움과 동경을 표시하고 있다.

『西漢演義』의 소재들은 시조, 한시, 가사 등에도 널리 재인용되고 있는 바, 『시조대사전』에는 항우·유방·우미인·한신·장량 등 인물들을 소재로 한 시조들이 79수나 기록되어 있다. 한 작품에 등장하는 인물들이라는 점을 고려할 때, 결코 적은 분량이 아니다.

강동을 자조 ᄒᆞ니 가기는 가련이와
올 ᄯᅬ의 팔쳔 졔ᄌᆞ 갈 ᄯᅬ의 나 ᄲᅮ이라
ᄎᆞ라리 ᄂᆡ 예셔 죽어 약덕이나. (作家 李世輔 字 左輔) 出典 風雅 · 43

강포헌 진나라를 쵸픠왕 아니려면
아모리 경뉸한들 뉘 힘으로 ᄭᅵ쳐 ᄂᆡ리
아마도 항우는 고졔의 명쟝인가. (作家 李世輔 字 左輔) 出典 風雅 · 31

이 두 편의 시조는 강동 8천 자제를 이끌고 전쟁에 뛰어들어 무도한
진나라를 깨친 항우의 영웅기상과 죽음에 대해 노래한 것이다.
이형대[1]는『시조대사전』에 기록되어 있는 초한고사의 시조 중에서
항우를 소재로 한 시조가 40수로 38.5%를 차지하여 가장 많다고 하였
는데, 이는 한국인의 마음속에 여전히 항우가 명장으로 자리 잡고 있
음을 말해준다.

博浪沙中 쓰고 나믄 鐵椎
項羽 ᄀᆞ튼 壯士를 어더 힘ᄭᅥ지 두러 메여 ᄭᅵ치고져 離別 두 字
그제야 우리님 ᄃᆞ리고 百年同樂 ᄒᆞ리라. 出典 (樂學拾零 · 816) 海東
歌謠 (一石本 · 479)

鷄鳴山 秋夜月에 슬피 부난 옥소 소래
江東弟子 八千人이 故鄕 生覺 절노 난다
아마도 吹簫 散楚兵키는 張子房인가. 出典 雜誌(平洲本 · 42) 時調
(關西本 · 10)

---

[1] 이형대, 위의 논문, 386쪽. 그 외에 장량을 소재로 한 시조가 18수로 17.4%를 차지하며,
유방 12수, 우미인 5수, 범증이 3수, 기타 번쾌, 소하, 범증, 항장 등 인물을 소재로 노래한
것도 상당수 있다고 하였다.

박랑사에서 진시황을 깨치려고 한 장량의 용기, 계명산에서 퉁소를 불어 초나라 군을 뿔뿔이 도망치게 한 그의 지략에 대해 노래하였다.

시조 외에 가사로 국내에서 아주 잘 알려진 작품은 <초한가>, <우미인가> 등이 있다. <초한가>는 초한전쟁에서 가장 극적이라 할 수 있는 '四面楚歌' 부분을 노래한 작품이고, <우미인가>는 '패왕별희'의 장면을 그리고 있다. 손대현2)은 연구를 통하여 <초한가>와 <우미인가>의 모본은 『史記』가 아니라 『西漢演義』라고 밝혀 『西漢演義』가 국내의 문학에 큰 영향을 끼쳤음을 언급한 바 있다. <覇王別姬>의 대목이 역사가 아니라 예술이라는 견해는 이미 선학들이 거듭 연구를 한 부분이고,3) 『史記』라는 역사기록에는 없지만 소설에는 있는 것으로 보아 역사를 부연한 『西漢演義』에서 적지 않은 영향을 받았다는 견해는 일리가 있다.

『西漢演義』는 광복 이후에 『초한지』라는 이름으로 더욱 유명해졌다. 최근까지 국내에서 출판된 『西漢演義』의 출판목록을 연도별로 정리하면 다음과 같다.4)

　　『쵸한전』(大造社, 1959년, 1권)
　　『초한전』(姜槿馨발행, 永和出版社, 1961. 1권)

---

2) 손대현, 위의 논문, 8쪽. 이 논문에서 <초한가>, <우미인가>의 형성과 성행은 초한전쟁에 관한 폭넓은 이해와 더불어 『西漢演義』의 전래와 번역, 그리고 여러 개작본의 출간에 힘입어 나온 것이라 하였다.

3) 周騁, 「覇王別姬解」, 人文社會科學版 第2期, 揚州大學學報, 1998.

4) 민관동, 앞의 책 340~349쪽/ 장경남 앞의 논문, 190~191쪽 참조. 국내의 번역본과 번역의 양상에 대한 것, 한일합방 이후로부터 최근에 국내에서 출판된 『서한연의』의 출판목록은 민관동이 연도별로 정리하였다. 장경남은 광복이후에 나온 개작된 역사소설을 정리하였다. 위의 목록은 이 내용과 기타 서적을 참조하여 만들어 졌음을 밝혀둔다.

『長篇小說 楚漢戰記』(方基煥, 先進文化社, 1962)

『통일천하』(金八峰, 4권, 형설문화사 1954/3권, 계몽사, 1965)/『楚漢傳』
  (金八峰, 3책, 語文閣, 1984, 1986 12판)

대하역사소설『대초한지』(정공채, 3권, 도서출판 대가, 1980)

『小說楚漢志』(鄭飛石, 5책, 高麗苑, 1984, 1992 23판 2003)

『新說楚漢志』(金相國, 5책, 明文堂, 1986초판, 1992 중판).

『楚漢志』(金基鎭, 2책, 어문각, 1988).

『소설 초한지』(장도명, 1책, 은광사, 1988).

『私說 楚漢志』(오찬식, 1책, 문성출판사, 1991)

『통일천하 서한연의』(최용진, 3권, 박우사, 1992)

『小說楚漢傳』(김홍신, 5책, 대산출판사, 1999/『楚漢志』(7권, 아리샘,
  2007)

『楚漢志』(고우영 글 그림, 8권, 우석출판사, 1999)

『한 권으로 보는 초한지』(이언호, 1책, 큰방, 2001)

『영웅초한지』(문정후 글 그림, 5권, 아이세움, 2003)

『초한지』(유재주, 5권, 랜덤하우스 중앙, 2005)/『영웅』(3권, 돋을새김,
  2007)

『한 손에 잡히는 초한지』(최근덕, 느낌이 있는 책, 2007)

『楚漢志』(이문열, 10권, 민음사, 2008)

『단숨에 읽는 초한지』(유빈, 해누리, 2008)

『楚漢志』(차평일, 동해출판 2008)

『한 권으로 읽는 실록 초한지』(신동준, 살림출판사, 2009)

『楚漢志』(장개충, 학영사, 2010)

『한 권으로 읽는 난세 영웅들의 지략, 초한지』(김영진, 삶과벗, 2010)

『하루밤에 읽는 초한지』(김영진, 삶과벗, 2010)

광복 이후에 나온 소설 가운데는 대하 장편소설이 있는가 하면, 『한

권으로 읽는 초한지』, 『십팔사략』과 같은 단권으로 된 소설도 있고, 만화로 된 책들도 있다. 그러나 대부분이 『西漢演義』를 그대로 옮겨 쓴것이 아니라 줄거리만 유지한 채, 완전 개작하여 소설가의 필치대로새롭게 꾸며 썼다.

저자 중에서 김팔봉은 출판사를 달리하며 출판한 행적이 주목된다. 이에 대하여 민관동은 "이는 당시 출판사의 영세성을 간접적으로 대변해주는 것이기도 하며 또한 번역가들이 번역을 하였다고는 하지만실제는 모두가 創作에 가까운 改作이 주를 이루고 있어 번역으로는보기 어려운 작품들이 대부분이다."라고 하였다.[5]

정비석[6]은 『소설 손자병법』이 治政學의 보감이라는 말을 서두에 언급하면서 이 책이 손자의 병학을 이론적으로 풀어나간 소설책이었다고한다면, 『소설 초한지』는 손자의 병학을 실전에 응용해 나간 책이라고평가하였다. 또한 "『소설 초한지』는 사실상 『소설 손자병법』의 자매편이라고 말해야 옳을 일이며 초한시대 명장들의 병법, 지혜, 용맹, 대결의 현장을 병법서에 버금가는 것으로 평가할 수 있다."고 하였다.

김홍신[7]은 『소설 초한지』를 "흥미 본위의 고전소설이라기보다는당시의 역사성을 음미하고 영웅호걸들의 기개와 지모·책략 등을 배울 수 있는 處世書로 읽어 주기 바란다."고 하였다. 이 책 또한 원전에

---

5) 민관동, 앞의 논문, 278쪽. 김팔봉은 처음에는 『西漢演義』를 원본으로 삼아, 『통일천하』라는 이름으로 나왔다가 다시 개작하여 『초한지』라는 이름으로 출판하였다. 그 외, 정공채의 『대초한지』도 내용에 있어서는 『西漢演義』와 전혀 다르게 전개되고 있다. 김상국의 『신설초한지』에서는 "『西漢演義』가 역사에 지리할 정도로 치우쳐 중국에서 가장 널리 읽혀지고 있는 『韓信傳』을 국내 처음으로 번역한 것이다."라고 밝히고 있다. 김기진은 『西漢演義』를 국문으로 개작하였다.

6) 정비석, 『초한지』 1-5권, 범우사, 2008, 4~5쪽.

7) 김홍신, 『소설 초한지』 1-5권, 대산출판사, 1999, 1권 14쪽.

상관없이 소설가의 필치대로 재미있게 꾸민 작품이다.

이문열[8]은 "明에서 전래된『西漢演義』가『三國志』나『水湖志』처럼 奇書로 대접받지 못하는 까닭은 곳곳에 배어 있는, 原典이 빤히 보이는 亞流의 냄새 때문이다."라고 하여 한계성에 대해 지적하였다. 종산거사의『西漢演義』는 사실을 지나치게 뒤틀고 엇바꿔 '칠푼의 진실과 서푼의 허구'라는 연의의 본령에서 너무 멀리 벗어났다는 문제를 제기하며,『史記』를 원전으로 하고『자치통감』과『한서』등을 보조 자료로 삼아 새로 써 보았다고 하였다.

차평일[9]은 "『초한지』는『西漢演義』나『초한연의』같은 원전이 알려진 고전이 있기는 하지만, 이는 초한시대의 역사적 배경에 바탕을 둔 군담소설에 지나지 않는다."고 하였다. 또한『초한지』를 단순히 2천여 년 전의 이야기라고 치부할 수 없는 것은, 끊임없는 지략과 무용의 대결, 약육강식의 논리가 오늘날에도 그대로 통용되고 있기 때문이며, 그것이 독자들에게 작은 지침이 되었으면 하는 이유라고 덧붙였다.

장개충[10]은 "『초한지』는 천하 대사를 경륜하고 지모 계략을 엮고 펼치던 수많은 영웅호걸과 정객 모사들의 인간상, 그리고 파란만장한 사건들을 그려낸 역사소설"이며, "춘추전국 시대의『열국지』와『삼국지』를 이어주는 역사의 교량역할을 하고 있어 한결 더 높은 가치를 지니고 있는 작품"이라고 하였다.

이외에도 고유영의 만화 형식을 빌려 이루어진『초한지』가 있는데 어린아이들한테도 홍미롭게 읽힐 수 있는 까닭으로 독자층이 더욱 광

---

8) 이문열,『초한지』1~10권, 민음사, 2008, 1권 22쪽.
9) 차평일, (한 권으로 당당하게 끝내는)『초한지』, 동해출판, 2008, 5쪽.
10) 장개충,『楚漢志』, 학영사, 2010, 3~5쪽.

범위해졌음을 알 수 있다.

보다시피 현대에 와서 재창작된 소설들은 단숨에 읽어 내려갈 수 있는 흥미로운 소설이나 만화로 탄생하고 있어 고전소설에 대한 인식을 새롭게 바꾸고 있다.

『西漢演義』는 소설이나 시가와 같은 문학뿐이 아니라 여타의 예술 장르나 문화 및 민간 생활에까지 지대한 영향을 미쳤다. '多多益善'·'兎死狗烹'·'錦衣夜行'·沐猴而冠' 등과 같은 각종 故事成語들은 오늘날까지 전해져 국어학적으로도 많은 소재를 가져다주었다. 민간에서 두는 장기 또한 楚漢의 싸움에서 항우 유방의 그 시점을 가상하여 한국 체질에 맞게 개량하여 만들었다고 할 정도이다.

오늘날은 정보화시대에 맞게 방송매체를 통한 방식으로 고전소설을 현대적으로 수용하는데, 가장 흔히 찾아볼 수 있는 사례가 드라마나 영화로 제작하여 대중들에게 제공하는 것이다. <쾌걸 춘향>·<쾌도 홍길동>·<전설의 고향> 등은 이미 드라마로 상영되어 인기를 누렸으며, 중국에서는 『西漢演義』의 주요사건을 소재로 경극·드라마·영화 등으로 변용하는 작업이 활발히 이루어졌다. 沈采의 <千金記>에는 別姬의 대목이 있고, 1926년 周信芳선생은 『史記』와 『西漢演義』 등을 토대로 <홍문연>이라는 극본을 써서 호평을 받았으며, <覇王別姬>·<西楚覇王>·<鴻門宴> 등 영화는 큰 인기를 누리면서 성공리에 상영되기도 했다. 적지 않은 명배우들이 『西漢演義』의 고사를 변용한 영화와 연극에 출현하여 명성을 떨쳤다는 사실에서도 그 인기를 실감할 수 있다.

『西漢演義』의 소재를 재인용한 작품들이 속출하고, 여타의 예술장르에 재활용되어 단절되지 않고 전해져왔다는 사실은 『西漢演義』가 다양한 원천 소스로 재가공 될 무궁무진한 에너지를 갖고 있음을 방증한다.

　이처럼『西漢演義』는 한·중 양국에서『三國志演義』에 못지 않은 막대한 영향을 끼쳤으며, 현재와 미래의 문학사를 推動하는 名作으로 존속하게 되리라 판단하는 것도 그 때문이다.

제5장 결론

    이 책에서는 한·중 양국에 큰 영향을 미친 역사연의소설『西漢演義』의 발전과정을 통시적으로 살펴보는데 초점을 두었다.

    역사연의소설은 중국에서 발생한 문학 장르인 만큼 우선 중국에서 어떻게 싹트고 발전과정 및 성숙과정을 거쳤는지 알아보았다.『西漢演義』의 근원은『漢書』·『後漢書』·『三國志』와 함께 '前四書'로 불리는『史記』에서 찾아볼 수 있었다. 저자는 초한시대의 수많은 영웅 인물 중에서 사건전개에 가장 큰 영향력을 행사하였다고 생각되는 전형적 인물인 항우·유방·한신 등 인물을 중심으로 그들의 행적을 추적해본 결과 작품이 歷史典籍과 직접적인 계승관계를 가지고 있음을 알게 되었다.

    역사연의소설은 어느 한 순간에 작자의 손끝에서 나온 문학 장르가 아니라 오랜 시간을 경과하여 이야기가 축적·계승되는 과정을 필요로 했기에 문헌상의 기록은 물론이고, 野史의 내용까지 다량으로 포함시켰다. 역사연의소설을 역사이야기를 집대성한 '歷史故事集'이라 하는 까닭도 바로 여기에 있다.

    『西漢演義』는『史記』와 같은 正史의 기록을 바탕으로, 나아가 다량의 구비설화와 민간문예를 흡수하였다. 수백 년간 전해지는 민간의 얘기꾼들, 저잣거리의 재간꾼, 불우한 서생, 하릴없는 문사 등 다양한 사람들의 이야기까지도 참고하여 작자의 손을 거쳐 이루어졌다고 보면 된다. 이러한 요소들이 역사연의소설이라는 장르가 정착되는 과정에서 중요한 작용을 하였고, 나중에는 역사연의소설이라는 문체로 정립되었다.

화본소설은 역사연의소설에 큰 영향을 미쳤는데, 그 근원은 唐代의 변문에서 찾아볼 수 있다. 변문이라고 하는 것은 일련의 통속문학 필사본들이라 할 수 있는데 그것의 발견으로 宋代에 화본소설이 출현하게 된 원인이 밝혀지게 되었다. 변문은 民間講唱文學의 일종으로서 민간인의 심미 수요를 만족시키는 기대효과 잇닿아 있기에 통치계급에 대해서는 비판적인 안목을 보였으며, 역사적인 이야기를 바탕으로 과감한 허구와 과장 및 풍자적 수법을 더하여 설과 창이 결합된 구어체의 문장을 만들었다. 변문 중에는 역사 인물 왕릉과 계포의 이야기가 각각 「漢將王陵變」과 「季布罵陳詞文」에 기록되어 있다. 「漢將王陵變」은 항우와 왕릉, 항우와 왕릉모의 대립을 이야기한 변문이다. 이 작품은 『史記』에 소개되어 있는 간략하고 무미건조한 내용을 부연하여 스토리가 있는 소설로 만들었다. 특히 변문에서 사용한 허구와 상상, 산문과 운문이 결합된 서사기법은 후대의 강사화본에 큰 영향을 미쳤다. 「季布罵陳詞文」은 '辭文'의 형식으로 전체가 7言詩로 구성되었고, 서사성이 강한 것이 특징이다. 이 작품은 항우의 수하였던 계포와 유방의 갈등을 다룬 이야기이다. 작품의 구성과 맥락을 『西漢演義』와 대조해보니 여러 면에서 수용의 흔적을 찾아볼 수 있었다. 주인공 계포를 위기에 대처할 줄 아는 능동적인 인물로 묘사한 것을 단적인 예라고 하겠다.

변문의 영향을 논함에 있어서, 무엇보다 중요한 것은 송대 화본과의 관계이다. 서민문화로부터 창출된 화본소설들은 송대에 와서 발전하였는데, 그 시기에도 초한고사를 소재로 한 잡극들이 많이 나왔다고 하지만 지금은 그 대본을 찾아볼 수 없어 유감스럽다.

元代에는 잡극들이 무수히 쏟아져 나왔는데 과거제도가 폐지되자 문인들은 출세의 길이 막혀 자신의 신세를 한탄하면서 성공한 역사인물들을 노래하는 것을 통해 대리만족을 얻었다. 초한고사를 소재로 한 잡극들은 36종이나 된다. 그 중에서 「蕭何月下追韓信」, 「隨何賺風魔蒯通」, 「張子房圯橋進履」 등의 작품들은 『西漢演義』에 직·간접적으로 영향을 주었다. 「蕭何月下追韓信」의 스토리는 『西漢演義』에, 「隨何賺風魔蒯通」은 『前漢書平話』에 수용된 것으로 드러났다. 元代에는 강사화본을 평화라고 불렀는데 『前漢書平話』는 元刊本 『全相平話五種』에 포함되어 있으며 일명 『呂后斬韓信』이라고도 한다. 『全漢志傳』과의 수용관계를 밝히기 위하여 『西漢演義』와 비교해본 결과 『全漢志傳』과 『前漢書平話』는 회목이 일치하는 부분이 많았지만 내용 면에서 차이가 있음을 알게 되었다. 『前漢書平話』는 화본소설과 마찬가지로 史書를 바탕으로 많은 상상과 허구를 결합시켜 민간인들의 입장에서 사건을 재구성하였기에 허구가 많은 반면, 『全漢志傳』은 연의소설의 문체에 좀 더 근접하게 서술되었기에 평화와는 달리 역사적인 사실을 부연하는 데 주안점을 두었던 것이다.

『全漢志傳』의 판본에는 '余氏克勤齋本'과 '三台館元素刊本'이 있다. 그 중에서 어느 판본이 『西漢演義』에 영향을 주었는지에 대해서는 이미 많은 선학들의 논쟁의 대상이 되었다. 『西漢演義』는 '三台館元素刊本'을 모본으로 하였으며, 내용이나 형식 면에서 『前漢書平話』

와는 전혀 다르게 서술된 것으로 밝혀졌다.

이로써 이들 삼자간의 연대관계가 밝혀졌는데, 그 수용 양상을 화살표로 제시하면, 『前漢書平話』 → 熊大木의 『全漢志傳』 → 余象斗의 『全漢志傳』 → 甄偉의 『西漢演義』로 발전하였음을 알 수 있다.

이를 좀 더 확장하여 통시적인 안목에서 역사연의소설의 발전사를 짚어보면 다음과 같다.

신화·전설[고대] → 야사·우언[先秦兩漢代] → 志人·志怪小說[위진 남북조] → 전기소설·변문[당대] → 강사화본소설·평화·잡극[송·원대] → 역사연의소설이다.

이 책의 연구대상인 『西漢演義』의 성립 과정을 위의 순서로 전개하면 다음과 같다.

신화·전설[고대] → 야사·우언[先秦兩漢代] → 志人·志怪小說[위진 남북조] → 전기소설·초한고사변문[당대] → 강사화본·원잡극→『前漢書平話』 → 熊大木의 『全漢志傳』 → 余象斗의 『全漢志傳』 → 역사연의소설 『西漢演義』이다.

『朝鮮王朝實錄』에 남아 있는 奇大升의 上啓文, 許筠의 『惺所覆瓿稿』 등을 토대로 『楚漢演義』의 유입시기를 정리 및 검토해보니 '초한연의'는 16세기 중후반에, 『西漢演義』는 늦어도 17세기 초에는 조선에 전래되었고, 17세기 중후반에는 이미 문인들 사이에 널리 알려진 것으로 드러났다. 吳希文(1539~1613)의 『瑣尾錄』과 『承政院日記』의 기록에 의하여 그 번역문도 17세기 말에 이루어진 것으로 추정된다.

국내 각 도서관에 소장되어 있는 『西漢演義』의 板本 가운데는 명대의 것은 보이지 않고 대부분이 청대 劍嘯閣批評의 『西漢演義』, 혹은 劍嘯閣本을 母本으로 삼아 後印된 판본들이 주종을 이룬다. 국문필사본들도 여러 종이 있는데, 그 중에서 국립중앙도서관에 소장되어 있는『셔한연의』16권 16책의 번역의 양상에 대해 알아보았다. 국립본은 전체적으로 직역을 위주로 충실히 번역되어 있으며, 오독과 의역이 간혹 있기는 하지만 대체로 원전을 충실히 번역하였다. 국문필사본 외에 원전을 축약하여 필사한 한문필사본들이 존재하는데 이현조 소장본 9종과 국립본 2종을 대상으로 서지사항과 필사 특징에 대해 살펴보았다. 한문필사본의 경우 원전을 그대로 필사한 작품은 찾아볼 수 없고 필사과정에 필사자가 임의로 축약하여 요점만 서술하였기에 '유방의 탄생담' 등 허구적인 요소들은 생략하였으나, 항우와 우미인의 이별이야기에 대하여 비교적 장황하게 서술하였다. 한문필사본은 전체 내용에 따라 다섯 개 계열로 분류하여 살펴보았다.

번안소설『유악귀감』은 지금까지 필사본으로만 존재하던『西漢演義』를 새로운 한문소설로 탄생시켰다는 데 의의가 있다. 장자방에 초점을 맞추어 영웅인물의 호출과 국가의 질서 회복을 위한 가치덕목을 실현하고자 했음을 알 수 있다.

다음으로 방각본 소설에 대해 살펴보았다. 방각본은 필사본에 비해 출판하기가 쉽고 대량으로 출판할 수 있다는 장점을 가지고 있었다. 방각본『초한전』은 역사연의소설『西漢演義』를 개편하여 단권으로 된 역사소설로 만들었다.

1910년을 전후하여 구활자본 소설들이 대량으로 출판되었는데, 역사에 대한 관심의 증대와 독자층의 확대가 활자본 고소설이 번성할 수 있는 기반을 마련해 주었다. 그들은 주로『西漢演義』에서 가장 흥미가 있는 사건이나 인물을 소재로 만들었는데『초한전』이나『초한지』로 표제를 단 작품들이 대부분이다. 그 다음은 인물 중심으로 이야기를 전개한『장자방실기』·『항장무』·『초패왕전』과 같은 작품들도 적지 않은 비중을 차지한다. 이외에 초나라와 한나라의 수십 차례 격 돌에서 가장 흥미진진한 '홍문연 사건'으로 이야기를 엮은 것들도 있 다. 일제시대에는 全文 단행본은 거의 보이지 않고 주로 가장 흥미가 있다고 생각되는 부분만을 발췌하여 단행본으로 만들었다. 구활자본 고소설은 1920년 후반에는 급격히 쇠퇴해지고 30년 이후에는 거의 찾 아보기 드물게 되었고『초한전』도 마찬가지이다.

한편『西漢演義』에서 발췌했다고 확정짓기는 어렵지만 초한고사를 차용하여 재창작한 작품들을 찾아보았는데『제마무전』·『왕회전』·『만 옹몽유록』은『西漢演義』의 수용과 영향이라는 측면에서 고려해 볼 수 있는 작품들이다. 이외에『全漢志傳』의 영향을 받아 필사된『고후 전』에 대해서도 알아보았다. 이 작품은 한고조가 죽은 후, 혜제가 즉위 한 것으로부터 시작하여 유방의 황후였던 태후 呂雉가 수렴청정하여 척부인과 여의를 죽이고 여러 왕들을 암살하는 내용, 여후가 죽고 문 제가 즉위하여 태평성세가 이루어지기까지 약 20여년의 역사를 배경 으로 다루고 있다.『西漢演義』가 한혜제의 등극까지 다루었다고 한다 면,『고후전』은 한혜제가 등극한 이후의 내용이므로『西漢演義』의 연 장선상에서 볼 수 있다.

마지막으로『西漢演義』의 문학사적 의의를 짚어보았다.『西漢演 義』는 광복이후에도『초한지』라는 이름으로 대량 출판되었고, 최근까 지 국내에서 유명한 작가들의 손끝에서 재창작되었다. 광복 이후에 나 온 소설 가운데는 대하 장편소설이 있는가 하면,『한 권으로 읽는 초 한지』,『십팔사략』과 같은 단권으로 된 소설도 있고, 만화로 된 책들도 있다. 그러나 대부분이『西漢演義』를 그대로 옮겨 쓴 것이 아니라 줄거리만 유지한 채 완전 개작하여 소설가의 필치대로 새롭게 꾸며 썼다.『西漢演義』는 그 자체로서 독자들의 사랑을 받을 뿐 아니라, 전쟁 소재들은 다른 작품에까지 투영되어 오늘날까지 생명력을 유지하고 있다. 중국에서는 현대에 와서도 주요사건을 소재로 경극, 드라마, 영화 등으로 변용하는 작업이 활발히 이루어졌다. 이렇게 볼 때, 한·중 양국의 문학사나 문화 전반에『西漢演義』의 영향력은 지속되고 있다고 할 수 있다.

　이 책에서는 역사연의소설『西漢演義』의 성립 과정과 한국에 수용된 양상을 고찰하는 데 주안점을 두었다.『三國志演義』에 비해 예술이나 서사기법 면에서 많이 미흡하다고 생각되어 그동안 학계에서 크게 주목 받지 못했던『西漢演義』를 체계적으로 살펴본 점은 수확일 수 있겠으나, 작품의 본질적 측면에 대하여 보다 깊이 있는 천착을 하지 못한 점은 한계로 지적될 수 있는 바, 앞으로 이 점을 연구 과제로 삼고자 한다.

참고문헌

【국내】

기본자료

국립중앙도서관 소장, 『楚漢演義』 필사본(84장본).

＿＿＿＿＿＿＿＿＿, 『楚漢演義』 필사본(99장본).

김동욱, 『影印 古小說 板刻本 全集』 1~5집, 연세대학교 출판부, 1973.

金瑛 校注, 『高后傳』, 선문대학교 중한번역문헌연구소, 2006.

민족문화추진회, 국역 『성소부부고』, 한국학술정보. 2006.

박재연·이재홍 교주, 『셔한연의』 16권 16책, 학고방, 2007.

사마천 지음, 이상옥 옮김, 『史記·季布傳』, 『史記列傳』 하, 명문당, 2009.

＿＿＿＿＿＿, 김원중 옮김, 『사기세가』, 민음사, 2010.

＿＿＿＿＿＿, 박성연 엮음, (한권으로 읽는) 『사기열전』, 아이템북스, 2006.

＿＿＿＿＿＿, 이언호 평역, 『사기본기』, 도서출판큰방, 2009.

吳希文, 『瑣尾錄』, 「乙未日錄」, 1595.

임명덕, 『韓國漢文小說全集』 4卷, 국학자료원, 1999.

인천대 민족문화연구소 편, 『구활자본 고소설전집』 12집, 1983.

＿＿＿＿＿＿＿＿＿＿＿＿, 『구활자본 고소설전집』 15집, 1983.

＿＿＿＿＿＿＿＿＿＿＿＿, 『구활자본 고소설전집』 31집, 1983.

중한번역문헌연구소 소장, 『新刻劍嘯閣批評西漢演義傳』 8권 8책.

『朝鮮王朝實錄』 宣祖 권3, 宣祖 2년 6월, 壬辰.

장효현 외, 『校勘本 韓國漢文小說 몽유록』, 고려대학교 민족문화연구원, 2007.

이현조 소장, 『楚漢演義』 필사본(87장본).

＿＿＿＿＿＿, 『楚漢演義』 필사본(102장본).

＿＿＿＿＿＿, 『楚漢演義』 필사본(99장본).

이현조 소장, 『楚漢演義』 필사본(98장본).

_____, 『楚漢演義』 필사본(83장본).

_____, 『楚漢演義』 필사본(82장본).

_____, 『楚漢演義』 필사본(71장본).

_____, 『楚漢演義 全』 필사본(83장본).

_____, 『楚漢演義 抄』 필사본(97장본).

許筠, 『惺所覆瓿稿』, 권13, 「西遊錄跋」.

단행본

김태준 저(박희병 교주), 『증보조선소설사』, 한길사, 1990.

김기동, 『이조시대 소설론』, 이우출판사, 1980.

김기봉, 『'역사란 무엇인가'를 넘어서』, 푸른역사, 2000.

김장동, 『조선조 역사소설연구』, 二友出版社, 1986.

김정녀, 『조선후기 몽유록의 구도와 전개』, 보고사, 2005.

김현양, 『한국 고전소설사의 거점』, 보고사, 2007.

공임순, 『우리 역사소설은 이론과 논쟁이 필요하다』, 책세상, 2000.

權純肯, 『活字本古小說의 편폭과 지향』, 보고사, 2000.

권혁래, 『조선후기 역사소설의 성격』, 박이정, 2000.

노 신 저, 丁範鎭 譯, 『중국소설사략』, 학연사, 1987.

민관동, 『中國古典小說批評資料叢考』, 학고방, 2003.

_____, 『중국 고전소설의 전파와 수용』, 아세아문화사, 2007.

박희병, 「韓國傳奇小說의 美學」, 돌베개, 1997.

사마광 저, 김충렬 역, 『資治通鑑』 상, 삼성출판사, 1987.

성기옥, 『한국시의 미학적 패러다임과 시학적 전통』, 소명출판, 2004.

송진한, 『조선조 연의소설의 세계』, 전남대학교 출판부, 2003.

오순방 외 譯, 『中國古典小說總目提要』 第1卷, 울산대학교 출판부, 1997.

유탁일, 『한국문헌학연구』, 아세아문화사, 1990.

유 빈, 『단숨에 읽는 초한지』, 해누리기획, 2008.

이중톈 지음, 강주영 옮김, 『초한지강의』, 에버리치홀딩스, 2007.

이승윤, 『근대 역사담론의 생산과 역사소설』, 소명출판, 2009.

李周映, 『舊活字本 古典小說 硏究』, 월인, 1998.

李澤厚 劉綱紀 主編(權德周 金勝心 共譯), 『中國美學史』, 대한교과서주식회사, 1992.

임헌영, 『한국 근대소설의 탐구』, 범우사, 1974.

장경남, 『임진왜란의 문학적 형상화』, 아세아문화사, 2000.

傳樂成, 辛勝夏 譯, 『中國通史』, 지영사, 1998.

정주동, 『고대소설론』, 형설출판사, 1966.

조희웅, 『古典小說 異本目錄』, 집문당, 1999.

조규익, 『고전시가의 변이와 지속』, 학고방, 2006.

중국소설연구회, 『중국소설사의 이해』, 학고방, 1994.

崔溶澈, 朴在淵 輯錄, 『韓國所見中國通俗小說書目』, 1993.

崔奉源, 『中國歷代小說序跋譯註』, 을유문화사, 1998.

가쿠 고조 엮음, 이원두 옮김, 『三國志』(난세의 영웅들), 동방미디어, 1998.

게오르크 루카치, 이영욱 옮김, 『역사소설론』, 거름, 1999.

블라디미르 프로프, 유영대 옮김, 『민담의 형태론』, 새문사, 1989.

Carr, E·H, 黃文秀 譯, 『역사란 무엇인가』, 범우사, 1984.

논문

강영기, 「變文과 話本의 形式 比較硏究」, 연세대학교 석사학위논문, 1987.

공임순, 「한국 근대 역사소설의 장르론적 연구」, 서강대학교 대학원 박사학위논문, 2000.

김 영, 「조선 후기 명대 소설 번역 필사본 연구 : 새로 발굴된 「셔유긔」, 「高后傳」, 「슈양의ᄉ」, 「슈ᄉ유문」, 「남송연의」를 중심으로」, 한국외국어대학교 박사학위논문, 2007.

김정은, 「帷幄龜鑑의 형성과 소설적 형상화」, 동아대학교 석사학위논문, 2004.

김옥란, 「韓·中 兩國의 『三國志演義』 장르 變貌 樣相」, 인하대학교 박사학위논문, 2009.

金 苑, 「翻案小說『帷幄龜鑑』板本, 寫作時代與作者考」, 『亞細亞文化硏究』 제3

집, 한국경원대학교 아시아문화연구소, 1999.

김동욱, 「방각본에 대하여」, 『동방학지』 11집, 연세대학교 동방학연구소, 1970.

김기렬, 「朝鮮建國의 名分論 研究」, 동국대학교 박사학위논문, 1994.

김정녀, 「『謏翁夢遊錄』연구」, 『고소설연구』 9집, 한국고소설학회, 2000.

金賢美, 「敦煌〈變文〉과 그 後續文學 演變에 관한 考察」, 공주대학교 석사학위논
문, 1999.

권혁래, 「조선후기 역사소설 연구」, 연세대학교 박사학위논문, 1999.

권영애, 「敦煌寫本 葉淨能詩 研究」, 숙명여대 석사학위논문, 1985.

권도경, 「조선후기 통속적 한문소설 연구 : 영웅소설류를 중심으로」, 이화대학교
석사학위논문, 1998.

羅篠玉, 「宋元講史話本研究」, 복단대학교 박사학위논문, 2005.

민관동, 「中國古典小說流傳韓國之影響」, 國立文化大學中文研究所博士學位論
文, 1994.

_____, 「西漢演義 研究-국내 유입과 번역 및 출판을 중심으로」, 『중국소설논총』
15집, 한국중국소설학회, 2002.

박완호, 「돈황화본소설연구」, 전남대학교 박사학위논문, 1996.

_____, 「敦煌話本研究」, 전남대학교 석사학위논문, 1989.

박현식, 「敦煌 韓擒虎話本 研究」, 단국대학교 석사학위논문, 1986.

박재연, 「조선시대 중국 통속소설 번역본의 연구」, 한국외국어대학교 박사학위논
문, 1993.

徐大錫, 「『蘇知縣羅衫再合』系 翻案小說研究」, 『東西文化』 5집, 啓明大東西文化
研究所, 1973.

손대현, 「〈초한가〉와 〈우미인가〉의 〈서한연의〉 수용 양상」, 『한국민요학』 31집,
한국민요학회, 2011.

신재홍, 「초기한문소설집의 전기성에 관한 반성적 고찰」, 『관악어문연구』 14집,
서울대학교, 1989.

申朱里, 「伍子胥變文」, 『중국소설연구학보』 24기, 한국중국소설학회, 1994.

易中天, 강주영 옮김, 『초한지 강의』, CCTV 「百家講壇」, 2005.

우근영, 「『西漢演義』연구 : 『西漢演義』의 形成과 國內流入을 中心으로」, 경희대

학교 교육대학원 석사학위논문, 2004.

俞泰揆, 「漢將王陵變」考察, 『충주대 論文集』 35집, 충주대학교, 2000.

_____, 「돈황본(敦煌本)〈착계포전문(捉季布傳文)〉연구」, 『중국문학연구』 9집, 한국중문학회, 1991.

_____, 「敦煌講唱變文硏究 : 春秋와 漢代의 歷史故事를 中心으로」, 성균관대학교 박사학위논문, 1993.

유연환, 「韓國古典 翻案小說의 研究」, 고려대학교 박사학위논문, 1990.

유탁일, 「完板坊刻小說의 文獻學的 研究」, 동아대학교 박사학위논문, 1980.

이형대, 「초한고사 소재 시조의 창작 동인과 시적인식」, 『한국시가연구』 3집, 한국시가학회, 1998.

이재홍, 「國立中央圖書館 所藏 飜譯筆寫本 中國歷史小說 研究」, 연세대학교 박사학위논문, 2008.

이홍란, 「구활자본 『초한전』의 존재양상과 의미」, 『우리문학연구』 30집, 우리문학연구회, 2010.

_____, 「초한고사 소재의 '變文'과 『西漢演義』의 관계-『季布罵陳詞文』을 중심으로」, 『東洋文化研究』 7집, 영산대동양문화연구원, 2011.

_____, 「낙선재본 『서주연의』 연구」, 숭실대학교 석사학위논문, 2008.

_____, 「낙선재본 『서주연의』 연구」 『숭실어문』 23집, 숭실어문학회, 2009.

李靜和, 「敦煌本 「季布罵陳詞文」研究」, 이화여자대학교 석사학위논문, 1995.

李時燦, 「傳奇에서 話本으로의 소설문체 변천과정 연구」, 『중국소설논총』 27집, 한중소설학회, 2008.

이성호, 「目連 變文 研究」, 성균관대학교 석사학위논문, 1991.

이상우, 「元代歷史劇 研究」, 전남대학교 박사학위논문, 1998.

이병직, 「『王會傳』연구」, 『고소설연구』 14집, 한국고소설학회, 2002.

이재선 譯註, 「애국부인전, 을지문덕, 서사건국지」, 한국일보사, 1975.

이능우, 「古代小說 舊活版本 調查 目錄」, 『숙명여대 논문집』 8, 숙명여자대학교, 1968.

임치균, 「『王會傳』연구」, 『장서각』 2집, 한국정신문화연구원, 1999.

장경남, 「壬·丙 兩亂과 17세기 小說史」, 『우리文學研究』 21집, 우리문학연구회,

2007.

장경남, 「『西漢演義』傳來와 享有 樣相 研究」, 『어문연구』 39집, 韓國語文教育研究會, 2011.

장효현, 「근대전환기 고전소설 수용의 역사성」, 『근대전환기의 언어와 문학』(홍일식 외편), 고려대 민족문화연구소, 1991.

장하연, 「고소설에 나타난 還魂 모티프와 저승관 연구」, 단국대학교 교육대학원 석사학위논문, 2010.

張　暎, 「京本通俗小說研究」, 성균관대학교 박사학위논문, 1993.

曺明和, 「敦煌 강창문학 研究」, 서울대학교 박사학위논문, 1989.

鄭東國, 「『三國演義』與韓國古小說之關係研究」, 『人文科學研究』 16집, 대구대교 인문과학연구소, 1997.

鄭炳潤, 「敦煌寫本 여山遠公話 研究」, 한국외국어대학교 석사학위논문, 1994.

全弘哲, 「敦煌강창문학의 敍事體系와 演行樣相 研究」, 한국외국어대학교 중국어학과 박사학위논문, 1995.

崔雲植, 「古小說의 異本 研究」, 『서경대학교논문집』 13집, 서경대학교,1985.

최형욱, 「中國 敦煌變文과 近代 通俗文學의 關係」, 『중국어문학논집』 14집, 중국어문학연구회, 2000.

최연희, 「愛情 傳奇小說에 나타난 사랑과 죽음 : 〈李生窺墻傳〉, 〈雲英傳〉, 〈沈生傳〉을 중심으로」, 목포대학교 교육대학원 석사학위논문, 2005.

허원기, 「외로운 여성 권력자의 초상–고후전 연구」, 『藏書閣』, 제17집, 한국학중앙연구원, 2007.

【국외】

기본자료

甄偉 著, 劍嘯閣批評 『西漢演義』 8卷 8册.

_____, 『西漢演義』, 文藝出版社, 1936.

甄偉·謝詔 編撰, 肯東發校点, 『西漢演義』, 群衆出版社, 1997.

雷文治選注, 『敦煌變文選注』, 河北教育出版社, 1991.

司馬遷原典, 韓兆琦譯註, 『史記·本紀』, 北京市：中華書局, 2010.

_____, 『史記·列傳』, 北京市：中華書局, 2010.

熊鍾谷編次, 古本小說集成委員會編, 『古本小說集成 全漢志傳』(12책본), 上海古
　　　籍出版社, 1994.

古本小說集成委員會編, 『古本小說集成 全漢志傳』(14책본), 上海古籍出版社, 1994.

『前漢書平話』, 上海古典文學出版社, 1955.

張鴻勳編著, 『敦煌變文選評』, 甘肅人民出版社, 2000.

臧晉叔編, 『元曲選』 2册, 中華書局, 1989.

단행본

江蘇省社會科學院, 明清小說研究中心, 『中國通俗小說總目提要』, 北京：中國文
　　　聯出版公司, 1990.

歐陽健, 『兩漢系列小說』, 遼寧教育出版社, 1992.

紀德君, 『中國歷史小說的藝術流變』, 中國社會科學出版社, 2002.

_____, 『明清歷史小說的藝術論』, 北京師範大學出版社, 2000.

魯　迅, 『中國小說史略』, 學研社, 1987.

羅　燁, 『醉翁談錄』 甲集卷之一 『小說引子』, 遼寧教育出版社, 1998.

司馬遷原典, 于童蒙譯文, 『史記·本紀』, 中國紡織出版社, 2007.

_____, 『史記·列傳』, 中國紡織出版社, 2007.

孫楷第, 『中國通俗小說書目』, 臺灣 廣雅出版公司, 1983.

_____, 『中國通俗小說書目』, 作家出版社, 北京, 1957.

石昌渝, 『中國古代小說總目』白話卷, 山西教育出版社, 2004.

劉世德, 『中國古代小說百科全書』, 中國百科全書出版社, 1993.

張錫厚, 『敦煌文學』, 上海古籍出版社, 1980.

周紹良, 白化文 編, 『敦煌變文論文錄』上·下册, 明父書局, 1988.

鄭振鐸, 『中國俗文學史』上卷, 臺北, 商務印書館, 1986.

齊裕焜, 『中國歷史小說通史』, 江蘇教育出版社, 2000.

趙景深, 『中國小說叢考』, 上海古籍出版社, 1980.

陳汝衡, 『宋代說書史』, 『陳汝衡曲藝文選』, 中國曲藝出版社, 1985.

蔡美彪外, 『中國通史』, 人民出版社, 1993.

蔡源莉, 『中國曲藝史』, 文化藝術出版社, 1998.

馮天瑜, 楊華, 『中國文化發展軌迹』, 上海人民出版社, 2000.

胡士瑩, 『話本小說槪論』, 中華書局, 1980.

吳梅外, 『中國學術叢書』 第一編 63, 上海書店, 1926.

논문

高　岩, 「明代歷史小說對唐代變文的接受」, 『安徽文學』 第8期, 黑龙江绥化学
院, 2010.

繆小雲, 「『全漢志傳』新探」, 『明淸小說硏究』 第85期, 明淸小說硏究會, 2007.

范麗華, 「西漢通俗演義硏究」, 福建師範大學碩士學位論文, 2006.

孫亞萍, 「兩漢系列歷史演義小說硏究-以『西漢演義』爲主」, 陝西師範大學碩士學
位論文, 2007.

舒佩實, 「論變文在中國小說史的地位和作用」, 貴州大學學報 4期, 中國古代·近
代文學硏究, 1985.

徐雪輝, 「元雜劇文化硏究」, 曲阜師範大學 博士學位論文, 2009.

蘇琦, 馬靜, 「論『史記』對元雜劇的影響」, 『煙台職業學院學報』第15卷 第1期, 鲁
东大学汉语言文学院, 2009.

石昌渝, 「朝鮮古銅活字本『精忠錄』與 嘉靖本『大宋中興通俗演義』」, 東北亞硏究,
1998.

顔廷亮, 『敦煌文學槪論』, 甘肅人民出版社, 1993.

汪燕崗, 「『西漢通俗演義』與韓國漢文小說『帷幄龜鑒』」, 『文學遺産』 4期, 四川師
範大學文學院, 2006.

_____, 「『全漢志傳』與『兩漢開國中興傳志』的成書」, 『明淸小說硏究』 第85期, 明
淸小說硏究會, 2007.

_____, 「『西漢通俗演義』的成書」, 『明淸小說硏究』 4期, 明淸小說硏究會, 2008.

鄭振鐸, 『三國志演義的演化』, 『鄭振鐸文集』 5集, 人民出版社, 1988.

朱衡夫著, 『漢初歷史小說與戲曲創作的深化』, 『明淸小說硏究』 3期, 明淸小說硏
究會, 1997.

周騁, 「覇王別姬解」, 人文社會科學版 第2期, 揚州大學學報, 1998.

程國賦, 曾雪麗, 「論熊大木對歷史演義小說的貢獻」, 「西北大學學報」 37卷3期,
　　　中國古代文學研究, 2007.

찾아보기

▓ 이홍란(李紅蘭)

숭실대학교 대학원 국어국문학과 석사 및 박사 졸업. 문학박사
전주대학교 객원교수 역임
현재 중국 청도농업대학교 한국어학과 조교수
「구활자본『초한전』의 존재양상과 의미」(2010), 「『최척전』의 분석심리학적 접근」(2014),
「韓·中「뱀신랑」설화에 대한 構造分析」(2014) 등 국내외 논문 다수 발표.
2014년 동방학술논단 〈백산학술상〉 수여 받음.

역사연의소설『서한연의』연구

2015년 1월 30일 초판 1쇄 펴냄

지은이 이홍란
펴낸이 김흥국
펴낸곳 도서출판 보고사

책임편집 이유나
표지디자인 윤인희

등록 1990년 12월 13일 제6-0429호
주소 서울특별시 성북구 보문동7가 11번지 2층
전화 922-5120~1(편집), 922-2246(영업)
팩스 922-6990
메일 kanapub3@naver.com
http://www.bogosabooks.co.kr

ISBN 979-11-5516-326-9 93810
ⓒ 이홍란, 2015

정가 15,000원
사전 동의 없는 무단 전재 및 복제를 금합니다.
잘못 만들어진 책은 바꾸어 드립니다.

이 도서의 국립중앙도서관 출판예정도서목록(CIP)은 서지정보유통지원시스템 홈페이지
(http://seoji.nl.go.kr)와 국가자료공동목록시스템(http://www.nl.go.kr/kolisnet)에서
이용하실 수 있습니다.(CIP제어번호 : CIP2015000654)